D1749681

Monika Pauderer
Jenseits der dunklen Wege

© 2012
1. Auflage
Edition Töpfl · 94113 Tiefenbach
Tel. 08509/672 · Fax 08509/847
e-mail: info@druckerei-toepfl.de
Umschlag: Martin Töpfl

ISBN 978-3-942592-05-5

Monika Pauderer

Jenseits der dunklen Wege

außergewöhnliche und
merkwürdige Geschichten

Edition Töpfl

Dieses Buch erscheint mit der dankenswerten finanziellen Unterstützung des „Freundeskreises der Turmschreiber e.V."
München
(www.freundeskreis-der-turmschreiber.de)

Jenseits der dunklen Wege

Friedhöfe üben eine merkwürdige Anziehungskraft auf mich aus. Jedes Mal, wenn ich in einen Ort komme, den ich noch nie besucht habe, zieht es mich als erstes unwiderstehlich auf den Gottesacker. Und mich ergreift eine innere Unruhe, eine Erregung, wenn ich durch die Gräberreihen wandere und die Inschriften auf den Steinen und Kreuzen lese. Mir ist, als müsste ich nach einem ganz bestimmten Namen suchen. Ich kenne ihn nicht, ich habe ihn vergessen, aber ich weiß, wenn ich ihn eines Tages finde, werde ich ihn wieder erkennen, eine innere Glocke wird anschlagen und ich werde wissen: so hieß ich einmal!
Einmal war mir der Name vertraut. Er ist dunkel und warm, zärtlich wie das Streicheln einer Hand. Ich habe seinen Klang noch im Ohr, doch ich verstehe ihn nicht mehr. Er ist untergegangen, zugedeckt von so vielen anderen Geräuschen. Ich warte, dass ich ihn wieder finde, und ich werde ihn wieder finden, genau wie die vertrauten Gerüche, die Bilder, die immer häufiger auftauchen, wie Momentaufnahmen, die mich verwirren und unsicher machen.
Seit einiger Zeit weiß ich, was ich auf den Friedhöfen suche. Ich kann mit niemand darüber sprechen, man würde mich nicht verstehen, den Kopf schütteln, mich für verrückt halten. –
Ich suche mich selber. Ein Ich, das irgendwann einmal existiert hat. Keinen Geist, keine irreale Gestalt, auch keinen Menschen, denn der Mensch „Ich" ist hier, in einer neuen Haut, in einem anderen Körper. Manchmal, wenn ich in den Spiegel schaue, komme ich mir fremd vor. Das ist nicht mein Gesicht, das ist nur eine Maske, hinter der sich ein anderes Antlitz verbirgt. Und das ist jung, ach, so jung! Nur die Augen, ja die Augen sind beinahe die gleichen geblieben, und mir ist so, als hätten sie das Lachen verlernt, vor vielen, vielen Jahren. Ich kann mit meinen Augen nicht mehr lachen. Sie haben zu viel Bitternis gesehen. Nicht hier, nicht in diesem Leben.
Ich habe schon einmal gelebt.
Es kommen Träume, in denen ich das andere „Ich" bin, aber ich finde die Brücke nicht, um hinüber zu gehen. Ich habe Angst, über Brücken zu gehen. Ich fürchte mich vor dem Wasser. Nicht nur in den Träumen, auch im realen, in diesem Leben. Brücken lassen mich schaudern.
Ich gehe in Museen und bekomme Herzklopfen, wenn ich ganz be-

stimmte Gegenstände sehe. Mir ist, als müsste ich sie in die Hand nehmen, als wären sie mein oder mir sehr vertraut. Das kann ein simpler Pfannendreifuß sein, eine Streusandbüchse, die Farbe oder der Schnitt eines Kleides.

Einmal wurde mir beim Anblick von Daumenschrauben übel, schwarz vor Augen. Ich musste eilends die Folterkammer verlassen, in der es mir gleich beim Betreten etwas den Atem verschlug, es sich wie Blei auf meine Brust gelegt hatte. – Und am anderen Tag hatte ich blau unterlaufene Daumennägel. –

Bin ich gefoltert, als Hexe verbrannt worden? Mein Haar war rot. Das weiß ich heute. Es hatte einen schönen, satten Kupferton. Grund genug, um ein Mädchen zur Hexe zu stempeln. Aber ich habe keine Angst vor dem Feuer. Im Gegenteil. Ich liebe die offene Flamme, das Knistern und Prasseln des brennenden Holzes und seinen harzigen Duft. Die Schatten, die es flackernd an die Wände malt, geben mir so etwas wie Geborgenheit. Das Feuer hat mir nichts Böses getan.

Ich war kaum älter als sechzehn Jahre, als der Tod zu mir kam, und es war ein gewaltsamer, schrecklicher, mörderischer Tod. Eine Strafe, die ich verdient hatte.

Woher ich das weiß? Ich habe ein Bild gesehen. Nichts Besonderes, von keinem großen Künstler gemalt: eine Küche, großflächiger schwarz-weißer Fliesenboden, die Herdecke dunkel vom Rauch. Auf einem dreibeinigen Hocker sitzt ein Mädchen, das einen Fasan rupft. Beim Betrachten des Bildes war ich plötzlich aus mir heraus getreten, stand nur noch meine leere Hülle davor und ich selber war in der Küche, legte ein Scheit Holz in die Flammen, hängte einen Kessel mit Wasser über den Herd. Ich bewegte mich in dem Bild, als wäre ich darin zu Hause. Das Ganze dauerte nur Sekunden. Niemandem von den anderen Besuchern der Ausstellung war etwas aufgefallen, und ich selbst wollte anfangs dieses Phänomen nicht glauben. Ich schalt mich eine Phantastin, eine Tagträumerin! War ich etwa übermüdet?

Ich ging nach Hause, legte mich zu Bett, aber der Schlaf wollte nicht kommen. Immer wieder sah ich dieses Küchenbild vor mir, und etwas in mir drängte, dorthin zurück zu kehren. Ich versuchte das Museum zu meiden, wollte nicht mehr hinein gehen, und kam doch immer wieder in dieselbe Straße. Etwas zwang mich durch das Tor zu gehen, die Treppen hinauf, in den Bildersaal...

Ich war böse mit mir und unzufrieden. Was bedeutete das alles? Wie konnte das Bild einer alten Küche eine derartige Anziehungskraft auf mich ausüben?

Ich kam wieder. Ich hatte bald keine Kraft mehr, diesem inneren Zwang zu widerstreben, und ich wollte mir beweisen, dass alles Einbildung war. –

Ich war wieder in dieser Küche, länger als beim ersten Mal. Ich schürte das Feuer, setzte Wasser auf und trat ans Fenster, um in den Garten hinunter zu sehen.

Die Kirschbäume blühten und ein schlanker Mann im Jagdanzug ging über den Rasen, von zwei rotbraunen Vorstehhunden umsprungen. Ich wollte das Mädchen mit dem Fasan etwas fragen, da stand ich wieder vor dem Bild und starrte verstört hinauf.

Allmählich wurde ich süchtig, jenes andere „Ich" zu werden, das ich noch nicht kannte. Der Museumswärter begrüßte mich schon von weitem und wusste um meine Vorliebe für das Küchenbild. Manchmal blieb er neben mir stehen, sprach belanglose Worte. Ich antwortete – und war doch nicht da.

Wie ein Mosaikbild setzte sich Steinchen für Steinchen dieses fremden Lebens zusammen, das doch einmal das meine gewesen war: die Küche gehört zu einem Herrenhaus, und der schlanke Mann, der durch den blühenden Kirschgarten geht, ist der Herr. Er ist noch jung, kaum vierzig Jahre alt, doch sein Haar ist schon beinahe weiß. Die Leute sagen, das kommt von seinem Kummer. Seine Frau ist siech, liegt seit zwei Jahren danieder und kann nicht leben und nicht sterben. Sie soll sehr schön gewesen sein. Jetzt ist ihr Haar strähnig und dünn. Ihre Wangen sind eingefallen und ihre Haut ist wie Pergament. Ich bin zu ihrer Bedienung hier, aber sie hat selten einen Wunsch. Ihre Augen sind rot und entzündet. Sie hat keine Tränen mehr. Ihr trockenes Schluchzen und Seufzen greift mir ans Herz. Sie hat ihr Kind verloren, den langersehnten Erben, und seither vertropft ihr Leben wie eine Kerze, die langsam herunter brennt.

Das Küchenmädchen spricht nicht mit mir, wenn ich heißes Wasser hole. Ich bin ein Findelkind, aufgewachsen bei Bauersleuten im nahen Dorf, mit mehr Schlägen als mit Brot großgezogen, gescholten und gemieden wegen meiner kupferroten Haare, die in der Sonne glänzen wie gesponnenes Gold. Ich bin anders als die anderen. Ich weiß das und es macht mich stolz. Ihre Schmähworte schüttele ich ab. Die begehrlichen Blicke der Dorfburschen übersehe ich, und wenn mir wirklich einmal einer zu nahe kommt, bin ich flink im Austeilen von Ohrfeigen und schnell im Davonlaufen. Mir greift keiner ungestraft ans Mieder, schon hat er meine Krallen im Gesicht. Darum nennen sie mich auch „die Katze".

So lange ich zurück denken kann, hat sich der Herr um mich gekümmert. Er kam zwei-, dreimal im Jahr zu den Zieheltern und brachte Geld und Tuch für mich. Dann wurde gekatzbuckelt und mit mir schön getan. Wenn man wusste, dass der Herr kam, dann wurde ich gestriegelt und geschrubbt, in Röcklein gesteckt, die ich das ganze übrige Jahr nicht zu sehen bekam.

Manchmal wusste man es aber vorher nicht, dass er kommen würde, und wenn er unvermutet auftauchte, musste ich des öfteren wie eine reife Frucht von irgend einem Baum geschüttelt werden, war zerschrammt und ungekämmt und wurde als wildes, ungebärdiges Kind gescholten. Doch der Herr lachte nur, strich mir übers Haar, und auch er nannte mich „kleine Katze". Seine Liebkosungen wurden seltener, je älter ich wurde, und manchmal war ein merkwürdiger Glanz in seinen Augen, wenn er mich ansah. Beinahe so wie bei den Dorfburschen, die ich als „hungrig" bezeichnet hatte.

Als ich vierzehn Jahre alt geworden war, nahm mich der Herr mit in sein Haus, als Aufwartung für seine Frau.

Ihn sehe ich fast nie. Es ist, als würde er mir aus dem Weg gehen. Er war früher so freundlich zu mir. Was habe ich getan, dass er es jetzt nicht mehr ist? Ich mache meine Arbeit ordentlich und geduldig, nichts ist mir zu viel oder zuwider, aber ich fühle mich wie in einem Käfig gefangen. Ich möchte wieder einmal auf die Bäume klettern, barfuß im Dorfweiher waten, in den Wald hinaus laufen, einen großen Strauß Margariten und Vergissmeinnicht pflücken.

Ich komme nicht hinaus, mir bleibt nur der Blick aus dem Fenster. Die Frau könnte mich brauchen. Ich schlafe in einer Kammer neben ihrem Zimmer. Ich höre jeden Laut von ihr, auch das leiseste Rufen. Aber niemand hört mich schreien, denn meine Schreie sind lautlos. Ich bin so voll Sehnsucht. Ich möchte mein Gesicht an die weiße Birkenrinde lehnen, die Zweige der Trauerweide sollen mein Haar streicheln, wenn es sonst schon keiner tut.

Ich habe es jetzt zu zwei Zöpfen geflochten und wie eine Krone aufgesteckt. Nachts umfließt es mich wie ein goldener Mantel und nur der Mond weiß, dass ich nichts unter diesem Mantel trage.
Ich bin sechzehn und ich habe heißes Blut. Der Herr ist vierzig und kein alter Mann. Seine Frau ist seit zwei Jahren krank. Die Leute sagen, ich wäre eine Hexe. Sie haben mich „die Katze" genannt. Katzen jagen lautlos, sie belauern ihre Beute, sie spielen damit.
Der Mond macht mich so unruhig. Auch die Frau schläft schlecht. Sie windet sich und stöhnt im Schlaf.
Heute war ich im Wald. Unerlaubterweise. Die Tollkirschen sind reif... Sie wird bald schlafen, gut schlafen, lange schlafen...
Jetzt weiß es nicht nur der Mond allein, dass ich einen schönen Körper habe. Er heißt Johannes, mein Herr, und ich liebe es, wenn mich seine Hände streicheln. Ich sehne mich nach seiner Berührung, nach dem Hauch seines Atems in meinem Ohr, wenn er meinen Namen flüstert. Ich habe einen Namen. Nie vorher hatte ich ihn gehört, ich war immer nur „He, du!"
Johannes sagt, er bedeute „der Stern" und ich wäre sein Stern nach dunkler Nacht.
Wir haben die Zeit vergessen. Wir haben uns vergessen. Aber die Leute haben uns nicht vergessen. Ich werde ein Kind haben, aber niemand darf es wissen. Johannes will mich wegbringen, aber ich will nicht, dass er von mir fortgeht. Wir streiten. Zum ersten Mal. Und ich bin wieder das wilde, ungebärdige Kind. Ich schreie – und die Wände haben Ohren.
Sie kommen und bringen mich weg. Er ist der Herr, aber er kann nichts für mich tun. Ich habe ihn behext, sagen sie. Man legt mir Daumenschrauben an, damit ich gestehe. Ich gestehe nichts, ich habe nicht zu gestehen. Ist es Hexerei, zu lieben?
Sie sagen, er wäre mein Vater und ich hätte Blutschande getrieben. Das ist nicht wahr! Johannes, sag ihnen, dass es nicht wahr ist! Warum sonst hat er sich um mich gekümmert, um das Kind, das vom Wind gezeugt und von der Sonne geboren wurde, das Niemandskind, das Findelkind?
Ich liebe ihn und er wendet sich von mir ab. Sie sagen, er wäre in ein Kloster gegangen, um Buße zu tun für seine Schuld, um zu sühnen.
Für mich gibt es kein Leben mehr ohne ihn. Ich gestehe alles, alles, was sie wollen.

Sie bringen mich in Ketten zu der Brücke. Eine Katze verbrennt man nicht. Eine Katze ersäuft man.
Wie gewaltig der Fluss dort unten brodelt und rauscht. Es ist, als würde er mit tausend gierigen Armen nach mir greifen. Sie stoßen mich hinunter. Ich falle und er fängt mich auf. Seine Umarmung nimmt mir den Atem. Ich wehre mich, doch da sind die Ketten, die mich hinunterziehen...
Ich habe noch immer das Rauschen im Ohr, als ich spüre, wie mich jemand ansieht.
Ich stehe wieder vor dem Küchenbild, müde und verloren, als wäre ich von einer langen Reise zurückgekommen. Ein Mann ist neben mich getreten, aber er betrachtet nicht das Gemälde. Fremder, warum musterst du mich so?
Oder ist er gar nicht fremd? Da ist etwas in seinen Augen – und so, wie er mich ansieht, so sieht man nur jemanden an, den man kennt und liebt.
Dann ist da ein Flüstern an meinem Ohr.
Es ist der Name, den ich so lange gesucht habe. Stella, der Stern.
Wonach ich auf den Friedhöfen gefahndet hatte, konnte ich dort nicht mehr finden. Namen auf Grabsteinen verwittern, aber Namen, in Liebe empfangen, behalten ihre Gültigkeit bis zum Ende der Welt.
„Verzeihung", sagte er, als hätte er mir etwas getan. Und dann geht er zum Ausgang, ohne sich noch einmal umzuwenden. In der Tür wird sein Bild wesenlos, zergeht wie Nebel...
Ich weiß, das Jetzt ist nicht unsere Welt. Wir werden noch über viele Brücken gehen müssen, Johannes. Aber jenseits der dunklen Wege werden wir aufeinander warten, und wir werden das Leben zu Ende leben, das unser war und das man uns genommen hat, bevor es sich erfüllen konnte.
Ich suche nicht mehr. Ich warte.

Das Bild der Anderen

Unwillkürlich hatte Angela Faber nach dem Handspiegel gegriffen. Es musste ein altes Stück sein, zumindest sah er so aus. Die Rückseite schien aus Silber zu sein, war schwarz-fleckig angelaufen und doch konnte man die feinen Ziselierungen und Muster noch sehen. Vorne war das Spiegelglas in eine angedeutete Blätterranke eingefasst, die aus dem Stiel wie aus einem Stämmchen zu wachsen schien. Eine hübsche Arbeit, sicher nicht billig, wenn auch der Spiegel selbst an den Rändern fast blind war und braune Flecken aufwies.
Eigentlich wollte Angela hier auf dem Markt in Florenz nichts kaufen, es war ja alles viel zu teuer. „Touristenpreise" dachte sie bei sich. Wo kaufen die Italiener selbst ein? Sie brauchen doch auch Taschen, Schuhe, die hier angeblich so chic und besonders billig sein sollten? Oder Pullover, Strickwaren?
Sicher, es waren ein paar sehr ansprechende Dinge dabei, aber zu Preisen, für die man sie auch zu Hause bekommen konnte und dann vielleicht in besserer Qualität. Dass es jetzt ausgerechnet der Spiegel war, nach dem sie gegriffen hatte?
Der Händler redete unentwegt auf sie ein. Angela zuckte mit den Schultern und schüttelte den Kopf. Nein, sie wolle nichts kaufen, nur ansehen! Und doch, als sie den Spiegel wieder zurücklegte, zögerte sie noch ein wenig. Wenn er nicht zu teuer war...?
Sie fragte nach dem Preis: „Quanto? Wie viel?" Die Antwort war irgendetwas mit sieben, sette. Waren es jetzt siebentausend oder siebzigtausend Lira? Siebentausend? Das konnte nicht sein, das waren etwas mehr als zehn Mark. Dafür war der Spiegel zu billig. Und siebzigtausend? Das waren gute hundert Mark, und so viel würde sie niemals für einen Handspiegel ausgeben, wenn er auch noch so hübsch, so alt, so faszinierend war.
Ja, irgendwie war dieser Spiegel faszinierend... Noch einmal sah Angela Faber hinein, sah ihr eigenes Bild. Ein bisschen verschwommen, ein bisschen verschleiert. Eine moderne Frau mittleren Alters, das blonde Haar zu einer modischen Kurzfrisur geschnitten, kaum geschminkt, unauffällig, aber doch mit einem gewissen modischen Pfiff gekleidet. Sie war auf „Herbstreise in der Toskana", mit einer Reise-

gesellschaft, die nach der gemeinsamen Stadtbesichtigung eine Stunde Freizeit hatte, für eigene Exkursionen.
Als sie jetzt, fast wie abschließend, in den Handspiegel blickte, schob sich ein Bild über das ihre. Das Gesicht einer Frau, die jünger als Angela sein mochte. Lebhafte, dunkle Augen in einem ebenmäßigen Gesicht. Ein breitkrempiger Hut, tief in die Stirn gezogen, verdeckte diese fast vollständig. Darunter quoll eine Flut dunkler Locken hervor, fiel auf weiße Schultern, die von einem zart rosa Spitzenvolant eingerahmt wurden. „Ein Bild wie aus einer früheren Zeit", dachte Angela und drehte sich um. Hinter ihr stand niemand.
Noch einmal sah sie in den Spiegel, der ihr jetzt wieder ihr eigenes Bild zeigte. Der Händler sprach weiter auf sie ein, deutete mit den Händen die Zahl sieben an. Für siebentausend Lira war der Spiegel geschenkt! Und wenn es ein Missverständnis war, konnte sie immer noch bedauernd die Achseln zucken.
Angela holte einen Zehntausend-Lira-Schein aus der Tasche, hielt ihn dem Händler vor das Gesicht. Dieser nickte, strahlend, wickelte den Spiegel in seidenweiches Papier, holte aus einer Blechschachtel das Wechselgeld und drückte Angela dieses und das Päckchen in die Hand. „Auf Wiedersehen", sagte sie noch auf Deutsch. „Bon Giorno!"
Jetzt hatte Angela Faber also den Spiegel gekauft, zehn Mark für etwas ausgegeben, das sie eigentlich nicht brauchte. Aber wie oft gab man manchmal mehr aus, einem spontanen Einfall folgend? Wenn die Spiegelrückseite aus Silber war, war er sicher nicht zu teuer, und wenn nicht, eine hübsche Arbeit war er auf jeden Fall, der florentinische Spiegel. –
Im Hotel legte Angela das Päckchen gleich in ihren Koffer zu den anderen Reiseandenken, die sich dort schon angesammelt hatten, und dachte nicht mehr weiter daran. Nur einmal als sie ihre Sachen für die Heimreise zusammenpackte und den Koffer öffnete, roch es nach welkem Laub, ganz leicht nach Moder. Es war Herbst. Der Geruch kam sicher von den Bäumen, draußen vor den Fenstern.
Zu Hause lächelte sie über das Sammelsurium von Souvenirs: Marmorbrocken aus Carrara, ein Pillendöschen aus Pisa, die lachende Terrakotta-Maske des Winters, mit Kastanienblättern und Stachelkugeln im Haar. Inverno hieß der Winter auf Italienisch, und ein wenig

schaudernd dachte Angela an das Inferno der kommenden Jahreszeit. Einmal noch war sie der Sonne nachgereist, aber draußen, vor den Fenstern ihres Zuhauses, lagen schon dichte Nebelschleier und die Bäume waren kahl geworden. Der Winter war eine Jahreszeit, die in Angela immer beklemmende Gefühle auslöste, so, als würden in dieser dunklen Zeit irgendwelche unerklärlichen Ängste Macht über sie gewinnen.
Als sie den Spiegel aus Florenz auswickelte, roch es wieder sehr intensiv nach Moder, vermischt mit einem etwas süßlichen Duft nach schwerem Parfüm. Vielleicht war es das Seidenpapier, das diesen Geruch ausströmte?
Jetzt lag der Spiegel in ihrer Hand. Er war schwer, schwerer, als sie ihn in Erinnerung hatte. Und das Glas war noch stumpfer geworden. Sie konnte sich kaum mehr darin erkennen.
Zuerst würde sie das Silber putzen, um zu sehen, ob es wirklich Silber war. Sie holte einen weichen Lappen und rieb erst sorgfältig an dem Stiel. Das Metall wurde hell und heller, nahm einen seidigen Glanz an. Dann versuchte sie es an der Blätterranke der Einfassung. Es kamen nicht nur Blätter zum Vorschein. Dazwischen waren auch Rosen, Rosen in Knospen, halb erblüht, voll aufgegangen.
Aber eines war merkwürdig. Je mehr Angela versuchte, diese Blätter und Blüten von der dunklen Patina zu befreien, um so mehr verwandelten sich die Ranken. Die Rosenknospen blühten auf, die Halberblühten wurden voll, die Vollerblühten fielen ab, wurden zu Hagebutten... Es war eine solche Vielfalt von Blühen und Vergehen, dass Angela nicht mehr wusste, ob die Ranken sich unter ihren Händen wirklich verwandelten, oder ob es nur eine Sinnestäuschung war. Sie drehte den Spiegel auf die Rückseite. Dort gab es keine Blüten und Blätter, sondern seltsame Runen und ineinandergreifende Linien, die wie astrologische Zeichen wirkten. Das Gesicht der Sonne kam zum Vorschein, der Mond. Sternformationen, die wie Schlangen, wie Drachen aussahen. Und dann war da auch noch das Antlitz des „Inverno", des Winters, das ihrer Terrakotta-Maske aus Lucca glich, mit Kastanienkugeln und Laub im Haar. Das Gesicht wurde immer größer, immer breiter, nahm bald die ganze Rückfläche des Spiegels ein, verdrängte die Sonne, den Mond, die Sternzeichen – und verlor sein Lachen, wurde grimmig und böse.

Längst hatte Angela aufgehört, an der Spiegeleinfassung zu polieren. Was sich vor ihren Augen abspielte, war so unfassbar, dass sie zu träumen glaubte. Aber sie träumte nicht!
Sie hockte in der Diele ihrer Wohnung auf dem Fußboden, die Schuhe, die schmutzige Wäsche lagen noch um sie herum.
Sie ging zum Telefon, wählte die Nummer ihrer Tante, die sich auch gleich meldete. Sie sprach kurz mit ihr, versprach bald vorbei zu kommen, von ihrer Reise zu erzählen. Alles war wirklich, tatsächlich, ganz normal – und doch wieder nicht. ...
Als Angela den Spiegel erneut in die Hand nahm, war alles wie vorher: Sonne, Mond, Sterne, irgendwo in der Ecke der „Inverno". Übrigens nicht allein, auch die anderen Jahreszeiten, Primavera, der Frühling, Estada, der Sommer, Automo, der Herbst, waren da. Keiner hatte die Vorherrschaft. Und vorne, in dem Blättergeranke, veränderten sich die Blüten nicht mehr. Knospe blieb Knospe, Rose blieb Rose. Ihre Phantasie hatte ihr wohl etwas vorgegaukelt. Nur das Spiegelglas war so trüb. Ob sie auch das mit irgendeinem Putzmittel wieder heller bekommen würde?
Da war das Bild der Anderen wieder da! Jener Frau, die auf dem Markt hinter ihr gestanden haben musste und dann im Gewühl verschwunden war, als sich Angela nach ihr umdrehte. Jetzt war das Gesicht um Jahre gealtert, das Leuchten in den dunklen Augen war vergangen. Der Hut, die Lockenflut, waren verschwunden. Die Frisur war streng zurückgekämmt. Die einmal spielerischen Spitzen lagen nun dunkel, streng und hochgeschlossen um den schlanken Hals. Auch das Lächeln um die Lippen hatte sich gewandelt, aber es war noch da. Nicht mehr jung, nicht mehr übermütig, vielleicht etwas reifer, wissender, ein kleines bisschen spöttisch, wie es Angela schien.
Sie konnte den Blick nicht von dem Bild wenden, denn ein Bild, nichts anderes, schien der Spiegel zu sein. Vielleicht hatte sie durch ihre Putzerei einen spiegelartigen Anstrich entfernt und nun war diese Miniatur zum Vorschein gekommen?
Da war es Angela, als würde sich das Gesicht der Frau langsam ihr zuwenden. So langsam, beinahe unmerklich, dass Angela sich fragte, ob es nicht auch vorher schon so gewesen war, sie direkt angesehen hatte. Die Maler früherer Zeiten hatten mit einem Effekt oft erreicht, dass die Augen der Gemalten dem Betrachter folgten.

Doch dann verging das Bild wieder, ihr eigenes schob sich darüber. Die Linien schienen sich an vielen Stellen zu decken. Erstaunt stellte Angela eine gewisse Ähnlichkeit zwischen ihrem und dem Gesicht der Anderen fest. Da war etwas, das die beiden Frauen verband. Da war etwas, das sich mitteilen wollte! Zwanghaft rieb Angela die Spiegelfläche. Wieder erschien das Bild der Anderen, wieder um Jahre gealtert. Weißhaarig jetzt, Falten um Augen und Mundwinkel. Es war Angelas Gesicht, in fünfzehn, zwanzig Jahren.
Der Mund des Spiegelbildes öffnete sich, es war, als wolle die Andere etwas sagen – da zersprang der Spiegel. Blut spritzte über die geborstene Fläche. Angela hatte sich geschnitten. Ihre silbergraue Bluse hatte Flecken bekommen, die rasch braun wurden, wie blinde Stellen auf einem alten Spiegel. Und von der Rückseite, die ganze Fläche einnehmend, grinste der „Inverno".
Winter. Bald würde es Winter werden! Was würde er bringen? Dieser, der nächste, in fünfzehn, zwanzig Jahren...?
Das Bild der Anderen im Spiegel, das es ihr vielleicht hätte sagen können, war zerbrochen. –

Begegnung im Nebel

Eine Autopanne hatte sie gehabt, kurz vor der kleinen Stadt, die sie eigentlich nur durchfahren wollte. Zum Glück war ein Telefonhäuschen in der Nähe, zum weiteren Glück fand sie die Nummer einer Werkstatt und als dritten Glücksfall arbeitete man dort noch am Samstag nachmittags, so dass man einen Abschleppwagen schickte und ihr versicherte, man würde den Schaden so schnell wie möglich beheben. Übernachten musste sie allerdings im Ort, denn wenn sich der Meister auch bereit erklärt hatte, selbst mit Hand anzulegen, vor dem nächsten Mittag würde sie ihren Wagen kaum abholen können.
Es gab ein sauberes Hotel mitten auf dem Marktplatz, das auch an Gästezimmern keinen Mangel hatte, schließlich war die Saison schon längst vorbei. In den späten Herbsttagen verirrten sich nur noch sehr selten Gäste hierher.
Der Ort gefiel Sybille. Sie war, nachdem sie ihr Köfferchen im Zimmer abgestellt und darin die Heizung aufgedreht hatte, noch zu einem Spaziergang aufgebrochen. Allerdings kam die Dämmerung sehr früh und die Schaufensterbeleuchtungen gingen an, doch es war nur die Geschäftszeile erhellt, von der Umgebung sah sie nicht mehr viel. Zum Fluss war sie noch hinunter gegangen und ein paar Schritte auf der Promenade entlang marschiert, aber der Nebel hüllte bald den schmalen Weg ein und es schien ihr nicht ratsam, weiter zu gehen. Auch war ihr inzwischen kühl geworden, obwohl sie den Mantelkragen hochgeschlagen und die Hände tief in den Taschen versenkt hatte. Ein langweiliger Abend würde es werden. Sie hatte ja nicht mit einem Aufenthalt gerechnet und es war mehr als Vorsorge gewesen, wenigstens Nachtzeug und eine Zahnbürste dabei zu haben. Vielleicht lagen im Gastzimmer ein paar Zeitschriften aus, die sie sich mit aufs Zimmer nehmen konnte.
Das Abendessen war gut und reichlich gewesen, obwohl ihr Appetit nicht groß war. Der Ärger über den Zwischenaufenthalt hatte sich Sybille auf den Magen geschlagen und ihre Überlegungen, was die Reparatur wohl kosten würde, noch dazu mit Sonderarbeitszeit, waren auch nicht dazu angetan, sie fröhlich zu stimmen.
Es waren kaum Gäste im Schankraum. Ein paar Männer saßen am Stammtisch, tranken und rauchten und spielten Karten. Lautstark und

in Rauch gehüllt, so dass es Sybille auch dort nicht länger aushielt. Am Empfang, an der Reception, wie in verblassten Goldbuchstaben über der schmalen Theke stand, lagen ein paar Prospekte, die Sybille, in Ermangelung anderen Lesestoffs, an sich nahm.
In ihrem Zimmer war es inzwischen wohlig warm geworden, nur die Heizung surrte und simmerte und machte viel zu viel Lärm. Würde sie dabei schlafen können? Sie versuchte sie zurückzudrehen, aber der Griff bewegte sich nicht mehr, schien wie festgebannt zu sein. Nun gut, für eine Nacht musste es gehen. Wahrscheinlich war die Heizung so laut, weil sie nur in diesem Zimmer aufgedreht war und ihre ganze Energie hierher schickte.
Sybille hatte sich aufs Bett geworfen, die Prospekte um sich herum gebreitet. Wein bot man an. Ein Modegeschäft machte auf sich aufmerksam. Ein Supermarkt warb mit Supersuperpreisen. Nichts, womit man einen langen Abend verbringen konnte, bevor der Schlaf kam.
Doch dann war da noch eine geheftete Festschrift, die Sybille interessierte. Der kleine Ort hatte eine Jahrfeier hinter sich, tausend Jahre gab es ihn schon! Und noch nie hatte sie von ihm gehört... Die Stadtgeschichte las sich sehr interessant und entführte Sybille in die Vergangenheit. Auch die Umgebung wurde lobend erwähnt, Spazierwege, Fußsteige, eine Gnadenkapelle, ein Herrschaftsschlösschen.
Weil Sybille früh eingeschlafen war, war sie auch früh wieder wach. Im Hotel rührte sich noch nichts, Frühstück gab es wahrscheinlich erst ab acht. Aber im Bett bleiben wollte sie auch nicht mehr. Die Heizung, die sich nicht hatte abdrehen lassen und die ganze Nacht vor sich hinbrummelte, hatte die Luft trocken gemacht, so dass Sybille leichte Kopfschmerzen verspürte. Ein Spaziergang in der klaren Herbstluft würde ihr gut tun.
Sie zog sich an, sperrte ihr Zimmer hinter sich ab und trat auf die noch menschenleere Straße hinaus. Klar war die Herbstluft keineswegs! Nebelschwaden hingen über den Dächern, es war kalt und die Scheiben der parkenden Autos waren mit Raureif überzogen. Trotzdem, ein bisschen zu gehen würde ihr nicht schaden. Diesmal nicht zum Fluss hinunter, denn dort war es bestimmt noch kälter und nebliger. Aber es gab hier doch einen interessanten Fußsteig, der zu einer Gnadenkapelle führte, den wollte sie gehen, zumindest ein Stückchen weit.
Die Treppen begannen gleich hinter der Pfarrkirche und wanden sich

stetig höher und höher, Staffel auf Staffel, dazwischen ein winziges gerades Stück und wieder Treppen, Treppen. Sybille erschien es bald, als würde sie die Himmelsleiter hinaufsteigen. Die schmalen Stufen waren mit halb verwestem, rutschigem Laub bedeckt, so dass sie vorsichtig Schritt vor Schritt setzte. Ihr Atem hing in einem weißen Wölkchen über ihrem Gesicht. Der Nebel hatte sie und alles rings umher eingehüllt. Lautlose Stille. Nur hin und wieder knackte ein Ästchen, auf das Sybille getreten war.

Der Weg wurde immer steiler. Jetzt gab es ein grob gezimmertes Geländer, an das sie sich halten konnte, aber keine Aussicht, keinen Durchblick auf den Ort und die Umgebung hinunter. Es war, als wäre sie allein auf der Welt.

Sybille war nie ein ängstlicher Typ gewesen, aber jetzt wurde es ihr doch allmählich unheimlich. Was, wenn sie auf einer dieser rutschigen Stufen ausglitt, sich den Fuß verrenkte oder gar brach? Wann würde sie hier jemand finden? Würde jemand ihr Rufen hören, würde es diese Nebelwand durchdringen, die sich immer enger, atembedrängend, auf ihre Brust legte?

Vorsichtig begann Sybille mit dem Abstieg. Sie wusste nicht mehr, wie lange sie schon unterwegs gewesen war. Ihre Uhr hatte sie auf dem Nachttisch liegen gelassen, vergessen. Kein Sonnenstrahl stahl sich durch die Nebelwand. Es war, als wäre alles Licht grau geworden. Mit beiden Händen klammerte sich Sybille jetzt an das Geländer und dort, wo es fehlte, trat sie besonders zögernd auf, zuckte bei jedem kleinen Nachgeben des Blätterbelags unter ihren Sohlen zusammen. Nur nicht stürzen, nur nicht hinfallen! Sie wäre verloren, für Stunden würde sie hier hilflos liegen. Ihr war, als wäre sie am Ende der Welt angekommen.

Doch dann war da ein Laut. Ein leises Schnauben, ein Schnüffeln. Gab es Wildschweine hier im Wäldchen? Wohin sollte sie flüchten, wenn sie ein Eber angreifen wollte!

Wie erstarrt blieb Sybille stehen, wagte kaum zu atmen. Da raschelte das Laub, das Schnauben verstärkte sich, kam immer näher. Dann löste sich ein riesenhaft großer, schwarzer Hund aus dem Nebel, blieb selber wie erschrocken, erstaunt, stehen und sah sie mit bernsteingelben, beinahe blutunterlaufenen Augen an. Sybille hatte Angst vor Hunden, war als Kind einmal von einem gebissen worden und hatte

diese Ängstlichkeit nie mehr ganz ablegen können. Wohin sollte sie vor diesem Ungeheuer flüchten? Hinauf oder hinunter? Aber es würde ihr folgen, würde schneller sein als sie! Tränen der Hilflosigkeit schossen ihr in die Augen. Warum nur, warum war sie nicht auf ihrem Zimmer geblieben. Lieber vor lauter Langeweile gestorben, als hier nun vor Schreck! Doch ihr Herz blieb nicht stehen, obwohl es wie ein Dampfhammer gegen ihre Rippen pochte.
Der Hund kam auf sie zu, legte den Kopf schief, blaffte kurz auf und machte dann Anstalten, ihre Hand zu lecken. Sybille wagte nicht, sie zurückzuziehen, obwohl ihr diese Berührung unangenehm war. Doch nur im ersten Augenblick, dann überfiel es sie wie eine Erlösung, dass da ein lebendiges Wesen war, dass sie nicht alleine war und dass es dieses Wesen offenbar gut mit ihr meinte! Oder würde der Hund zuschnappen, wenn sie sich bewegte? War sie durch seine Wachsamkeit hier festgebannt? Hatte sie unwissentlich sein Revier betreten, das er dann verteidigen würde, wenn sie sich einen Schritt weiter wagte?
Sie tat diesen Schritt – und der Hund ging mit. Lief vor ihr her die Treppe hinunter, sah sich nach ihr um, wenn sie nicht gleich nachkam. Trottete auch zurück, wenn sie vor einer Stufe zögerte, die ihr gar zu glatt vorkam, stupste sie in die Seite, als wolle er ihr Mut machen.
Als Sybille am Ende der Stiege angelangt war und auf den Kirchplatz trat, war der schwarze Hund mit einem Mal verschwunden. War er zurückgelaufen? War er dort oben irgendwo zu Hause? Im Herrenschlösschen? Oder unten im Ort? Sybille sah ihn nicht mehr und als sie mit leiser Stimme nach ihm rief: „Wo bist du? Komm doch zu mir!" da kam keine Antwort, kein Laut, kein Schnauben und Schniefen aus dem Nebel. Ihr Begleiter hatte sie sicher zurückgebracht und sie konnte ihm nicht einmal danken.
Zum Hotel waren es nur noch ein paar Schritte. Erleichtert betrat Sybille den Frühstücksraum. Die Lampen brannten über den Tischen. Es roch nach Kaffee. Wärme und Geborgenheit.
Als Sybille nach dem schwarzen Hund frage, nach seinen Besitzern, seinem Zuhause, schüttelte man den Kopf. So ein Tier gab es in der ganzen Umgebung nicht. Aber als Sybille ein wenig später in die Pfarrkirche trat, stand auf einem Epitaph mit verwitterter Schrift, in Stein gehauen ein großer Hund mit hängender Zunge neben einer Rittergestalt.

Das Labyrinth

Vor einem halben Jahr war er gestorben, „plötzlich und unerwartet", wie es in der Todesanzeige hieß und das stimmte auch. Keiner hatte mit seinem Tod gerechnet. Hatte sein Hausarzt und Freund nicht erst einen Monat zuvor zu ihm gesagt: „Du kannst bei deinen Werten gut und gern einhundertzwanzig Jahre alt werden!" Nicht einmal die Hälfte davon hatte er geschafft, gerade einmal sechsundfünfzig war er geworden! Es war ein Hirnschlag gewesen, der ihn wie aus heiterem Himmel getroffen hatte. Wenn man es als Glück betrachten wollte, war er sofort tot gewesen und kein Pflegefall geworden, der für etliche Jahre dahinvegetieren musste. Aber Hannelore, seine Frau, konnte das nicht als „Glück" empfinden. Ein paar Jahre älter war sie als er, jetzt sollte sie ihren sechzigsten Geburtstag feiern. Aber gab es etwas zu feiern, wo er nicht mehr dabei war?
Ihre beste Freundin Hedwig, mit der sie schon in den Kindergarten gegangen war, die sie praktisch ihr Leben lang kannte, hatte ihr zum Geburtstag eine Vier-Tage-Reise geschenkt. „Du musst wieder einmal raus aus deinem Käfig aus Trauer und Resignation!" hatte sie gesagt. „Ich fahre natürlich mit, du wirst nicht allein sein. Aber du kannst neue Eindrücke sammeln, dich ablenken lassen. Du brauchst eine andere Umgebung!"
Als Hannelore die Reisebuchung in die Hand gedrückt bekam, zuckte sie zurück: „Andere Umgebung? Und dann willst du mich in meine Kindheit entführen? Du weißt doch, dass ich, dass wir, dort aufgewachsen sind!"
„Natürlich weiß ich das. Aber genau dort, wo unsere Wurzeln sind, kannst du vielleicht wieder zurückfinden zu deinem Ursprung!" hatte Hedwig gemeint. „Und vergiss nicht, ich bin immer bei dir. Wir machen diese Reise gemeinsam. Dort waren wir Kinder, sind zusammen in den Kindergarten, in die ersten Schulklassen gegangen. Du bist meine beste, meine älteste Freundin! Ich will bei dir sein und dir helfen, deinen Weg zurück zu finden! Du bist noch lange nicht am Ende! Du darfst dich nicht aufgeben!" So eindringlich Hedwig gesprochen hatte, so wenig überzeugt war Hannelore.
Aber gut. Sie wollte die Freundin nicht enttäuschen und diese Reise mit ihr machen.

Es ließ sich auch alles besser als erwartet an. Sie hatten hin und wieder über ihre gemeinsamen Erinnerungen sogar lachen können, was Hedwig befriedigt registrierte. War ihr Geburtstaggeschenk doch nicht so falsch gewesen! Bis sie sich beim Elisabethen-Schlösschen ein wenig von der übrigen Reisegesellschaft abgesondert hatten. Ein Labyrinth gab es dort, oder sollte man besser sagen, einen Irrgarten? Jedenfalls dachten beide, sie würden diesen aus grünen, gestutzten Hecken, kiesbestreuten Wegen und mit steinernen Figuren ausgestatteten Irrgang aus ihren Kindertagen längst kennen. Trotzdem verloren sie sich darin.

Hannelore kam es vor, als wäre sie schon stundenlang unterwegs. Die Hecken wurden dichter, wandelten sich in steinerne Mauern, die Inschriften trugen, die sie anfangs nicht zu entziffern vermochte, die jedoch immer deutlicher wurden, plastisch, mit Bildern, die sie aus ihrer Vergangenheit kannte.

Waren es Epitaphe? Es stellte sich beinahe so dar. Man hatte doch den Irrgarten nicht in einen Friedhof umgewandelt? Die steinernen Figuren rückten immer näher, die Wege schienen enger zu werden und es war düster geworden, als hätte sich der Himmel überzogen und die Sonne verschluckt. Hannelores Atem ging mühsam und stoßweise, sie fühlte sich beengt, ging immer hastiger und hatte den Eindruck, schon Stunden um Stunden nach dem richtigen Ausgang zu suchen.

Ihr Schritt stockte vor dem Bildnis des Freundes ihres Vaters. Ja, das war der Apotheker Leonhard, gepanzert wie eine Rittergestalt. Dann trat Doktor Stiller aus einer Grabumfassung, der sie schon als Kind gekannt hatte. Er lächelte ihr schwermütig zu, als wäre er der steinerne Gast aus „Don Giovanni", streckte die Hände nach ihr aus.

Der Weg wurde immer beschwerlicher, schien kein Ende nehmen zu wollen. Sie kam kaum noch vorwärts, hustete aus Atemnot und musste doch weiter, weiter! Sie musste zum Ausgang! Zum Licht! Denn es war nun beinahe Nacht geworden in diesem Labyrinth. Sie versuchte zu rufen. Hedwig musste doch in der Nähe sein! Und wenn nicht sie, dann andere Leute, andere Besucher dieses Irrgartens! War sie denn wirklich allein hier? Verlassen, verloren, verirrt?

Es kam ihr vor, als würden die steinernen Wände sie beinahe erdrücken. Sie las die Tafeln, die Inschriften auf den verwitterten Steinen. Alles Leute, die sie gekannt hatte, die in ihrem Leben eine Rolle gespielt hatten und die nicht mehr am Leben waren. Da war Peter, ihre erste Liebe, eine kindliche, kaum erwachte Liebe, die natürlich nie eine Zukunft gehabt hatte, aber auch nie vergessen wurde. Er war in jungen Jahren an Leukämie gestorben. Christoph, die wirkliche Liebe ihres Lebens, der für sie keinen Platz in seinem Leben gefunden hatte. Er war von einer Lawine verschüttet worden. Karl, ihr Bruder, der lang vor seiner Zeit an Herzversagen gestorben war und zu dem sie nie einen geschwisterlichen Draht gehabt hatte, weil der Altersunterschied einfach zu groß gewesen war. Und dann war da auch die Grabplatte die den Namen von Herbert, ihrem Ehemann, trug. Hier? Wieso hier? Viel zu spät im Leben hatte sie ihn gefunden, sie, die eigentlich nie hatte heiraten wollen. Er war der Freund ihrer Mutter gewesen und es war beinahe so etwas wie „Blutschande", als er sich ihr zuwandte. Damals hatten sie keine Bedenken gehabt, alle beide nicht. Wenn die Liebe spricht, haben alle Vorbehalte zu schweigen: „Omina vincit Amor!" Die Liebe siegt immer.

Es waren gute Jahre gewesen, die sie miteinander verbrachten, aber es waren zu wenige gewesen, viel zu wenige! Tränen überströmten ihr Gesicht, sie konnte sie nicht zurückhalten, es war wie ein Quell, der sich plötzlich Bahn gebrochen hatte, „plötzlich und unerwartet"...

Sie verhielt ihren Schritt, als sie eine Stimme hörte. Es war die Stimme ihrer Mutter. Dann sah sie sie auch. Sie lehnte an einem steinernen Tisch, der im Gewölbe eines Familienmausoleums zu stehen schien, so als hätte sie dort den Vorsitz.

Eine Reihe von Männern saß um diese Tafel herum, auf der sich keinerlei Speisen, keine Notizblöcke, keine Getränke, rein gar nichts befand. Eine Konferenz, bei der man sich nichts notierte, so, als wäre alles schon bekannt, besprochen, abgehakt, erledigt. Unter all diesen Grandseigneurs, denn so sahen sie alle aus, bemerkte Hannelore auch ihren Herbert. Er war wieder bei ihrer Mutter! Hatte er ihre gemeinsamen Jahre vergessen, verdrängt? Galten sie ihm nichts mehr?

Mit einem Schrei, als hätte man ihr einen Dolch ins Herz gestoßen, stolperte Hannelore, sank in die Knie, sah den Himmel über sich nicht mehr. Die Hecken, die grünen Hecken rund herum schienen mit einem Mal all ihr Laub zu verlieren, wurden grau, kahl, dürr. Es war, als wäre alles Leben aus ihr, aus ihrer Umgebung, aus der Welt gewichen. Sie spürte ihren Herzschlag kaum noch, hörte aber die Stimme

ihrer Mutter, nah, so nah, als würde diese sich über sie beugen. „Kind, wo kommst du her? Du bist viel zu früh! Du musst wieder gehen! Das hier ist noch nichts für dich!"
Wie oft hatte sie diese Worte gehört: „Das ist noch nichts für dich!" Immer wieder abgewiesen, des Augenblicks verwiesen. Verwaist war sie sich vorgekommen, hilflos, heimatlos, auch hier und jetzt.
Tief holte sie Atem, seufzte auf, wollte sich fallen lassen, versinken, vergessen. Ankommen, endlich ankommen, dort, wo sie nicht fehl am Platz war! Warum kam Herbert nicht, um sie zu holen? Er war doch auch am steinernen Tisch gesessen!
Dann spürte sie ein Streicheln auf ihren Wangen. War er da? Noch einmal seufzte sie tief auf. Geschafft, sie hatte es geschafft. Sie war bei ihm, er war bei ihr! Aber es war nicht seine Stimme, die sie aus einer Tiefe zurück holte, in der sie sich geborgen geglaubt hatte. Hedwig, die Freundin aus Kindertagen war es. „Endlich habe ich dich gefunden! Was machst du auch für Geschichten! Komm, steh auf, wir müssen zurück zum Bus. Die anderen warten schon. Oder soll ich dich in ein Krankenhaus bringen? Es geht dir nicht gut. Du bist so sterbensblass. Vielleicht hast du einen Sonnenstich? Es ist ja auch so drückend heiß heute. Vermutlich war es ein Fehler, mit dir hierher zu kommen! Ich dachte, du kennst dich gut aus und bist gleich wieder draußen aus dem Labyrinth. Es sind ja nur ein paar versetzte Büsche, nichts, wovor man erschrecken müsste. Man hat den Dreh gleich raus. Du musst das doch noch von früher kennen!"
Hannelore schüttelte den Kopf. Ihr war kalt, eisig kalt, als hätte sie ein Hauch von Jenseits angeweht „Es war nur ein kleiner Schwächeanfall. Ich bin wieder da. Ich bin wieder ganz da. Wir können weiter, wie weit der Weg auch noch sein wird!"

Das Schicksal findet seinen Weg

Martin Waldau fuhr gerne Auto, schon seit er seinen Führerschein mit achtzehn Jahren gemacht hatte. Damals, in seiner Jugend, war der Besitz eines Führerscheins noch nicht so eine Selbstverständlichkeit, wie er das heutzutage ist. Und ein Auto, ein eigenes Auto, hatte sich Martin auch nicht sofort leisten können. Dafür musste er erst ein paar Jahre eisern sparen und wenn ihm sein Vater nicht einen entsprechenden „Kredit" gewährt hätte – mit dem Hinweis, dass dieser selbstverständlich abzuarbeiten wäre – dann hätte er bestimmt nicht schon mit knapp zweiundzwanzig die eigenen vier Räder auf die Straße bringen können!

Die „Arbeit", die sein Vater zum Abstottern des gewährten Zuschusses im Auge gehabt hatte, war für Martin natürlich keine, denn es handelte sich um gelegentliche Ausflüge und Fahrten zu Verwandten nach Regensburg, zum Kaffeetrinken an den Chiemsee und dergleichen, sie war also immer verbunden mit dem, was Martin Waldau selber am liebsten tat: Autofahren.

Bei den Mädchen war seinerzeit ein junger Mann mit eigenem fahrbaren Untersatz, bei dem es sich nicht um ein Moped oder ein Motorrad handelte, sehr geschätzt. Konnten sie doch dann ihre petticoatschwingenden Kleidchen und die Schühchen mit den Pfennigabsätzen sicher zur nächsten Tanzveranstaltung bringen, mussten keinen plötzlichen Regenguss fürchten oder den Verlust eines Absatzes am heißen Auspufftopf des „Feuerstuhls".

Martin war also ein leidenschaftlicher Autofahrer und diese Leidenschaft begleitete ihn eigentlich lebenslang, bis – ja bis... Inzwischen war Martin Waldau längst kein junger Mann mehr und seine Autos hatten sich durch die diversen Marken bis zum jetzt gefahrenen Statussymbol „hinaufgearbeitet". Der kleine Topolino aus den Anfangstagen hatte sich zum silbergrauen Mercedes gemausert, so silbergrau, wie Martins Haar inzwischen geworden war. Auch war Martin Waldau längst kein kleiner Angestellter mehr, sein Ehrgeiz hatte sich nicht nur auf den Erwerb immer besserer und größerer Autos beschränkt, er hatte einen kleinen Elektrohandel von einer Tante geerbt, mit der er auch immer wieder kleine Vergnügungs- und Ausflugsfahrten unternommen hatte, und die sich eben dahingehend revanchierte,

dass sie ihm ihren Laden vermachte. Martin hatte diesen aber nicht nur übernommen, sondern im Laufe der Zeit auch ausgebaut, vergrößert, modernisiert, eine Filiale nach der anderen eröffnen können, er war, wie man so sagt, ein gemachter Mann geworden.
Aber nicht nur durch Erbschaft, auch durch Heirat war er die Karriereleiter hinaufgefallen. Seine Frau brachte, als einzige Tochter ihrer Eltern, noch einen Autohandel mit in die Ehe und so musste Martin bisweilen auf zwei Hochzeiten tanzen, Elektro- und Autogeschäft unter einen Hut bringen. Er war ein vielbeschäftigter Mann, als solcher natürlich auch viel unterwegs. Mit seinem Auto, versteht sich.
Wie gesagt, das Autofahren wurde ihm nie zu viel. Immerhin fuhr er inzwischen vierzig Jahre unfallfrei und hatte auch eine entsprechende Plakette dafür bekommen, inklusive Urkunde; beides war allerdings in irgendeiner Schublade verschwunden, interessierte ihn nicht.
An einem Abend, es war so spät wie gewöhnlich, Kathrin, seine Frau war es in den langen Ehejahren gar nicht anders gewöhnt, schien Martin besonders verstört. Er hatte seinen Wagen nicht mehr in die Garage gefahren, was er sonst immer und unter allen Umständen tat. Er hatte in der Diele seinen Aktenkoffer achtlos in eine Ecke gestellt, den Mantel lässig über den Haken gehängt, ohne ihn über einen Bügel zu streifen. Er war blass, verwirrt, sein Haar zerrauft, die Lippen blutleer. Erschrocken sah ihn Kathrin an: „Was ist passiert?"
„Gib mir einen Whisky! Bitte! Einen doppelten!"
Das war äußerst ungewöhnlich, denn vor dem Abendessen trank Martin selten etwas. Erst wenn er sicher sein konnte, nicht mehr wegzumüssen, ins Auto steigen zu müssen, fing für ihn der Feierabend an und dann durfte auch der bewährte Johny Walker kommen. Kathrin ging zum Barschrank, holte die Flasche, goss ein Glas ein, wollte zum Siphon greifen, doch Martin wehrte ab: „Pur, bitte!"
Sie reichte ihm das Glas. Er stürzte das Getränk hinunter und bat um einen zweiten Drink. Kathi nahm ihm das leere Glas ab, blieb aber vor ihm stehen: „Was ist passiert, red schon! Ich seh' doch, dass du ganz durcheinander bist!"
„Ich hätte beinahe ein Kind überfahren" stammelte Martin und wedelte befehlend mit der Hand, um seinen zweiten Whisky zu bekommen. Das war für Kathrin so ungewohnt, dass sie seiner stummen Aufforderung stumm folgte.

Martin schüttete auch den zweiten Drink hinunter, musste husten, setzte das Glas ab. „Es war in einer Nebenstraße mit Tempo 30. Ich bin bestimmt nicht schneller gefahren, du weißt, ich bin immer korrekt, da kann ich es noch so eilig haben. Plötzlich läuft ein Kind auf die Straße, ein kleiner Junge. Ich weiß nicht warum, ich weiß nicht, woher er so plötzlich gekommen ist. Auf einmal war er da, direkt vor meinem Kühler. Ich sehe sein erschrockenes Gesicht, trete mit aller Kraft auf die Bremse. Der Wagen schert nach hinten aus. Das Kind ist verschwunden. Habe ich es erfasst, liegt es unter den Rädern? Mit zitternden Beinen steige ich aus. Es ist dunkel, die Straßenlaternen brennen noch nicht, es ist auch leicht neblig. Ich sehe nichts, kein Kind, keinen Buben in einem geringelten Pullover, keinen Ball, dem er nachgelaufen sein könnte. Ich bin allein auf der Straße. Parkende Autos links und rechts, angehende Lichter in den Reihenhäusern, niemand auf der Straße, auf den Gehsteigen. Ich gehe um mein Auto herum, auch da kein Schaden, keine verbeulte Stoßstange, keine lädierte Seite, nichts, absolut nichts."
„Du bist überarbeitet", meint Kathrin. „Geh heute früh zu Bett und schlaf dich einmal richtig aus. Der Laden läuft auch einen Tag ohne dich, ich rufe morgen an und melde dich krank. Willst du noch eine Kleinigkeit zum Essen?"
Martin schüttelt den Kopf, möchte nur noch einen Whisky, was auch äußerst ungewöhnlich ist, denn nicht einmal abends trinkt er mehr als ein oder zwei Gläser. Dann geht er zu Bett. Träumt. Schreckt aus seinem Traum auf. Da ist wieder dieses Kind in seinem geringelten Pullover, das plötzlich vor seinem fahrenden Auto steht, das er beinahe überfährt, von dem er beim Aussteigen keine Spur mehr findet. Martin ist krank, er hat Kopfschmerzen, Herzbeschwerden, unerklärliche Magenschmerzen. Er bleibt zu Hause, was schon seit Jahrzehnten nicht vorgekommen ist. Kathrin hat Recht, der Laden läuft auch ohne ihn. Vielleicht sollte er, sollten sie, Urlaub machen? Ein paar Tage verreisen, in die Sonne, irgendwohin.
Martin Waldau bleibt nicht zu Hause. Er wird gebraucht, er bildet sich ein, gebraucht zu werden. Er fährt auch wieder mit seinem silbergrauen Auto, er meidet nur die bewusste Nebenstraße. Bis er eines Tages nicht anders kann. Eine Umleitung, er muss dort durch, wenn er keinen größeren Umweg in Kauf nehmen will.

Und es passiert wieder das gleiche. Ein wenig Nebel, die ersten Lichter gehen in den Reihenhäusern an, kein Mensch auf der Straße, niemand auf dem Gehweg. Dann plötzlich: Das Kind! Der Bub, der direkt in Martins Auto hineinzulaufen scheint. Martin bremst, dass die Räder durchdrehen. Das Kind verschwindet. Verschwindet unter dem Wagen? Martin steigt aus, findet nichts. Kein Kind, keinen Ball, dem es nachgelaufen ist, keine Spuren an seinem Wagen.

Als er es Kathrin erzählt, meint sie vorsichtig: „Vielleicht lässt du dich das nächste mal fahren, wenn du einen anstrengenden Tag hinter dir hast. Es fällt dir doch keine Perle aus der Krone, wenn du einen von deinen Angestellten bittest. Der junge Hausner würde dir sicher den Gefallen tun, ehrgeizig wie er ist: den Chef fahren! Das wäre bestimmt eine besondere Ehre für ihn. Überlege es dir, du musst nicht mehr alles selber machen, auch nicht mehr Autofahren!"

Martin ließ sich überreden. An einem Abend, an dem er besonders müde und ausgelaugt war, sich selber eingestehen musste, nicht mehr der Jüngste zu sein, rief er, wie beiläufig den jungen Hausner zu sich, bat ihn: „Könnten Sie mich nach Hause fahren? Ich bin wohl heute ein wenig überarbeitet, zerschlagen. Eventuell könnten wir das zu einer Dauereinrichtung machen? Sie fahren mich, für einen Extrabonus natürlich?" Hausner nickte eifrig: „Gerne, sehr gerne, Herr Waldau!" und stieg stolz in den silbergrauen Mercedes. Den Chef fahren, das Chefauto fahren! Das war schon was!

Sie kamen in die Nebenstraße, die eine Abkürzung zu Waldaus Wohnung war.

Dann lief das Kind zwischen den parkenden Häusern heraus, ein Junge; der einen geringelten Pullover trug. Hausner bremste, doch Waldau drängte: „Weiter, weiter! Es ist nur eine Halluzination! Die hatte ich hier schon öfter. Es ist nichts, kein Kind, kein Ball, nichts, nichts, nichts!"

Die Bremsen kreischten, ein dumpfer Knall, ein erstickter Schrei. Der Junge lag unter dem Wagen, Blut färbte die Pflastersteine. Er starrte mit weitgeöffneten Augen, die nichts mehr sahen, Martin Waldau an. „Ich kann nichts dafür", stammelte Hausner. Martin nickte nur, beugte sich zu dem Kind hinunter.

Das Schicksal findet seinen Weg, um in Erfüllung zu gehen.

Der Mitbewohner

Die Hände in die Hosentaschen geschoben und den Kragen der Jacke hochgestellt stand er unschlüssig vor dem Haus. Die Adresse hatte er aus der Zeitung, aber diese war schon ein paar Tage alt. Wer weiß, ob die darin inserierte Wohnung noch zu mieten war? Wenn er allerdings noch länger zögerte... Warum er so zauderte konnte er sich selber nicht erklären. Er brauchte eine Bleibe und zwar dringend! Und wenn er der Annonce glauben durfte, dann war dieses Appartement unwahrscheinlich günstig, er würde es sich auf alle Fälle leisten können. Aber gerade dieser auffallend geringe Mietpreis war es, der ihn stocken ließ. Ach was, ganz bestimmt war die Wohnung schon deshalb gar nicht mehr frei!
Nun stand er vor der Eingangstür und studierte die Klingeltafel. Da, im vierten Stock fehlte das Namensschild. Also wenn es noch keinen neuen Mieter gab, hätte er vielleicht doch eine Chance. Nun läutete er an der Hausmeisterwohnung, wie es ihm die Maklerin empfohlen hatte. Der Türsummer ging auch beinahe sofort und als Robin Griesler das Treppenhaus betrat, flammte auch gleich die Beleuchtung auf und ein von struppigen eisgrauen Haaren bedeckter Kopf schob sich durch die Wohnungstür der Hausmeisterwohnung im Parterre. „Ja, bitte?"
Robin räusperte sich, sein Hals schien belegt. „Ich komm wegen der annoncierten Wohnung", sagte er dann. Da ging die Tür beim Hausmeister vollständig auf und eine etwas füllige Gestalt schob sich heraus. „Ja, ja, die Maklerin hat mich schon telefonisch informiert, dass heut' vielleicht noch ein Interessent kommt". Der Hausmeister griff hinter sich an einen Wandhaken und holte einen Schlüssel herunter. „Dann schaung ma moi!"
Als er im vierten Stock die Wohnungstür aufschloss, schlug den beiden ein etwas unangenehmer Geruch entgegen. „Da ghörat g'lüft" meinte der Hausmeister und ging gleich durch die Diele zum Küchenfenster, um dieses zu öffnen. „Kemman S' nur rei, kemman S' nur rei", ermunterte er Robin, der zögernd an der Tür stehen geblieben war. „Groß is' ja ned, de Wohnung, aber für oan alloa", meinte er dann und öffnete die Tür zur Wohnstube und die gegenüberliegende zum Schlafraum. „Bad und Klo san da", wieder wies er auf eine Tür, die zum Gang hin geöffnet war. „Da gibt's allerdings koa Fenster. Sie

san doch alloa?" fragte er dann, an seine vorherige Bemerkung anknüpfend. Robin Griesler nickte. Er war erst neu in der Stadt, vor einer Woche von zu Hause ausgezogen. Sein ganzes Hab und Gut hatte er noch in seinem Auto verstaut. Viele Habseligkeiten hatte er nicht und den größten Raum in seinem Wagen hatte sein Schlagzeug eingenommen. Das war auch der Punkt, den er jetzt unbedingt zur Sprache bringen musste. „Ich bin Musiker", sagte er, „ich spiele Schlagzeug. Aber", setzte er schnell hinzu, als er sah wie der Hausmeister die Stirn in Falten zog, „meine Anlage ist leise. Die ist ganz neu, ich kann sie mit Kopfhörern spielen, so dass ganz bestimmt kein Nachbar gestört wird. Allerdings müsste ich mir das Wohnzimmer als Studio einrichten."
„Wia Sie sich einrichten, des is mir ganz wurscht", meinte Engelbert Schließleder, der Hausmeister. „Aber komisch is des scho. Ihr Vorgänger war aa Musiker, Schlagzeuger, wia Sie. Wenn Sie so leise spuin ois wia er, wenn sich kein Nachbar beschwert, dann siehg i koa Hindernis, dass Sie da eiziahng könna!"
„Es hat sich also noch niemand für die Wohnung interessiert?" fragte Robin und schüttelte verwundert den Kopf. Ihm gefielen die Räume, sie waren für seine Zwecke geradezu ideal und ausreichend. Wenn man dann noch die günstige Miete bedachte... Gab es da vielleicht irgendeinen Pferdefuß? Vorsichtig fragte er nach: „Es ist doch alles in Ordnung mit der Wohnung? Keine Schimmelpilze? Keine Mängel, die Sie mir nicht sagen wollen?"
„Naa, naa, es is ois paletti!" versicherte der Hausmeister und diese Antwort kam fast zu schnell. „Es is frisch gweißelt, mei Frau putzt morgen nomoi raus, wenn Sie des ham wolln. Und zahln", setzte er hinzu, aber Robin schüttelte den Kopf. „Es ist ja besenrein und beim Einzug trägt man doch wieder eine Menge Schmutz herein. Allerdings", er zögerte ein wenig, „wenn's nichts ausmacht, würde ich gerne schon heute einziehen!"
„Heut no?"
„Ja, jetzt gleich, wenn's keine Umstände macht. Ich habe ja alles in meinem Auto, draußen auf der Straße. Und wenn Sie mir vielleicht ein bisschen beim Reintragen helfen – natürlich gegen Bezahlung – dann kann ich diese Nacht schon hier schlafen. Das wäre mir sehr recht, denn noch einmal in einem Hotel..."

Verständnisvoll nickte der Hausmeister. „Des konn leicht sei. Wenn Sie mir nur den Wisch unterschreiben, dass Sie nicht am Ersten des Monats sondern eben heut scho..." Robin winkte ab. „Natürlich. Ich bin ja froh, wenn ich endlich ein festes Dach über dem Kopf hab und Sie keine Schwierigkeiten für einen sofortigen Einzug sehen."
Gemeinsam trugen die beiden dann die wenigen Dinge, die Robin Grieslers Eigentum waren, aus dem Auto zum Lift, mit dem sie nur drei- viermal hinauffahren mussten, bis alles an Ort und Stelle war. Möbel hatte Robin kaum welche, nur eben seine „Schießbude", wie er seine Schlagzeuganlage nannte, mit dazu gehörigem technischem Gerät. Ins Schlafzimmer kam eine Matratze mit dem nötigen Bettzeug. Die Küche war eingerichtet, es gab sogar einen Kühlschrank. Die Ablöse für dieses Mobiliar war mit der ersten Monatsmiete zu bezahlen.
„Das war's dann schon", meinte Robin ein wenig verlegen, als sich nichts mehr vom Kofferraum nach oben zu schaffen fand.
„Werd scho no werden", meinte Engelbert Schließleder gemütlich, holte dann zwei Flaschen Bier aus seiner Wohnung, hielt eine Robin hin und meinte: „Auf an guadn Einstand und dass Eahna gfoid bei uns." Dabei sah er allerdings, so fand Robin, ein wenig verlegen aus. Aber wie hatte er gesagt? „Werd scho no werden!" Und da war Robin mit ihm einer Meinung.
Es heißt, dass das in Erfüllung geht, was man in der ersten Nacht unter einem fremden Dach träumt. Robin Griesler wachte in dieser ersten Nacht gegen drei Uhr früh auf, weil er meinte, in seinem Wohnzimmer, das für ihn ja sein Studio war, einen Lichtschimmer gesehen zu haben. Hatte er bei irgendeiner Anlage vergessen, sie auszuschalten? Er stand auf von seinem Matratzenlager und tappte hinüber, ohne die Lichtschalter zu betätigen. Da saß doch jemand in seinem Regiesessel, dem einzigen Stuhl, den er in seinem Studio hatte! Er tastete nach dem Schalter, die kahle Birne an der Decke flammte auf. Es war niemand da. Natürlich nicht, wie hätte auch jemand hereinkommen können! Robin hatte hinter dem Hausmeister seine Wohnungstür versperrt, der Schlüssel steckte von innen. Und über den Balkon? Außerdem, ein Einbrecher und Dieb hätte bestimmt etwas Besseres zu tun, als sich in den Sessel zu setzen und zu warten, bis er entdeckt würde. Robin musste geträumt haben, doch den Rest der Nacht schlief er ziemlich unruhig.

Als er sich in den nächsten Tagen bei seinen unmittelbaren Nachbarn vorstellte und sich schon im Voraus für eventuelle Ruhestörungen entschuldigte, wobei er aber versicherte, dass seine Anlage schallgedämpft und es ziemlich unwahrscheinlich wäre, dass davon etwas nach außen dringen würde, sah er immer wieder skeptische Gesichter und hörte wohl auch: „Na, dann alles Gute!"
Die alleinstehende ältere Frau, die unter ihm wohnte, meinte sogar: „Haben Sie denn keine Angst?" Aber auf seine Frage: „Angst? Wovor?" bekam er keine Antwort. Irgendetwas schien mit der Wohnung nicht zu stimmen. Was ihn selber auch noch nach vierzehn Tagen irritierte, war der penetrante Geruch, der trotz eifrigen Lüftens nicht weichen wollte.
Robin Griesler arbeitete untertags als Musiklehrer in einem Gymnasium und gab dort auch privat Schlagzeugstunden. Er komponierte zu Hause, spielte wohl auch bekannte Stücke nach, zu denen er die Schlagzeugintervalle variierte, aber niemandem in Haus schien das zu stören, niemand schien Anstoß daran zu nehmen. Nur die Begrüßungen mit den anderen Mitbewohnern waren immer sehr kurz angebunden, keiner schien auf seine Bemerkungen über das Wetter eingehen zu wollen, Zeit für eine kleine Unterhaltung zu haben, sich für ihn zu interessieren. Nun ja, vielleicht war das in der Großstadt so, Robin war es nur noch nicht gewöhnt.
Die Merkwürdigkeiten in seiner Wohnung nahmen allerdings zu. Da brannte, wenn er nach Hause kam, das Licht im Bad. Dabei hätte er schwören können, es beim Weggehen gelöscht zu haben. Sein Bett auf dem Matratzenlager machte er immer mehr als flüchtig und trotzdem kam es ihm oft vor, als hätte nach ihm noch jemand darin gelegen. Die Kissen waren anders zusammengedrückt, als er sie hinterlassen hatte. Einmal schien die Lampe auf dem provisorischen Nachttisch verschoben, lagen die Noten, mit denen er gearbeitet hatte, anders da. Ein anderes Mal stand die Kühlschranktür ein wenig offen. Allerdings fehlt nie irgendein Gegenstand. Einmal war sogar seine Wäsche sorgfältig zusammengelegt und auf seinem Regiestuhl gestapelt. Das hatte er ganz bestimmt nicht gemacht! Sollte sich eventuell die Hausmeisterin...? Das wollte er auf keinen Fall dulden. Niemand hatte in seiner Wohnung etwas zu suchen, den er nicht dazu aufgefordert hatte! Er ging also hinunter, um die Frau, die es sicher gut ge-

meint hatte, zur Rede zu stellen. Beinahe empört wies sie seine Anschuldigungen zurück. „I war ned in Ihrer Wohnung! So was foit mir gar ned ei! Und wenn de Wäsch aufg'räumt war, dann war's vielleicht Ihre Freundin!" Robin hatte keine, noch nicht, aber vielleicht demnächst, wie er hoffte.

Immer wieder wachte er auch des Nachts gegen drei Uhr auf, weil in seinem Studio das Licht der Tonanlage brannte. Und immer wieder sah er, bevor er die Deckenleuchte einschaltete, jemand in seinem Regiestuhl sitzen! Nicht dass er sich gefürchtet hätte, aber allmählich fing er an, an seinem Verstand zu zweifeln. Er konnte doch auch mit niemandem über diese Phänomene reden!

Bis eines Tages Frau Graf, die unter ihm wohnte, an seiner Wohnungstür läutete. „Darf ich ganz kurz reinkommen? Ich will nicht stören. Wenn's jetzt nicht passt, komm ich ein andermal." Und als er ihr die Eingangstür aufhielt, beteuerte sie: „Ich seh mich auch ganz bestimmt nicht um! Ich weiß ja, wie knapp es junge Leute heutzutag haben. Mein Enkel lebt auch in einer fremden Stadt, allein. Das ist schon nicht leicht."

Trotz ihrer Versicherung, sich nicht umzusehen, tat sie dies doch recht gründlich, allerdings ohne eine abfällige Bemerkung zu machen. Recht interessiert betrat sie das Studio. „Ah ja, und da arbeiten Sie?" fragte sie und ließ ihre flinken Äuglein über all die Anlagen huschen. Robin stand hinter ihr, noch in der Diele. „Leider kann ich Ihnen keinen anderen Platz anbieten, als den einzigen Sessel, den ich habe."

„Macht nichts, macht nichts", winkte sie ab und ließ sich dann in den Regiestuhl sinken, der etwas unter ihrem Gewicht zusammensackte. „Bei Ihrem Vorgänger sah es ganz ähnlich aus", meinte sie dann, „der war auch Musiker, wissen Sie?"

„Ich weiß", nickte Robin, „Herr Schließleder hat es mir bei Einzug gesagt."

„Hat er Ihnen aber auch gesagt, dass der Timothy König hier herin gestorben ist?" fragte sie weiter. „Nein? Das hab ich mir gedacht. Wir wissen nicht woran. Vielleicht Drogen, vielleicht Herzversagen, obwohl er noch nicht so alt war. Etwa so wie Sie", sie musterte Robin. „Ja, irgendwie haben Sie sogar ein wenig Ähnlichkeit mit ihm. Jedenfalls hat es niemand im Haus bemerkt, dass er nicht mehr am Leben war, bis man es gerochen hat. Das war vielleicht ein Schock, kann ich

Ihnen sagen. Und nach ihm wollte niemand mehr die Wohnung. Sie stand ja ziemlich lang leer, bis die Verwaltung dann mit der Miete drastisch herunter ging. Sie zahlen ja nicht viel, wie?"

Robin nickte und hielt sich an der Türfassung fest. Daher also der merkwürdige Geruch! Und vielleicht? – Aber nein, dieser Gedanke war zu absurd! Trotzdem: der nächtliche Besucher, der sich für seine Anlage, für seine Arbeiten, für seine Notenblätter interessierte, war das Timothy König? Gab es Geister? Und wenn es Geister gab, Seelen, die keine Ruhe finden konnten, *warum* fanden sie sie nicht?

Hatte Timothy hier etwas hinterlassen, nachdem er jetzt noch suchen musste? Etwas, das er nicht hatte vollenden können und von dem er eventuell erwartete, dass es Robin für ihn tun würde?

Robin Griesler wusste von diesem Gespräch an, dass er einen Mitbewohner hatte, an dem er sich aber nicht störte, den er nicht fürchtete. Und: Je freundlicher die Mienen seiner Nachbarn im Laufe der Zeit wurden, je mehr sie sich zu einem kurzen Gespräch mit ihm bereit fanden, um so blasser wurde die Silhouette seines nächtlichen Besuchers, seines Mitbewohners, bis sie eines Tages verschwand. Zusammen mit dem unangenehmen Geruch, dem Robin durch Räucherstäbchen und Duftlampen, durch Lüften und schließlich durch das Eintreffen des Sommers Herr geworden war.

Theresa und der nächtliche Besucher

Sie war von einem kalten Luftzug aufgewacht. Weil sie, wie immer, bei offenem Fenster schlief, dachte sie einen Moment, dass es vielleicht einen Temperatursturz gegeben, sich ein Wind erhoben hatte und sie zog sich leicht fröstelnd die Bettdecke dichter um den Körper. Dann war da mit einem Mal das Gefühl, nicht allein zu sein. Dabei war Theresa schon lange allein, allein in ihrem Schlafzimmer, in ihrer Wohnung, in ihrem Leben.
Sie hielt den Atem an, lauschte auf das Atmen eines anderen, hörte aber nichts. Trotzdem hielt irgendetwas sie davon ab, sich wieder umzudrehen und zu versuchen, erneut einzuschlafen. Unruhig warf sie sich von einer Seite auf die andere. Da stand doch jemand an ihrem Bett! Wieder streifte sie ein kalter Hauch.
Theresa Faber war eine unerschrockene Frau. Wenn da tatsächlich einer in ihrem Zimmer war, wenn sie auch nicht wusste, wie er hätte hereinkommen können, dann wollte sie ihn sehen! Entschlossen drückte sie den Schalter der Nachttischlampe – die nicht aufflammte. War die Glühbirne ausgebrannt? Hatte es einen Stromausfall gegeben, der noch nicht behoben war?
Sie richtete sich halb auf, stützte sich auf ihre Ellenbogen und fragte ins Dunkel:
„Ist da jemand?" Und bekam eine Antwort: „Ja, ich."
Für einige Sekunden stockte ihr der Atem. Hatte da wirklich einer gesprochen oder war es ihr nur so vorgekommen? War sie wach oder träumte sie vielleicht noch? Doch mit belegter Stimme fragte sie weiter: „Wer bist du? Wer ist „ich"?"
„Das weißt du doch schon längst, das hast du doch begriffen, wer ich bin."
Nach dieser Antwort wusste es Theresa tatsächlich. Sie ließ sich in ihre Kissen zurück sinken. Ihr Herz klopfte zum Zerspringen, dumpf, schmerzhaft fühlte sie seinen Schlag in ihrem Brustkorb. Sollte sie einen Infarkt haben? Doch da waren nicht die angeblich so typischen Schmerzen. „Du bist der Tod", flüsterte sie, „du willst mich holen?"
„Nicht so schnell und auch nicht gleich", war da wieder diese Stimme, die so wesenlos klang, als käme sie aus keinem Körper, als schwebe sie irgendwo im Raum. „Du darfst sogar wählen, denn ich

könnte an deiner Stelle auch jemand anderen in mein Schattenreich entführen. Allerdings –" nach einem kurzen Zögern, „allerdings einen aus deiner Familie."

„Ich habe keine Familie", sagte sie schroff, „schon lange nicht mehr."

„Ich werde sie dir zeigen, die anderen Kandidaten, dann kannst du dich entscheiden."

Mit einem Mal war ein Flimmern in ihrem Zimmer, als wäre ein Fernsehapparat eingeschaltet worden und tatsächlich erschien ein in der Luft schwebendes Bild.

Eine junge Frau umklammerte ein Mikrophon, sang offensichtlich, bewegte sich aufreizend im Rhythmus einer unhörbaren, für Theresa unhörbaren, Musik. Im Hintergrund waren ein paar Männer, die diverse Instrumente zu spielen schienen. Die junge Frau war sehr spärlich bekleidet, ein tief ausgeschnittenes Kleid, wenn man es denn als Kleid bezeichnen konnte, hing wie in Fetzen gerissen an ihrem Körper und bedeckte diesen nur notdürftig. Ihr Gesicht war grell geschminkt, eine Flut roter Haare umwallte ihren Kopf, reichte ihr bis über die Hüften.

„Ina!" wisperte Theresa. „Meine Tochter Ina. Wo ist sie? Was ist aus ihr geworden?"

„Das siehst du doch", antwortete die Schattengestalt. „Genau das, was du ihr prophezeit hast. Eine Nachtclubsängerin in viertklassigen Bars, beinahe eine Hure. Ihr Leben ist dir vielleicht nichts wert und ihr gegebenenfalls auch nicht. Sie braucht Drogen, um sich aufrecht zu halten. Alkohol sowieso. Du siehst ja, wie dürr sie ist. In ihrem Gesicht ist nur Tünche, um den Verfall zu übermalen. Wenn ich sie an deiner statt holte? Was meinst du?"

„Nein!" sagte Theresa entschlossen. „Nein, nicht Ina! Sie ist noch zu jung. Sie hat vielleicht noch eine Chance. Ich werde sie suchen. Ich will ihr helfen!"

Sie hörte ein spöttisches Lachen. „Meinst du nicht, dass es zu spät ist, nachdem du sie hinausgeworfen hast? Und glaubst du, du hast noch genug Zeit dafür?

Aber weiter."

Das schwebende Bild an der Zimmerdecke verschwand und ein neues erschien. Eine junge Familie saß im Garten um einen gedeckten Kaffeetisch. Eine Frau schnitt Kuchen auf. Ein Mann mit einem kahlen

Kopf hielt ein Baby im Arm und ließ es an einem Fläschchen nuckeln. Das Kind schien nicht viel Hunger zu haben, immer wieder entschlüpfte ihm der Sauger und es lächelte den Mann an, zappelte mit den Händchen und stieß die Flasche damit zur Seite.

„Max ist Vater? Mein Sohn Max hat Familie?"

„Wonach sieht's denn aus?" fragte spöttisch die kalte, körperlose Stimme.

„Schlecht sieht er aus, mein Max. Ist er krank?"

„Hm, ja, könnte man sagen. Er hat Leukämie. Aber man hat noch keinen Knochenmarksspender gefunden."

„Wo ist er? Wo lebt er mit seiner kleinen Familie? Das ist doch seine Familie?"

„Ja, ja", antwortete etwas gereizt der nächtliche Besucher. „Aber du hast dich doch nie für sein Leben interessiert. Du hast ihn fortgejagt, weil er in seiner ersten Anstellung Geld unterschlug, damit er den Schaden bezahlen konnte für das Auto, das er geklaut und zu Schrott gefahren hat. Du hast ihm nichts gegeben, ihm nicht geholfen. Du meintest, man könne eine Sünde nicht mit einer anderen wieder gut machen. Aber eine „ehrliche" Arbeit hat er ja nicht bekommen, damals."

„Ich habe ihn anständig erzogen! So etwas hätte er nie tun dürfen! Die Leute haben über uns geredet, mit den Fingern auf uns gezeigt!"

„Und du hast nicht zu ihm gehalten. Da ist er weggegangen, fortgezogen. Er hatte es nicht leicht am Anfang, als Vorbestrafter. Aber seine Frau hat zu ihm gehalten, für ihn gebürgt, für ihn gearbeitet, die kleine Familie zusammengehalten, obwohl es für sie auch nicht einfach war. Aber jetzt ist er krank und es gibt nicht viel Hoffnung. Ihn könnte ich an deiner Stelle holen."

„Aber er hat doch ein Kind! Das braucht seinen Vater! Vielleicht kann ich ihm helfen, vielleicht kann ich ihm das Rückenmark spenden, das er zum Überleben braucht! Schließlich bin ich seine Mutter!"

„Aber wenn ich ihn verschone, stirbst du."

„Kannst du mir nicht noch so viel Zeit lassen, bis ich ihm geholfen habe? Ich bitte dich, ich flehe dich an!" Theresa rang die Hände, fasste ins Leere, wollte ihn greifen, ihn festhalten, der da an ihrem Bett stand und nicht zu sehen war.

Etwas anderes war nun zu sehen, nämlich ein neues Bild auf der Zimmerdecke. An einem Wirtshaustisch saßen ein paar Männer, spielten Karten und hatten volle oder halbgeleerte Biergläser vor sich. Schnapsstamper standen dabei, verschüttete Flüssigkeiten hatten kleine Lachen auf der tuchlosen Tischplatte gebildet, Ringe und verschobene nasse Streifen. Ein paar der Männer rauchten. Die Zigaretten hingen in den Mundwinkeln. Eine Anhäufung von Geldscheinen und Münzen lag in der Mitte des Tisches. Einer nach dem anderen drosch seine Karte auf die Platte, sah die anderen an, missmutig oder triumphierend.

„Andreas. Er hat mich und die Kinder verlassen, nachdem er unser ganzes Geld verspielt und versoffen hatte. Mein Heiratsgut, meine Eigentumswohnung, die mir meine Eltern gekauft hatten, als wir heirateten. Alles hat er durchgebracht. Und dann hat er uns geschlagen, mich und die Kinder, wenn er betrunken war oder Pech im Spiel gehabt hatte. Max hat sich immer wieder schützend vor mich gestellt, aber was konnte ein kleiner Junge schon ausrichten! Andreas hat ihn zur Seite gestoßen, so dass er einmal fiel und sich den Arm brach. Er hat sich also nicht geändert, mein Herr und Meister, mein Ehemann. Wie war ich froh, dass wir ihm entronnen sind, dass er mich in der fremden Stadt nicht mehr gefunden hat. Vielleicht hat er uns auch gar nicht gesucht. Ich musste meine Kinder alleine durchbringen, habe gearbeitet und geschuftet, um das Geld zum Leben zu verdienen. Und dann haben sie mich so enttäuscht, beide." Sie schluckte trocken.

„Soll er also an deiner statt gehen?" fragte die Stimme und klang ein wenig hohl, aber drängend. „Er hat es doch verdient, nicht wahr?" Theresa überlegte, fast schien es so, als hörte sie ihre Gedanken in ihrem Kopf schnurren, als würde ein Film abgespult, zurückgespult. „Wir hatten auch eine gute Zeit", sagte sie zögernd. „Vielleicht kann er Max helfen, vielleicht hat er das richtige Rückenmark. Wir müssten ihn finden."

„Du sprichst immer von „wir". Ich helfe dir nicht. Das kann ich gar nicht. Ich muss nur einen von euch holen und du musst dich entscheiden."

„Jetzt gleich? Oder gibst du mir noch eine Frist? Gibst du mir die Möglichkeit, mein Leben ins Reine zu bringen, etwas daran zu ändern? Fehler wieder gut zu machen?"

Wieder hörte sie das trockene Lachen, das klang als würde man Papier zerknüllen. Das Bild an der Zimmerdecke war verschwunden, trotzdem war es heller geworden im Raum. Durch die Spalten der Jalousie drang das erste Morgenlicht und legte weiße Streifen auf Theresas Bettdecke. Sie stand auf, ein wenig mühsam mit steifen Gliedern, tappte zum Fenster, zog den Rollladen in die Höhe. Draußen begann der Tag, ein kühler, trüber, unfreundlicher Tag, aber ein neuer Tag.

Sie wusste, was sie in der nächsten Zeit zu tun hatte, in der Zeit, die ihr noch blieb und von der sie nicht wusste, wie viel ihr davon zur Verfügung stand.

Ein Versuch, ihre Fehler wieder gut zu machen, war ihr vielleicht gestattet und gleich heute würde sie damit anfangen!

Sie streckte sich und atmete die kühle Luft ein. Noch konnte sie atmen, trotz der leichten, ziehenden, mahnenden Schmerzen in der Brust...

Das unsichtbare Bild

Wir warteten nicht allein im Treppenaufgang des Barockschlösschens auf die nächste Führung. Es regnete draußen und was fängt man mit einem verregneten Urlaubstag an? Man geht ins Museum und lässt sich dabei ein wenig in vergangene Zeiten zurück versetzen.
Das Treppenhaus war gleich eine Art Ahnengalerie, denn es hingen Bilder an den Wänden, Gesichter von Menschen, die es längst nicht mehr gab. Man beredete ihr Aussehen, fand die einen hässlich, die anderen wieder annehmbar oder sogar schön. Die Schönen waren allerdings selten. – Hier war dem Maler der Faltenwurf eines Seidenkleides so gut gelungen, dass man es beinahe knistern hörte, dort glänzte ein Orden in einem plötzlichen Sonnenstrahl auf.
In einer dunklen Nische, die von einem Vorhang halb verborgen war, hing ebenfalls ein abblätternder, früher wohl vergoldeter Rahmen. Auf der brüchigen Leinwand darin waren nur noch Spuren von Farbe zu sehen, keine Darstellung mehr. Ein Bild ohne Konturen, sinnlos, es hängen zu lassen. Auf einem geschwungenen Metallschildchen, das am unteren Rahmenrand angebracht war, konnte man mit einiger Mühe den Namen „Perpetua" lesen. Wer mochte jene Perpetua, also „Die Bewegte" gewesen sein?
Plötzlich stand eine Frau in der Tracht der damaligen Zeit hinter uns. Nicht in höfischen, kostbaren Kleidern, sondern eher so gewandet, wie sich eine Magd, eine Bedienstete getragen haben mochte. War die Museumsführerin gekommen und war sie in dieser Kleidung, damit sich die Besucher auf die damalige Zeit einstimmen konnten? Ihre Gestalt war klein, aber kräftig. Das Haar hatte sie unter einer weißen Haube versteckt, die der Flügelhaube von Klosterschwestern nicht unähnlich war. Nur waren diese Flügel kürzer, im Nacken von einem Band zusammengehalten, am Fliegen und Flattern gehindert. Ihr Kleid war gleichfalls nonnenhaft dunkel mit einem weißen Brustlatz und dazu trug sie eine schwarz-weiß gestreifte Schürze, deren einer Zipfel im Schürzenbund hochgesteckt war. Alles in allem eine ungewöhnliche Erscheinung. Ihre Gesichtsfarbe war blass, beinahe durchscheinend und ihre Augen konnte man nicht sehen, sie waren durch die Haube fast ganz verdeckt.
Wir wollten uns umwenden, um ihr zur Führung zu folgen, bemerkten

aber im gleichen Moment, dass die übrigen Besucher schon gegangen waren. Im oberen Stockwerk hörten wir auch die monotone Stimme eines Führers und wollten der Gruppe nachgehen. Die Gestalt vor uns hob aber die Hände, die sie bisher in ihren weiten Ärmeln versteckt gehalten hatte.

„Sie möchten wissen, wer Perpetua war?" fragte sie und ein Lächeln huschte über ihre blassen Lippen, die nun etwas Farbe zu bekommen schienen.

„Ja. Warum hängt das Bild noch hier, wenn man nichts mehr darauf erkennen kann?"

„O, man kann sie gut darauf erkennen. Aber nicht sofort. Man muss ein bisschen Geduld haben und zuhören können."

Zuhören? Warum nicht? Waren wir doch gekommen, um etwas über vergangene Zeiten zu erfahren.

Die Frau lehnte sich seitlich an die Wand, als wäre sie müde und hätte einen weiten Weg hinter sich. Unter dem Fenster, das mit bunten Butzenscheiben verglast war, befanden sich zwei schmale Bänkchen. Wir hätten darauf Platz gehabt, zusammen mit ihr. Sie schüttelte aber ablehnend den Kopf, als wir sie zum Sitzen aufforderten.

„Die Zeit", fuhr sie fort, „ist ein seltsames Ding. Manchmal vergeht sie wie im Flug. Dann wieder bleibt sie stehen und steht und steht. Ich kann die Jahre nicht zählen, für mich gibt es keine Zeit mehr und so kann ich auch nicht sagen, wie lange das alles schon her ist. Aber damals, als ich hier noch lebte..."

Sie stockte ein wenig und fuhr dann schnell fort, als wolle sie verhindern, dass wir irgendwelche Fragen stellten. „Die junge Churfürstin Henriette hatte nur einen Sohn und der war kränklich. Das Erbe sollte gesichert sein. Man betete um ein zweites Kind, um mehrere Kinder, es gab genug zu vererben. Aber es wollten keine mehr kommen. Der Churfürst war sehr ungehalten und ungerecht. Er hatte diverse Nachkommen, illegitime, denn er war ein kräftiger und gesunder Mann. Für die Nachfolge, die Erbfolge, waren all diese Bauernkinder mit fürstlichem Blut nicht geeignet. Und dann starb der einzige Erbe, Karl-Hermann, mit sieben Jahren. Die Trauer war groß. Umso größer aber war die Freude, als sich die Churfürstin bald darauf wieder Mutter werden fühlte. Sie gebar tatsächlich einen Knaben. Für diesen suchte man eine Amme. Früher haben ja die hohen Frauen ihre Kinder nicht selber gestillt. So suchte man im ganzen Ort und in der näheren Umgebung nach einer Milchmutter für den neugeborenen Fürsten. Es fand sich keine. Im Ort war niemand niedergekommen, denn eine Amme muss ja selber ein Kind geboren haben, damit sie Milch hat. Dass niemand zu finden war, war ein außergewöhnlicher Umstand, aber es hatte kurz vorher eine große Krankheit gewütet, viele waren gestorben. Umso dringender sollte die Milchmutter gesund und kräftig sein.

Der kleine Fürstensohn schrie vor Hunger in seiner prachtvollen Wiege. Die Magd schaukelte ihn und gab ihm mit gemahlenem Mohn gefüllte Leinensäckchen zum Lutschen. Das beruhigte für eine Weile.

Da trat eines Tages in der Abenddämmerung der verstorbene kleine Churfürst Karl-Hermann an das Bett seiner Mutter und führte eine Frau an der Hand.

Die Fürstin glaubte zunächst an einen Traum, als das Kind zu ihr sprach und sagte, sie möge diese Fremde als Amme für den kleinen Bruder anstellen. Doch dann war die Gestalt des Prinzen verschwunden und das Mädchen in der Nonnentracht stand neben dem Bett. Eine Nonne, die Mutter geworden war? Sie nickte und bewegte sich leise auf die Wiege zu, hob das Kind heraus, entblößte ihre Brust und stillte es. Nachdem der Säugling gesättigt war und zufrieden einschlief, verschwand auch die Gestalt der Amme wie ein Nebelbild. Doch immer, wenn der Säugling Nahrung begehrte, war sie wieder da. Nie sprach sie nur ein Wort. Man sah ihre Augen nicht, die von einer tiefgezogenen Haube verdeckt waren. Nur hin und wieder sang sie eine leise Melodie vor sich hin.

Das Kind wurde groß und kräftig, bekam noch mehrere Geschwister, die ebenfalls alle von der geheimnisvollen Amme gesäugt und aufgezogen wurden. Sie war da und war doch nicht da, nicht greifbar, nicht fassbar und deshalb nannte man sie Perpetua.

Der Hofmaler hatte den Auftrag bekommen, sie zu malen. Nur, wie soll man jemanden malen, den man nicht auf einem Stuhl zum Stillsitzen auffordern kann? Eine Gestalt, die verschwindet, wenn sie ihre Aufgabe erledigt hat und die trotzdem immer da ist, wenn sie gebraucht wird. –

Allmählich sprach man davon, dass es wohl ein Engel sein müsse, den der kleine verstorbene Churfürst zur Rettung seiner Geschwister

gebracht hatte. Und damit man immer an dieses Wunder denkt, für das es keine Erklärung gab, hängt hier das Bild."
Die Frau hatte sich aufgerichtet und zog den Vorhang von der Nische. Da sahen wir, wie in einem Spiegel, ein Gesicht in dem Bilderrahmen. War es tatsächlich ein Spiegel, der nun das Antlitz der Davorstehenden wiedergab? Warum war uns das vorher nicht aufgefallen? Neugierig traten wir einen Schritt näher. Der Vorhang fiel, verdeckte halb das Bild, auf dem nichts mehr zu sehen war und die Frau, die uns diese Geschichte erzählt hatte, war ebenfalls verschwunden. Perpetua, die Bewegte, war nicht mehr da. Wir sahen uns an.
Dann kam die nächste Führung, der wir uns nun anschlossen. Über den bilderlosen Rahmen in der halbverdeckten Nische fiel kein Wort.

Am Galgenberg in Frankenstein

Einen Ort mit diesem „schauderhaften" Namen gibt es wirklich! Man kann ihn vielleicht nur auf ganz speziellen Bereichslandkarten entdecken, aber er steht immerhin im Postleitzahlenbuch und befindet sich in der bayerischen Pfalz. Auch einen „Galgenberg" haben sie dort. Und an dieser lieblichen, durchaus anheimelnden Stelle vor dem Ortseingang, oder auch -ausgang, je nachdem, von welcher Seite man kommt, ist der Campingplatz angelegt.

Nun gibt es natürlich Leute, denen Namen und Bezeichnungen „Schall und Rauch" sind. Anderen aber, die mit Phantasie und Einbildungskraft gesegnet sind, kann es bei dem Gedanken, am Galgenberg Urlaub zu machen, durchaus gruseln und kalt über den Rücken laufen.

Natürlich hat der Galgenberg seinen Namen nicht von ungefähr. Vor einigen hundert Jahren ist hier einmal ein Galgen gestanden, an dem so ab und zu ein armer Sünder seine letzten Worte gehaucht hat, an dem im Wind, der hier heroben schier schauerlich um die kahlen Bäume pfeifen kann, die starren, toten Körper der Hingerichteten gebaumelt und geschaukelt haben. Und dann braucht man sich nur noch vorzustellen, dass zwei Dutzend kohlrabenschwarzer Krähen wie vergessene, zusammengeschrumpelte Früchte in den kahlen Ästen hängen, aus kohlrabenschwarzen Augen auf den Gehenkten, den baumelnden Gehenkten, hinüberstarrend. Und was diese Rabenvögel für scharfe, spitze, harte Schnäbel haben! Wie sie dann vielleicht, als hätten sie ein geheimes Kommando bekommen, mit schwerem, lautlosem Flügelschlag alle zusammen zu dem durch Menschenhand Gerichteten hinschweben, flattern, gleiten. Sich auf dem Galgen, dem Boden um die Richtstätte, der natürlich steinig oder von modrigem Laub bedeckt ist, niederlassen. Ihrem Opfer immer näher rücken, bis dann der erste, der mutigste, sich von dem gleichmäßigen, von der Windpartitur vorgeschriebenem Totentanz nicht mehr abschrecken lässt, an dem mangelnden Widerstand des menschlichen Körpers gemerkt hat, dass kein Leben mehr in demselben ist, sich ihm auf die Schulter setzt und zu picken anfängt, zu hacken, den scharfen Schnabel in das morsche Fleisch senkt, das vielleicht schon ein wenig zu verwesen anfängt, denn mindestens drei Tage musste der Gehenkte am Galgen bleiben, bevor man ihn abnahm und verscharrte. Die Augen sollen, wie man aus Rabenkreisen hört, das Allerbeste an so einem Leichnam sein und hinter den Augen, durch die Augenhöhlen, kommt man an die Hirnmasse. Ein besonderer Leckerbissen für schon altersgraue Leichenfledderer und ein Privileg für die Ehrenwerten, die vielleicht ihre Weisheit genau daher erhalten: Jeder (fr)isst, was er braucht: Hirn.

Doch ich bin etwas vom Thema abgekommen. Der Campingplatz am Galgenberg ist nicht besonders frequentiert. Mag's daher kommen, dass das Örtchen Frankenstein so unwichtig und unbekannt ist und auch keine Besonderheit zu bieten hat. Oder liegt es an dem nicht gerade anheimelnden Namen? Jedenfalls ist es öfter als einmal vorgekommen, dass kein oder nur ein Zelt, ein Wohnwagen, dort für eine Nacht Rast gemacht haben. So wurde das Wächterhäuschen schon lange nicht mehr besetzt, die Schranke zeigte im Dauerzustand nach oben, freien Zutritt, und die Anlagen, die sowieso nie aufwändig gewesen waren, verrotteten und gammelten vor sich hin. Wasser lief nur hin und wieder und auch dann nur spärlich und nie warm. Einkaufsmöglichkeiten gab es nur im Ort, zu dem es eine halbe Stunde Fußweg brauchte. Einfach.

Das alles hielt Franz Kramer nicht davon ab, dort Rast zu machen. Den ganzen Tag war er schon unterwegs, alleine auf seinem alten, klapprigen Motorrad, dem er vor jeder größeren Bergstrecke gut zureden musste, damit es die nicht gerade gewaltigen Höhen erklomm. Es war auch keine Jahreszeit mehr zum Urlaub machen. Frühe Nebel drehten sich wie verschleiert tanzende Nymphen aus den sich durch die kurzgeschorenen Wiesen schlängelnden Bächen. Die Tage waren schon sehr klein geworden und die Dämmerung kam früh. Auch sie hüllte sich wie graues Gespinst um die krummen Weiden, die sich wie alte, schiefrückige Weiber zu den Wassern hinunterbeugten.

Franz hatte die Bezeichnung „Camping am Galgenberg" kaum gelesen, nur gesehen, dass hier ein Platz war, an dem er sein Zelt aufschlagen und übernachten konnte, ohne dass ihn eine Polizeistreife wieder verscheuchte. Alle Handgriffe erledigte er wie mechanisch, denn an diesem Tag war ihm etwas begegnet...

Nur ein paar Kilometer von hier war es gewesen. Er hatte eine kurze Rast gemacht, um sich auf der Landkarte anzusehen, wo er eigentlich

war. Er wollte gerade einen Schluck aus der am Morgen gefüllten Thermosflasche nehmen, der Kaffee war kaum noch lauwarm, als wie aus dem Nichts plötzlich ein Mädchen neben ihm stand. Keinen Schritt hatte er gehört, was zwar weiter nicht verwunderlich war, denn er befand sich gerade an einem Platz, der wie mit Moos gepolstert schien, auf einem schwimmenden, schwingenden Untergrund. Man ging wie auf einem dichten, dicken Teppich, der jeden Schritt dämmte, der sogar federte, wenn man darauf hüpfte. Franz war noch jung genug, um zu hüpfen und Freude an diesem kindlichen Spiel zu haben. Plötzlich stand also, wie aus dem Boden gewachsen, dieses Mädchen neben ihm. Sie sah ihn an und sagte kein Wort. Schaute nur, schaute mit einem Blick, dass es ihm heiß und kalt und dann wieder heiß über den Rücken lief. Diese Augen! Meergrün. Oder waren sie grau? Nein, sie waren blau. Und dann wieder dunkel, moorseedunkel. Um ihm nächsten Augenblick beinahe golden zu schimmern. Das Haar, das der grazilen Gestalt bis über die Hüften ging, war rot, kupferfarben. Oder eher golden? Und dann wieder mit einem flimmernden Schimmer von Silber, um gleich darauf, bei der nächsten Kopfbewegung, aufzuleuchten wie dunkel poliertes Holz, auf das ein Flammenschein fällt. Und es umhüllte sie so, dass es beinahe schien, als hätte sie keine andere Bekleidung, als dieses Haar. –
Sie hatte sich neben ihn gesetzt auf die alte Bank, von der schon ein paar Bretter fehlten. Erst versuchte er, sie gar nicht zu beachten. Aber das ging nicht, denn das Wesen neben ihm war so sonderbar, so merkwürdig und einmalig, dass er immer wieder den Kopf zu ihm hinwandte. Schön wäre sie zu nennen gewesen, wenn sich nicht eine dünne, rote Narbe quer über ihr Gesicht gezogen hätte. Schließlich füllte er seinen Becher mit dem letzten Schluck seines Kaffees und hielt ihn ihr hin. Er hätte erwartet, dass sie vielleicht ablehnen, etwas sagen würde. Aber sie nahm den Becher, trank und gab ihn ohne ein Wort wieder zurück.
Franz war nun keiner von den draufgängerischen jungen Burschen, die vielleicht gesagt hätten: „Na Puppe, wo willst du hin? Kann ich dich ein Stück mitnehmen?" Er fragte nur, ganz leise, kaum dass sich seine Lippen bewegten: „Wer bist du? Wie heißt du?" Niemand hätte diese Worte verstehen können, denn sie waren ja nicht wirklich gesprochen worden. Doch er bekam eine Antwort. Überraschend dun-

kel, als wäre es das Raunen des sich nunmehr erhebenden Abendwindes, hörte er: „Ich bin Marja." Ein fremdländischer Mädchenname, den er noch nie gehört hatte. „Bist du nicht von hier?" Eine dumme Frage, er war ja auch „nicht von hier", aber er war immerhin mit einem Fahrzeug unterwegs, während sie zu Fuß gekommen war und ohne Gepäck. Sie musste aus dem Ort oder der näheren Umgebung sein, unterwegs in das Städtchen Frankenstein oder auf dem Rückweg von dort.
Als hätte er schon zu viel gefragt, zu viel gesagt, schüttelte sie ihr Haar. „Wir sehen uns noch" sagte sie, stand auf und war im nächsten Augenblick verschwunden, als wäre sie eine Fata Morgana gewesen. Franz starrte in seinen leeren Kaffeebecher. Hatte wirklich dieses feenhafte Wesen ihn ausgetrunken, oder war es am Ende er selber gewesen, hatte sich in einen Tagtraum verloren?
Entschlossen packte er seine Sachen zusammen, schob sein Motorrad zurück auf die Straße und erreichte nach einem halben Kilometer den aufgelassenen Campingplatz „Am Galgenberg".
Er war alleine dort, was ihn weiter nicht verwunderte. Zum einen die Jahreszeit, dann die Abgelegenheit und der „einladende" Name, der ihn aber überhaupt nicht störte. Die Nacht war schon mit leisen Schritten über die Wiesen gekommen und es wurde so kühl, dass Franz fröstelte. Ein Feuerchen würde er sich machen. Der Untergrund war steinig. Vom Wind geknickte und abgefallene Zweige lagen genug herum, die auch noch krachdürr und trocken waren. Die größeren, feuchteren würde er vielleicht später noch nachlegen, wenn das Feuer erst richtig brannte und er es nur noch am Glimmen halten wollte.
Vorher aber war er im Ort Frankenstein gewesen. In einem kleinen Lebensmittelgeschäft hatte er sich sein Abendessen besorgt, und, weil es eine kalte Nacht zu werden versprach, auch eine halbe Flasche Rum mitgenommen. Einen Topf voll Tee wollte er sich kochen und den mit dem Hochprozentigen ein wenig aufmöbeln.
Die Ladnerin, eine leicht füllige Frau mit einem Kopf voller weißer Löckchen, hatte ihm seinen Einkauf in eine Papiertüte gepackt. Er war der letzte Kunde und so begleitete sie ihn zur Tür, um hinter ihm abzuschließen. „Sind Sie fremd hier?" Mehr eine Feststellung als eine Frage, denn sicher kannte sie alle vom Ort. „Wo wohnen S' denn?"

„So richtig wohnen eigentlich nicht hier in der Gegend. Mein Zelt habe ich oben auf dem Galgenberg aufgeschlagen."
Ein erschrockenes Zucken ging über ihre Augen zu ihren Mundwinkeln, dauerte aber nur den Bruchteil einer Sekunde, so dass Franz zuerst glaubte, ein Licht- und Schattenspiel wäre die Ursache dafür gewesen. Doch dann kam die zögernde Frage: „Wollen S' nicht vielleicht doch ein Zimmer? Ich hätt' unterm Dach eins frei. Manchmal vermiet' ich an Sommergäst'. Kommen aber nicht viele, bleibt selten jemand in Frankenstein. Drum hat man ja auch den Campingplatz wieder aufgelassen. Hat sich nicht rentiert. Das Zimmerl wär nicht teuer, ich würd's Ihnen mit Frühstück überlassen. Da könnten S' ruhig schlafen."
„Nun, ich glaube, das werde ich in meinem Zelt auch!" antwortete Franz lachend. „Noch dazu, wo ich ganz alleine auf dem Platz bin. Da stört mich bestimmt kein unliebsamer Nachbar."
Immer noch hielt sie die Türklinke fest, als wolle sie ihn nicht fortlassen. „Nachbar bestimmt keiner" sagte sie dann und es klang zaudernd. „Aber heut' ist der vierte Oktober..."
„Ich weiß. Morgen muss ich ja auch schon meine Heimreise antreten. Für mich ist also sozusagen „Bergrast", ich bin am Gipfel und muss nun wieder zurückwandern, der Urlaub geht zu Ende."
„Sie sollten aber die Nacht vom vierten auf den fünften Oktober nicht am Galgenberg verbringen!"
„Warum nicht? Gibt's da irgendwelche Gespenstergeschichten!"
Plötzlich war sie sehr reserviert und schob ihn förmlich die Ladentüre hinaus. „Nix Sichers. Naa, naa, gehn S' nur, horchen S' nicht auf mich. Die Leut' reden halt und die Leut' reden viel."
Franz stand mit seiner Tüte auf der Straße und hörte, wie hinter ihm der Schlüssel knirschend im Schloss umgedreht wurde. 'Galgenberg' dachte er. Der Name musste doch zu allerhand Spekulationen Anlass geben. Aber er würde sich davon nicht abschrecken lassen, er würde sich seine letzte Urlaubsnacht nicht verderben lassen!
Nachdem er das Zelt aufgebaut und das Feuerchen davor entfacht hatte, hockte er sich ganz dicht an die kleinen, bläulich züngelnden Flammen. Seinen Tee hatte er sich auch gekocht und hielt nun die dampfende Tasse in beiden Händen, trank in kleinen, bedächtigen Schlucken das mit Rum verstärkte Gebräu und hing seinen Gedanken

nach. Den vergangenen Tag ließ es noch einmal wie einen Film abspulen und dabei kam er auch zu der Begegnung mit dem merkwürdigen Mädchen. Schade, dass ihm das nicht früher eingefallen war. Vielleicht hätte er die Kramerin nach der grazilen Unbekannten mit der auffallenden Narbe fragen können, vielleicht hätte sie ihm Auskunft gegeben.

Ein leichter Wind hatte sich gehoben, raschelte im ersten dürren Laub, hob wohl da und dort ein Blatt vom Boden auf, um es wie spielerisch ein paar tänzelnde Bewegungen ausführen zu lassen, bis es wieder, an entfernterer Stelle, zurückfiel in die Dunkelheit.

Nichts hatte er gehört, als das leise Knistern seines Feuers, wenn sich eine Flammenzunge durch die abendfeuchte Hülle eines Zweiges hindurchgeleckt hatte. Urplötzlich, wie aus dem Boden gewachsen, stand sie vor ihm. Jetzt schien ihr Haar wirklich aus Feuer zu bestehen. Es loderte und züngelte in einem hellen Rot um ihr blasses Gesicht, in dem die Narbe wie frisch geschlagen brannte und die Augen, die immer noch ständig ihre Farbe zu wechseln schienen, waren wie flimmernde Sterne, die man auch nie so recht ausmachen konnte, so weit entfernt waren sie.

Sie sagte kein Wort. Sie lächelte nicht. Sie sah ihn nicht an. Sie trat nur näher und immer näher an das Feuer. Jetzt sah Franz auch, dass sie, im Gegensatz zum Nachmittag, ein Gewand trug. Es war so lang, dass es ihren Körper vom Hals bis zu den Füßen bedeckte, formlos wie ein Sack und auch aus so rauem Material. Löcher, Durchschlupfe für Kopf und Arme waren grob hineingeschnitten und ein gedrehter Strick hielt es um ihre Taille zusammen. Ihre Füße aber, kleine, zarte, schneeweiße Füße, waren ohne jeden Schutz, kein Schuh bedeckte sie, auch nicht die Andeutung einer klobigen Holzsandale oder einer ähnlichen Fußbekleidung.

Nun stand dieses geheimnisvolle Mädchen mit ihren bloßen Füßen mitten im Feuer! Die Flammen leckten an ihrem Gewand, da und dort hatte sich schon ein Flämmchen festgebissen, züngelte wie spielerisch, tänzelte hierhin und dahin, schien den Brüdern, die noch weiter unten am Rocksaum geblieben waren, zuzuwinken, sie heraufzuwinken. Der nächste ergriff schon das Ende des Taillenbundes, wand sich darum wie eine feurige Schlange, schien den Windungen des gedrehten Stricks zu folgen. Ein Zwillingspaar von Flammenhänden griff wie gierig nach den sich kaum abzeichnenden Brüsten, umschlossen sie mit ihren geilen Händen.

Franz war erschrocken aufgesprungen, hatte, kaum dass die Flammen das Mädchen erfasst hatten, nach seinem Teetopf gegriffen, ihn in aller Hast in die Glut geschüttet ohne diese auch nur an irgend einem Ende auslöschen zu können. Dann war er selber in das Feuer gesprungen, auf die knackenden, knisternden, sprühenden Flammen getreten, um sie auszustampfen, auszulöschen. Es war ihm nicht gelungen. Für ihn schienen sie sich überhaupt nicht zu interessieren. Er spürte keinen Schmerz, keinen Brand. Über ihn hatte das Feuer keine Gewalt, genau so wenig, wie er über das Feuer. –

Das Mädchen stand ganz ruhig. Es brannte vor seinen Augen, ohne dass er etwas dagegen tun konnte. Aber, es verbrannte nicht! Es stand da, inmitten der Flammen, die die schmale Gestalt umspielten, die ihr das sackartige Gewand vom Körper fraßen, die in ihren Haaren züngelten und zischten, aber sofort, kaum verbrannt und verglüht, war das Kleidungsstück wieder unberührt, das Haar wieder unversehrt und das Spiel des Feuers begann von neuem.

'Zu viel Rum. Zu viel Rum im Tee' dachte Franz und starrte immer noch in das sich stets wiederholende Schauspiel. 'Ich träume! Das kann nur ein Traum sein. Eine Halluzination. Ich muss ins Bett. Mir ist schon ganz schwindlig. Mir ist nicht mehr gut. Ich lege mich jetzt hin!'

Den Weg ins Zelt fand er nicht. Taumelnd, torkelnd stolperte er ins Feuer, das sofort ausging, als sich sein Körper mit seinem ganzen Gewicht hineinfallen ließ.

Frierend, zusammengekrümmt und vor Kälte schlotternd wachte Franz Kramer am nächsten Tag auf, wusste im Augenblick des Erwachens nicht, wo er sich befand, warum es ihn so fror. Sein Kopf schmerzte, als stünde er kurz vor dem Zerplatzen. Seine Gliedmaßen waren steif, jede Bewegung tat ihm weh. Es dauerte ziemlich lange, bis er seine fünf Sinne wieder beisammen hatte und sich allmählich an die vergangene Nacht erinnerte. Geträumt, alles nur geträumt. Er versuchte, die wirren Gedanken aus seinem Gehirn zu schütteln, klaubte mühsam wie ein alter Mann seine Habseligkeiten zusammen, baute das Zelt ab, das er in dieser Nacht nicht benutzt hatte. Die leere Rumflasche warf er voller Abscheu in den nächsten Abfallkorb. Er

war keinen Alkohol gewohnt und der, nur der, war schuld an diesem wüsten, diesem unwahrscheinlich grausamen Traum!
Er fuhr in den Ort hinunter, langsam und vorsichtig, weil die Straße am frühen Morgen von einer dünnen Eisschicht bedeckt war. Zerschlagen und krank fühlte er sich. Es wäre wirklich besser gewesen, er hätte sich für diese eine Nacht, seine letzte Urlaubsnacht, das Dachzimmer der Ladnerin geleistet! Jetzt war ihm danach, auf alle Finanzierungspläne zu pfeifen und mit dem Zug nach Hause zu fahren. Auch wenn es mehr kostete, er würde schneller zu Hause sein und er konnte die letzten Tage in seinem eigenen warmen, weichen, nunmehr so unendlich verlockenden Bett verbringen!
In Frankenstein war noch keine Menschenseele unterwegs. Die Morgendämmerung hatte ja auch kaum noch die Hausdächer verlassen und sich über die Kamine hinweggetrollt. Eine Katze schlich Franz um die Beine, maunzte, stellte den Schwanz steil auf. Sie hatte rote Haare. Mit einem Fußtritt beförderte er sie in den Rinnstein. Nie sonst wäre ihm so etwas eingefallen! Er mochte Katzen. Aber dieses Rot, dieses Sichanschleichen! Er war übernervös, immer wieder übersprang ihn ein zitterndes Frösteln. Wenn nur bald ein Laden öffnen würde, wo er eine Tasse heißen Tee oder Kaffee bekommen konnte!
Der Bäcker mit dem kleinen Stehcafe an der Ecke war der erste, der seinen Rollladen hochschob, knirschend und knatternd hob sich die eiserne Jalousie und es strömte so etwas wie Wärme auf den Bürgersteig hinaus, auf dem Franz, an sein Motorrad gelehnt stand, die Schultern hochgezogen und blass wie ein Leichentuch frisch von der Bleiche.
Der Bäcker, der zu dieser frühen Stunde noch allein in seinem Laden war, musterte ihn fragend, zögerte kurz und forderte ihn dann zum Eintreten auf. „Sie sind wohl nicht von hier?" Die gleichen Worte wie am Vorabend von der Ladnerin, genauso wenig eine Antwort erwartend. „Wo haben S' denn die Nacht verbracht? Unterwegs gewesen? Versumpft, wie?"
„Auf dem Galgenberg" antwortete Franz und ein Schauder überlief ihn. Nun trafen ihn die gleichen erschrockenen Augen, wie am Abend im Lebensmittelladen. „In der Nacht vom vierten auf den fünften Oktober auf dem Galgenberg! Um Gottes willen! Hat Ihnen denn niemand was gesagt? Sie niemand gewarnt?" Franz schüttelte den Kopf. Wer hätte ihm was sagen sollen?

Der Bäcker schob ihm eine Tasse dampfenden Kaffee zu, den er gerade aus seiner Espressomaschine hatte laufen lassen, dazu ein Hörnchen vom Vortag, die frische Lieferung war noch nicht eingetroffen, offiziell hatte er ja auch seinen Laden noch nicht geöffnet. Er setzte sich neben den jungen Mann und sah ihm zu, wie dieser mechanisch kaute und schluckte, abbiss und wieder kaute, den heißen Kaffee schlürfte, über das Getränk blies, das bis zum Tassenrand kleine Wellen schlug. Beide redeten kein Wort und als Franz bezahlen wollte, winkte der Bäcker nur ab und murmelte noch einmal: „d i e s e Nacht, auf dem Galgenberg!"

Als hätte das heiße Getränk seine Lebensgeister wieder geweckt, stieg in Franz Neugier auf. Was taten die Leute hier so geheimnisvoll mit dem Galgenberg und mit dem Datum? Was steckte dahinter? Und wer vor allem war das geheimnisvolle Mädchen, das brannte, ohne zu verbrennen?

Irgendjemanden zu fragen, scheute er sich, waren doch seine bisherigen Bekannten in diesem Ort immer zurückgeschreckt, wenn er vom Galgenberg gesprochen hatte. Wer konnte ihm darüber Auskunft geben? Vielleicht das Heimatmuseum, vor dessen Torbogen er nun stand, beinahe so, als hätte ihn eine unsichtbare, geheimnisvolle Macht hierher geführt.

Das Tor war versperrt. Im nächsten halben Jahr sollte es auch laut ausgehängtem Besichtigungsplan überhaupt nicht geöffnet werden. Doch als Franz um die Ecke bog, fand er ein offenstehendes Fenster. Direkt einladend, so, als hätte es auf ihn gewartet. Das Gässchen war schmal, kein Mensch auf der Straße. Franz war schlank und sportlich, mit einem kurzen Schwung hatte er sich zum Fensterbrett hinaufgezogen und war durch das Fensterchen geschlüpft. Wenn keiner ins Museum kam, würde er auch ungesehen auf dem gleichen Weg wieder hinauskommen.

Aber dann begegnete ihm doch ein Mensch. –

Er war eine Stiege hinuntergeschlichen, deren hölzerne Stufen unter seinen vorsichtigen Schritten leise knarrten und unter seinem leichten Gewicht doch ächzten. Nun stand er in einem nur von einer vergitterten Luke erhellten Raum, der so niedrig war, dass er sich bücken musste, nur in gebückter Haltung darin stehen konnte. Als sich seine Augen an das Dämmerlicht gewöhnt hatten, trat ihm das Mädchen entgegen, das Mädchen, das er auf dem Rastplatz gesehen hatte, das Mädchen, das in seinen Flammen gestanden war. Nein, sie war ihm nicht entgegengetreten, sie bewegte sich nicht und doch war es ihm, als würde sie immer näher kommen. Auch jetzt kein Lächeln, keine Spur des Erkennens in ihrem wachsbleichen Gesicht, das von einer Flut roter Haare umrahmt war.

Dann sah er, dass es nur eine Wachsfigur war, die da im grauen Dämmer des niedrigen Kellergewölbes stand, mitten in züngelnden Flammen stand, die an ihrem sackartigen Kleid hinaufleckten – und aus farbigem Papier waren. Alles war nachgestellt. Auf einer unter Glas befindlichen Tafel konnte Franz lesen, dass man in der Nacht vom vierten auf den fünften Oktober im Jahre 1698 die letzte Hexe in Frankenstein auf dem Galgenberg verbrannt hatte. Es hatte sich um das Mädchen Marja gehandelt, „die mit fahrendem Volk gekommen, über die Maßen schön und eine Zauberische gewesen war. Was sich erwiesen hatte an dem Fluch, den sie den Pferden des Rittmeisters vom Gut Schönaich angetan, die alle fünf in der selbigen Nacht umgestanden, als sich die Hex geweigert hat, dem Rittmeister beizuliegen und er ihr mit der Peitschen ein Mal geschlagen quer über die Larven, die sündigzauberische..."

Weiter stand auf der Tafel, dass es auf dem Galgenberg nicht geheuer war, dass es in der Nacht vom vierten auf den fünften Oktober dort spuke, dass das Mädchen Marja noch immer keine Ruhe finden konnte, noch immer im Feuer stand, das sie nicht verbrennen konnte „weils des Teufels Buhle gewesset und dem sein Macht ihr Hinscheiden irdischen Leibs verhindert, ein Kreuz, gestiftet von dem jungen Kaplan zu Frankenstein, aber auch verhindert hat, dass ihre Seel des Teufels geworden wäre, so dass sie immer und allzeit müsse umgehen in selbiger Nacht, Jahr für Jahr und bis in alle Ewigkeit, bis zum Jüngsten Gericht geblasen werde, Ankläger zu Angeklagten, Sünder zu Unschuldigen und für unschuldig gehaltene des falsch Zeugnis überführt werden."

Ganz nahe war Franz jetzt an die Wachsfigur herangetreten und es war ihm, als sei das Mädchen Marja lebendig. Ihre Augen sahen ihn an, ihr Blick verfolgte jede seiner Bewegungen. Vorsichtig tastete er ihren Hals ab, bekam eine lederne Schnur zu fassen, zog daran und dann lag ein Kreuz zwischen seinen Fingern. Ein Kreuz aus schwerem, dunklem Metall, das auf einmal in seiner Hand zu glühen anfing, sich in seine Haut einbrannte. Kleine Wölkchen stiegen auf, es roch nach verbranntem Fleisch. Mit einem Aufschrei ließ Franz das Kreuz los, das sich sofort, als wäre es lebendig, wieder zurückflüchtete an die wächserne, jungfräulich zarte Brust, zwischen deren fast noch kindlichen Hügeln es kurz aufleuchtete, durch das Sackgewand schimmerte und dann nicht mehr zu sehen war.

Wie gehetzt hastete Franz zur offenstehenden Luke – die nun nicht mehr offenstand! Das Fensterchen war so eng vergittert, dass sich kein Mensch dazwischen hineinzwängen hätte können! War er nicht durch diese Öffnung gekommen? Wo war aber dann die, die ihn eingelassen hatte? Er fand keinen Ausweg mehr.

Die spärlichen Besucher, die im darauffolgenden Sommer das Heimatmuseum besichtigten, sahen in dem düsteren Gewölbe neben der Wachsfigur der angeblichen Hexe einen jungen Menschen in zusammengekrümmter Haltung knien, der seine rechte Hand wie anklagend und zugleich bittend erhob. In die Handfläche hatte sich der Umriss eines Kreuzes eingebrannt. Auf der erklärenden Tafel war er mit keinem Wort erwähnt. Man mied diese Kammer ihres undefinierbaren Geruchs wegen. – Vergangenheit riecht manchmal sehr merkwürdig... Vielleicht, weil die Zeit verfaulende Zähne hat, mit denen sie alles zermahlt und zermalmt.

Affenkind

Brütende Hitze lag über der Stadt, die in den engen Gassen noch besonders drückend empfunden wurde. Die wenigen Leute, die an der Busstation standen und warteten, wirkten müde, apathisch und verschwitzt. Zwei Mädchen mit Schultaschen unter den Armen lehnten an der Schaufensterscheibe eines Glaswarengeschäftes, einander zugewandt, aber ohne ein Wort miteinander zu wechseln. Ein Mann mit rotem Kopf ging nervös auf und ab, öffnete den Hemdkragen noch um einen Knopf weiter, sah auf die Uhr, wischte sich mit dem Handrücken über die Stirn.

Eine junge Mutter mit dunklen, leicht krausen Haaren und samtbrauner Haut stand da, der Richtung zugewandt, aus der der Bus kommen musste. In der einen Hand hielt sie einen Henkelkorb, an der anderen hatte sie ihr Kind. Es musste ein Bub sein, weil er eine Bundlederhose trug, die viel zu warm für diesen Tag war. Die Spangen unter den Knien waren offen. Seine bloßen Füße steckten in Riemchensandalen. Unerklärlicherweise hatte ich das Kind erst von unten nach oben betrachtet. Dann sah ich ihm ins Gesicht – und erschrak. Es trug eine Affenmaske, die so lebensecht war, dass man im ersten Moment wirklich glauben konnte, die junge Frau hielte ein Äffchen an der Hand. Die dunklen Haare des Kindes, die sich über den Rand der Maske ringelten, die dunklen Augen, die dem Affengesicht Lebendigkeit verliehen, ließen diese in den ersten Momenten des Ansehens wie echt erscheinen. Man musste zweimal hinsehen, um sich zu vergewissern, dass da wirklich ein Kind dahinter steckte und einen nicht tatsächlich ein Äffchen angrinste.

Ich hatte gestutzt. Ich war verblüfft. Ich wusste im Augenblick nicht, was ich tun sollte. Hinsehen? Wegsehen? Tun, als hätte ich nichts gesehen?

Ich schaute die Mutter an. Sie hielt mit einer Gleichmut das Kind an der Hand, als wäre es eine Selbstverständlichkeit, dass es heute, an diesem schwülen Sommertag, eine Maske trug, die vielleicht an einem kühlen Februartag, zur Fastnacht, gepasst hätte.

Die beiden redeten nicht miteinander. Die Mutter sah dem Bus entgegen, der jetzt endlich um die Ecke bog, und die Augen des Kindes lebten hinter der Maske, die unbeweglich das gleiche Grinsen zeigte.

Ich beobachtete die anderen Leute. Die, die mit uns einstiegen, und die, die schon im Bus saßen. Wie war ihre Reaktion auf das „Affenkind"?

Die meisten registrierten es gar nicht, waren zu sehr mit sich selber beschäftigt. Andere stutzten, sahen aber gleich wieder weg. Ein Hund bellte, versuchte an dem Kind hochzuspringen, wurde von seiner Besitzerin kurz und streng an der Leine weggezerrt, ohne dass diese bemerkt hätte, worüber sich ihr Hund aufgeregt hatte...

Ich setzte mich hinter die junge Mutter mit dem „Affenkind". Der Bub hatte einen Fensterplatz. Das Äffchen sah zum Fenster hinaus. An den Haltestellen beobachtete ich die Leute, die draußen warteten, einsteigen wollten.

Ab und zu bemerkte einer das Äffchen, klopfte an die Scheibe. Ein junger Mann zog Grimassen, steckte die Finger in den Mund und dehnte die Lippen in die Breite. Von dem Kind kam keine Reaktion. Man konnte ja nicht sehen, ob es lächelte oder lachte. Es sah hinaus, es sah die Leute an. Die dunklen Augen bewegten sich in dem sonst starren Gesicht.

Der jungen Mutter schien es keinen Moment peinlich zu sein, dass ihr Kind Aufsehen erregte. Sie versuchte nicht, es zu überreden, die Maske abzunehmen oder sie ihm gar selber abzustreifen. Sie registrierte die Reaktionen der Mitfahrer kaum.

Eine Frau hatte sich zu dem Kind gebeugt, redete auf es ein, hielt ihm ein Bonbon hin, das es nicht annahm.

Hatte diese Mutter Mut? Gleichmut? Oder war es Gleichgültigkeit? Ihre Haut war sommerlich braun, was um diese Jahreszeit nicht ungewöhnlich war. Aber war sie nicht doch ein wenig fremdländisch braun? Und dazu noch die krausen Haare. Warum sprach sie nicht mit ihrem Kind?

War es „normal" oder war es hässlich, entstellt durch irgendwelche Unfallnarben, durch einen Geburtsfehler? War es „anders" als die anderen?

Es entstellte sich selber durch diese Maske, die ihm jede Möglichkeit nahm, sein eigenes Gesicht zu zeigen. Die es aber andererseits wieder in den Mittelpunkt eines Interesses rückte, das eigentlich nicht ihm galt, sondern dem „Äffchen", hinter dem es sich versteckte. Welche Gedanken musste so ein Kind von sieben oder acht Jahren haben, wenn es sah, wie sich die Erwachsenen, einer Maske wegen, zum Affen machten? Wäre es ohne Maske gewesen, hätte wohl kaum einer in das Kindergesicht gesehen, hinter den Scheiben des städtischen Omnibusses.

Was aber, wenn es wirklich entstellt war? Vielleicht Brandnarben hatte, die sein Kindergesicht zerstörten? Wenn es ein Ausländerkind war, mit dunklerer Haut, als sie unsere Kinder haben? Auch dann würden es die Leute ansehen, stutzen, schnell wieder wegsehen. Kaum einer würde versuchen, durch Faxen und Bonbons das Kind zum Lachen, zum Lächeln, zu bringen...

Als ich ausstieg, saß das Kind immer noch an seinem Fensterplatz. Ich legte meine Hand an die Scheibe, als ich vorbei ging. Und es legte seine kleine Hand innen auf das Glas gegen die meine. Lächelte es? Erwiderte es mein Lächeln?

Ich sah nur das Äffchen mit den dunklen Augen.

Die Stadt der Kinder

Auf ihrer Reise an den bisher unbekannten Urlaubsort hatten sie sich verfahren. Das war inzwischen beiden klar und auch, dass sein unwilliges Gebrummel über den „unfähigen Co-Piloten", womit er seine Beifahrerin meinte, nun nicht weiterhalf. An irgendeiner Abzweigung mussten sie die falsche Straße genommen haben. Jedenfalls kamen sie in immer unwegsamere Gegenden. Die Häuser wurden spärlicher. Der Wald schien immer dichter an die Fahrbahn heranzurücken, die schmäler und schmäler wurde. Weit und breit gab es keinen Wegweiser, kein Hinweisschild, und so blieb ihnen schließlich nichts anderes mehr übrig, als umzukehren und zu versuchen, jene Abzweigung und von dort den richtigen Weg zu finden.

Zu allem Überfluss war es immer dunkler geworden. Ein Gewitter hatte sich zusammengebraut, drohende Wolken bedeckten bald den ganzen Himmel, verschluckten das letzte Restchen Blau. Dann fing es an zu regnen, dicke, pralle Tropfen klatschten auf die Windschutzscheibe, immer schneller, immer heftiger, so dass der Scheibenwischer bald nicht mehr nachzukommen schien, um all dem Nass Herr zu werden. Es trommelte auf das Dach, prallte auf die Kühlerhaube. Blasig sprangen die Tropfen über die Straße, schienen miteinander Fangen zu spielen und es klang sogar, als würden sie kichern und die beiden Menschen in ihrem blechernen Gefängnis auslachen. Denn zu einem Gefängnis war der kleine Wagen inzwischen geworden. Richard war an den Straßenrand gefahren, denn an ein Weiterkommen war bei der beinahe unmöglichen Sicht nicht zu denken. Sie mussten abwarten, bis sich der Himmel wieder lichtete und das Regengeprassel aufhörte.

Renate fuhr noch immer mit dem Zeigefinger die roten und gelben Linien auf der Straßenkarte nach und versuchte zu rekonstruieren, wo sie beide – denn sie alleine fühlte sich auf keinen Fall schuldig – die rechte Abfahrt versäumt hatten. Natürlich kamen einem die einsamen Waldwege länger und unaufhörlicher vor, als die Straßen, auf der sich der Hauptverkehr abspielte. Ihr Urlaubsort lag doch an einer dieser Nebenstrecken! So weit vom Ziel konnten sie gar nicht abgeirrt sein! Ein Blitz erhellte für kurze Zeit die Landschaft, riss den Himmel quer auf und legte einen hellen Wolkenspalt frei, hinter dem sogar wieder ein Stückchen Blau hervorleuchtete. In diesem Augenblick sah Rena-

te auch die Wegetafel: „Da, schau, hier steht es doch: Bärenbad. Sooo verkehrt habe ich uns also nicht geleitet. Wir kommen halt jetzt von einer anderen Seite, aber wir kommen hin!"
Richard sah den Wegweiser nun auch. Es war allgemein heller geworden. Das Wetter verzog sich in andere Regionen. Der Regen hörte allmählich auf. „Wer weiß, was das für eine Zufahrt ist", knurrte er zwischen zusammengebissenen Zähnen hervor, „aber immer besser, als kilometerweit zurückzufahren!" Er ließ den Wagen an, legte den Gang ein und fuhr los.
Es war wirklich eine ziemlich holprige Nebenstraße, durch die sie nunmehr in ihren Urlaubsort kommen würden. Baumwurzeln schlängelten sich wie halbvergrabene Riesenschlagen quer über den Weg, hoben die offenbar nur dünne Asphaltdecke stellenweise auf. Hier und dort verlief die Straße so schräg, als würde sie gleich in einen Graben abrutschen. Nein, die Hauptverkehrsstrecke konnte das hier keinesfalls sein.
Doch Richard und Renate erreichten die kleine Stadt im Mittelgebirge, und nun hieß es, das vorbestellte Urlaubsquartier zu finden. Auch das erwies sich als beinahe halsbrecherisches Unterfangen, denn jeder Zugang vom Marktplatz ab schien bergauf zu führen. „Da hast Du uns ja wieder etwas ganz Gesundes ausgesucht!" grantelte Richard. „Den ganzen Urlaub wird es immer und ewig nur bergauf gehen mit uns!" Renate antwortete nicht, sondern studierte inzwischen den Lageplan der kleinen Stadt. „Hier!" rief sie, „hier muss es hinauf gehen! Dort oben, glaube ich, ist der Sonnenbichl!"
„Glauben, glauben!" echote Richard. Er war nach der langen Fahrt wirklich nicht in bester Laune. Aber er lenkte den Wagen nun in die von Renate angedeutete enge Gasse. Es ging bergauf, immer bergauf, der Weg wurde immer steiler. Die Häuser, die bisher freundlich und blumengeschmückt am Rand gestanden hatten, wurden weniger, blieben zurück. Schließlich gab es nur noch ein paar windschiefe Bretterhütten und Gartenhäuschen in sommerbunten, teilweise unkrautüberwucherten Gärten.
„Wir sind ja schon wieder falsch!" rief Richard empört. Aber Renate deutete hinauf, wo am Ende der Straße ein buntes, farbenfrohes, beinahe schlossähnliches Gebäude stand, das so ungewöhnlich aussah, dass sogar Richard für einen Moment stutzte.

„Das sieht ja aus, als wäre es aus Legosteinen gebaut!" staunte er und schüttelte den Kopf. „Unser Urlaubsquartier ist das ganz bestimmt nicht! Aber ansehen können wir es uns auf jeden Fall!"
Sie fuhren die Bergstraße weiter, bis es plötzlich einen Ruck gab, so als wäre der Wagen durch eine Schranke gefahren, eine Schranke die man allerdings nicht sah. Denn als sich beide umblickten, war kein Hindernis auszumachen. Und doch schien es, als hätten sie irgendeine Grenze überfahren, denn plötzlich weitete sich die bisher recht enge Straße zu einem breiten Platz, in dessen Mitte eine Art Rathaus oder auch Hotel stand, das tatsächlich aus bunten Legosteinen erbaut zu sein schien. Kinder gab es hier! Überall tobten, spielten, hüpften und sprangen Kinder herum! Richard konnte kaum das Auto abbremsen, obwohl er sowieso nur im Schritttempo fuhr. Kinder auf Rollern, in Go-Karts und Seifenkisten kreuzten seinen Weg, ohne dem nahenden Auto auch nur einen Blick zu schenken. Mädchen sprangen mit Hüpfgummis auf dem Platz, in dessen Mitte ein Springbrunnen sprudelnde Wasserfontänen in immer wechselnden Farben in den Sommerhimmel spie. Kinder planschten, nackt oder nur mit einem Höschen bekleidet, in dem bunt bemalten Becken. Ein paar hockten auf dem Brunnenrand und schleckten an riesigen Waffeltüten voller Eis. Dann sprang ein blonder Junge auf, lief auf Richards und Renates Auto zu – und verschmierte die Windschutzscheibe mit seinen Schokoladenfingern.
Richard drehte die Scheibe herunter und wollte losschimpfen, doch das Kind lief lachend fort und auch die anderen, die am Brunnen gehockt waren, lachten schallend über den Streich ihres Kameraden.
Wortlos deutete Renate auf das bunte Haus aus Spielsteinen. Dort kniete ein Mädchen im obersten Turm auf dem Fensterbrett und schickte sich an, hinunter zu springen. Für Augenblicke stockte den beiden der Atem. Das Kind sprang in die Tiefe. Doch in dem Moment, als es sich vom Sims abstieß, blies sich unten eine Sprungmatte auf, so dass es wohlbehalten und lachend darauf landete.
Alles, alles in dieser Straße, schien nur für die Freude der Kinder da zu sein!
„Hast Du unten ein Spielstraßen-Schild gesehen?" fragte Richard. Renate schüttelte den Kopf und sah nur den Kindern zu. Ein paar Mädchen schoben Puppenwagen durch einen Park. Buben spielten

mit Schachfiguren, die beinahe größer waren als sie selber und doch kinderleicht zu sein schienen. Die Straße war verziert mit bunten Kreidezeichnungen. Niemand verbot hier den Kindern irgendetwas! Es war ein Paradies – für Kinder.
Langsam ließ Richard den Wagen über den Platz rollen, sorgfältig darauf bedacht, nirgendwo die Kinder in ihrem Treiben zu behindern. Und die Kinder kümmerten sich keinen Deut um das Auto, das da durch ihr ureigenstes Reich rollte. Sie schienen es überhaupt nicht zu bemerken! Sie schienen sogar durch es hindurch zu gehen, zu laufen, zu hüpfen! Beim ersten Mal hatte Richard noch heftig gebremst, als ein kleines Mädchen mit dem Springseil direkt auf die Kühlerhaube hüpfte, aber es war wie ein Schemen mitten durch den Wagen gesprungen, ohne dass es oder dieser Schaden genommen hatte. –
Dann neigte sich die Straße wieder abwärts und Richard kam es vor, als könne er hier nirgendwo halten. Nichts hatte er getan, weder gebremst noch Gas gegeben. Wie von selbst war er durch diese Spielstraße, durch diese Kinderstadt gerollt, langsam, bedächtig und doch unaufhaltsam. Dann gab es wieder diesen merkwürdigen Ruck, so, als hätten sie eine unsichtbare Grenzbarriere durchbrochen und die Stadt der Kinder war nicht mehr zu sehen. –
Aber etwas hatte Renate gesehen. Etwas, von dem sie glaubte, es wäre ein Traum, eine Halluzination: Ein Mädchen war neben dem Auto hergelaufen, absichtslos, ohne sich um dessen Insassen zu kümmern. In dem Moment, als dieses die unsichtbare Grenze überfahren hatte, die auch das Mädchen hüpfend überschritt, war aus dem Kind eine junge Frau geworden. –
„Halt an!" rief Renate. „Halt an!" Unwillkürlich trat Richard auf die Bremse und im gleichen Moment riss Renate ihre Tür auf, stolperte auf den Gehsteig und hielt die junge Frau, die dort bergab ging, am Arm fest. „Was ist das da oben?" fragte Renate, atemlos und immer noch beeindruckt von dem, was sie vor wenigen Sekunden mit eigenen Augen gesehen hatte. Ein Mädchen, ein Kind, war von einem Schritt zum anderen zur Frau geworden!
Ein wenig befremdet sah diese die Fremde an, antwortete dann aber bereitwillig: „Das ist unsere Stadt der Kinder. Merkwürdig, dass Sie sie gesehen haben. Denn eigentlich gehört sie nur uns."
„Hat es damit eine besondere Bewandtnis?" fragte Renate weiter.

„Nun", sagte die junge Frau, „wir können immer, wenn wir Lust darauf haben, dorthin zurückgehen. In die Kindheit. Spielen, uns freuen, den Alltag vergessen.
Das große bunte Haus, das in der Mitte des Platzes, das aus Bausteinen errichtet ist, in dem können wir schlafen, uns ausruhen, wenn wir nicht am gleichen Tag zurück wollen. Dort dürfen wir alles, was Erwachsenen verwehrt ist. Aber nur wir, die wir hier geboren sind, kennen den Weg. Darum wundert es mich, Sie hier zu finden!"
„Wir haben uns verfahren", sagte Richard schlicht.
„Aber warum sind dann wir nicht wieder zu Kindern geworden!" rief Renate.
„Weil Sie nicht hier geboren sind. Sie waren ein Fehler im System. Vielleicht ist das Gewitter schuld. Sonst findet niemand den Weg hier herauf, der nicht zu uns gehört. Wo möchten sie hin?"
Renate nannte die Straße, in dem sie ihr Ferienquartier gebucht hatten und die junge Frau erklärte ihr und Richard in knappen Worten den Weg. Eine Weile fuhren sie im Schritttempo neben ihr her und sahen, mit ungläubigem Staunen, wie die junge Frau mit jedem Schritt älter und älter wurde... Konnte man hier, in dieser Stadt der Kinder, die Zeit aufhalten? Das Altern aufhalten? Gewann man an Lebenszeit, indem man immer wieder einmal hierher zurückkam und Tage, Wochen, vielleicht sogar Monate nicht alterte?
Es wurde, trotz der Anfangsschwierigkeiten, ein erholsamer Urlaub. Die Stadt der Kinder haben Richard und Renate aber nie mehr gefunden. Es gab keine Anzeichen dafür, dass es sie irgendwo dort oben, nahe an der Grenze zu den Wolken, gab.
Was sie manchmal bedauerten, später, im Alltag...

Der Träumeverkäufer

Am Tor vor dem Eingang zum Schlosspark hatten sie sich treffen wollen. Und nun stand sie schon eine halbe Stunde da und wartete. Das heißt, sie stand nicht, sie ging eher unruhig auf und ab und spähte nach allen Richtungen, denn sie wusste ja nicht, aus welcher er kommen würde.

Das anfängliche Herzklopfen, die Gespanntheit, waren allmählich einer Unruhe gewichen, gemischt mit Zweifeln. Würde er überhaupt kommen? Sie kannten sich ja noch gar nicht! Das heißt, sie kannten sich bisher noch nicht persönlich. Briefe hatten sie gewechselt, auch ab und zu miteinander telefoniert, aber gesehen hatten sie sich noch nie, nur eben auf den Fotos, die sie sich vor diesem ersten Treffen geschickt hatten.

Ursula, die längst die steinernen Inschriftentafeln auf dem Torbogen entziffert hatte, die ein Dutzend Mal in den Schlossgraben geschaut, die Schwäne darin beobachtet hatte, die sämtliche Schlagzeilen der herumstehenden Zeitungskästen gelesen und immer wieder vorbeikommenden Leuten ins Gesicht gesehen hatte, beschloss nun: „Wenn er nicht da ist, bis ich bis hundert gezählt habe, dann gehe ich!"

Und sie zählte, langsam, jede Ziffer dreimal wiederholend. Sie ging durch das Tor auf dem knirschenden Kies und sagte sich vor „Wenn ich mich jetzt umdrehe, dann kommt er mir entgegen!"

Immer wieder zog sie sein Bild aus der Handtasche. Ein männlichmarkantes Gesicht. Blonde, oder schon weiße? Haare, ein Schnurr- und Kinnbart, der den Mund nur ahnen ließ. Was hatte er für einen Mund? Schmale, entschlossene Lippen oder schön geschwungene? Wie würde er lächeln? Er würde doch lächeln, wenn er sie sah? Wie war sein Lachen? Ursula mochte Männer, die lachen konnten! Am Telefon hatte er es gekonnt. Eine dunkle Stimme hatte er, tief und irgendwie beruhigend. Warum ließ er sie nun hier so lange warten? Hatte er es sich anders überlegt? War ihm etwas dazwischen gekommen?

Seine Bekanntschaft verdankte sie einer Zeitungsanzeige: „Gutsit. Witwer", dann seine Maße, die auf breite Schultern und eine imponierende Gestalt schließen ließen, „sucht die Bekanntschaft mit einer selbst. Frau, die die Freuden des Lebens zu schätzen weiß." Gezögert hatte sie, lange gezögert, ob sie auf diese Anzeige antworten sollte. Was meinte er mit „selbst. Frau"? Selbstständig? Selbstbewusst? Ursula war beides, hatte einen kleinen Kosmetiksalon in ihrer Heimatstadt. Und doch stand sie jetzt hier, ging auf und ab und war teilweise enttäuscht, weil der „gutsit. Witwer" sich nicht blicken ließ, sie offensichtlich versetzt hatte. Vielleicht war er ja schon vorbei gegangen, auf der anderen Straßenseite, hatte sie sich angesehen und festgestellt, dass sie doch nicht so ganz seinen Vorstellungen entsprach? Ärgerlich war sie jetzt, ausgesprochen aggressive Gedanken drängten sich ihr auf. Dafür war sie hierher gefahren, dreihundert Kilometer von zu Hause, nur um sich an diesem verwitterten Tor versetzen zu lassen! Zu Hause gab es sicher auch gutsit. Witwer, das heißt, ein Witwer musste es ja nicht unbedingt sein. Es m u s s t e auch nicht unbedingt ein Mann sein! Schließlich war sie jahrelang alleine zurechtgekommen! Was hatte sie eigentlich veranlasst, auf diese blöde Anzeige zu schreiben? Torschlusspanik? Quatsch! Sie brauchte keinen Mann, und wenn er noch so breite Schultern und eine so tiefe, angenehme Stimme hatte!

Ursula war mit ihrer Zählerei mindestens bei siebenhundertachtundneunzig angelangt. Jetzt reichte es! Sie würde gehen und nie, nie, nie mehr einen Brief an die bekannte Adresse schreiben! Nie mehr den Telefonhörer abnehmen, keine Entschuldigung akzeptieren!

Der schlanke Mann mittlerer Größe mit dunklen Haaren und ebensolchen Augen, der genau wie sie auf dem Kiesweg um das Parktor hin und her ging, Umschau hielt und offensichtlich genau so vergeblich wartete wie sie, sah sie mit einem verlegenen Lächeln an. Vielleicht hatte e r ihn geschickt? Sollte er ihn entschuldigen, ihr einen neuen Treffpunkt übermitteln?

Ursula lächelte zurück, ein bisschen verlegen und doch wieder einverständig: „Wir sind offenbar in der gleichen Lage?" Der Fremde wandte sich wieder ab, blickte die Straße hinauf und hinab. Also er wartete auch, war gleichfalls versetzt worden. Entschlossen trat Ursula auf ihn zu: „Sie warten nicht zufällig auf mich?"

Er sah sie an. Groß waren seine dunklen Augen, tiefliegend. Seine Nase war hart gebogen und seine Lippen hatten einen leichten Schwung nach unten, was dem hageren Gesicht einen Hauch von Melancholie und Verzicht gab.

„Nein", sagte er, „nein, ich warte nicht auf Sie. Obwohl. So genau kann man das nie wissen."
„Hat Sie jemand geschickt?" fragte Ursula ein wenig irritiert.
„Geschickt? Kann sein. Es ist doch nichts Zufall im Leben."
Also wenn dieser Mensch von ihm geschickt worden war, um ihr, Ursula, etwas auszurichten, dann war das eine seltsame Wahl gewesen. Sie drehte sich weg, betrachtete das Gespräch als beendet, wollte nunmehr durch den Schlosspark zu ihrem Hotel gehen, den Koffer packen und wieder abreisen. Außer Spesen nichts gewesen. Da spürte sie eine Hand auf ihrem Arm. Ein wenig ärgerlich drehte sie sich um. Der schlanke Dunkle zog sofort seine Hand zurück und lächelte sie entschuldigend an. „Ich bin ein bisschen nervös", sagte er, „ich muss immer aufpassen, dass mich die Polizei nicht erwischt. Ich verkaufe nämlich Träume und das ist hier verboten."
Verdrießlich zuckte Ursula mit den Schultern und ging unwillkürlich schneller. Der Dunkle schien nicht richtig im Kopf zu sein. Von ihm war er sicher nicht geschickt. Oder doch? War das ein Test? Sie blieb stehen und drehte sich halb um.
Der Dunkle deutete in den Torbogen. „Dort steht mein Kasten mit den Träumen. Ich muss ihn immer im Auge behalten, damit die Leute auch bezahlen, die sich einen herausziehen. Aber ich darf mich nicht direkt dazu bekennen, denn ich habe keinen Gewerbeschein. Wenn Sie einen Augenblick warten. Darf ich Sie dann begleiten?"
Einen Kasten mit Träumen. Was konnte er damit meinen?
Ursula hatte sich auf eine der weißgestrichenen Bänke gesetzt. Viele Leute flanierten durch den Schlosspark. Selbst wenn der Dunkle verrückt war, es konnte ihr hier kaum etwas passieren. Da kam er schon, eine Art Bauchladen umgehängt, der jetzt sorgfältig mit einer Plane abgedeckt war. Stimmt, dieser Kasten war ihr bei ihrer unruhigen Wanderung vor dem Tor schon aufgefallen, sie hatte ihn aber für einen Zeitungsständer gehalten.
Der Dunkle setzte sich zu ihr. Mit einem verlegenen Lächeln deckte er die Plane auf. „Sehen Sie, Träume, nichts als Träume!"
Was Ursula sah, war eine Anzahl farbiger Zettel unter einer Plexiglashaube, ein Geldeinwurfschlitz und eine Klappe, aus der man diese Zettel einzeln ziehen konnte. „Ich schenke Ihnen einen" sagte der Dunkle und hielt ihr seinen Kasten einladend entgegen. „Nein, sagte

Ursula, nein, ich brauche keinen. Ich habe selber genug! Vielleicht viel zu viele!"
„Oh", meinte er, „das macht nichts. Träume kann man nie zu viele haben. Wissen Sie", er neigte sich vertraulich zu ihr, „es gibt tatsächlich Leute, die keine haben! Können Sie sich das vorstellen? Aber das ist mein Geschäft. Ich verkaufe Träume."
„Und wie sieht es mit der Erfüllung aus?" fragte sie und erhob sich.
„Tja, also", er lächelte verlegen und sie bemerkte, dass sich dabei ein kleines Grübchen in seiner linken Wange bildete, „die Erfüllung kann ich nicht garantieren. Daran muss jeder selber glauben. Sie haben das, dieses Vertrauen in die Erfüllung der Träume. Ihre werden sich erfüllen."
„Na, da habe ich aber gerade heute meine Zweifel" antwortete Ursula und wandte sich zum Gehen.
„Der Schlosspark hat auch noch ein anderes Tor!" rief er hinter ihr her, als sie schon ein paar Schritte von ihm entfernt war.
Ein anderes Tor? Vielleicht mehrere? Es war ein Kurgarten, in dem sie sich mit ihm hatte treffen wollen. Vielleicht hatte er an einem anderen Tor auf sie gewartet? Genau so ungeduldig, unruhig und voller Zweifel, wie sie selber?
Sie lief durch den Park. Ihr helles Kleid wehte um ihre schlanken Beine. Die Bänder an ihrem Sommerhut flatterten. Wie viele Tore hatte dieser Park?
Dann kam er ihr entgegen. Genau so, wie sie ihn sich erträumt hatte: Groß, breitschultrig, weizenblond. Er breitete die Arme aus, fing sie auf. „Hoppla, schöne Frau. Wohin so eilig?" Eine dunkle Stimme. Aber nicht die. Nicht seine.
Nur die Stimme eines Traumes.
Dabei hatte sie gar keinen gekauft.
Aber einen geschenkt bekommen.

„Friedensgärtlein"

Der Tag war wunderschön gewesen, aber sommerlich heiß und anstrengend. Eigentlich hatte Manuela alleine einen Stadtbummel unternehmen wollen, während ihr Mann Alfred bei der Tagung einem Referat zuhören musste. Sie war auch vergnügt losgezogen, zuerst beeindruckt von den schönen Läden, dem heiteren Leben auf den Straßen, der Vielfalt an imposanten Gebäuden, aber bald schon waren ihre Füße pflastermüde, sie war durstig und fühlte sich verschwitzt und matt. Ihr Interesse an den bunten Schaufenstern war längst erlahmt, auf einmal erschienen ihr die Fassaden zu überladen und erdrückend, das Gewimmel auf den Straßen zu hektisch. Sie sehnte sich nach einem ruhigen, schattigen Plätzchen. Die Cafes längs der Flaniermeile mit den bunten Sonnenschirmen und den grazilen Stühlchen vor farbig gedeckten Tischen waren überall besetzt, außer ein paar vereinzelten Sitzen in der prallen Sonne.

So flüchtete Manuela zuerst einmal in eine der großen, pompös und überladen wirkenden Kirchen, wo die Klinke des Portals so hoch war, dass sich die junge Frau beinahe wie ein Kind ein wenig recken musste, um sie zu erreichen. Drin empfing sie die erwartete Kühle. Der schwarz-weiß geflammte Marmorfußboden, die gedrechselten weißen Säulen, die hohen Fenster mit dem Glasmosaik, das sehr dunkel gehalten war, alles vermittelte den Eindruck von starrer Abweisung, Insichgeschlossenheit, beinahe Hochmut. Nur für ein paar Minuten hatte sich Manuela in eine der steiflehnigen Kirchenbänke gesetzt, da schien es ihr schon, als würde sie in all der Überladenheit frösteln, ihre Füße in den dünnsohligen Sandaletten empfand sie als eisig kalt. So stand sie auf und ging ein paar Schritte durch das hoch aufragende Kirchenschiff, besah sich die mit Spitzendecken verzierten Seitenaltäre, die düstere Madonnengrotte, vor der ein paar zaghafte Kerzen brannten und ein Strauß Pfingstrosen seine Blätter verlor.

Manuela schien alleine in der Kirche zu sein. Die Besucher der Stadt hatten sie für ihre Besichtigungen wohl nicht entdeckt. Sie lag ja auch in einer Seitenstraße, am Ende einer Gasse, die nur hierher und nicht mehr weiter führte.

An einem Nebenausgang, einer unscheinbaren, verwitterten Holztür, entdeckte Manuela ein Schild mit der Aufschrift „Zum Friedensgärt-

lein". Das klang irgendwie vielversprechend, weckte ihre Neugier, und so drückte sie gegen den Holzriegel, der sich knarrend bewegte, was im Kirchengewölbe erschreckend laut widerhallte.
Draußen umstanden hohe Bäume einen kleinen, rechteckigen Platz. In weißen Trauben hingen Akazienblüten zwischen den Blättern und dufteten süß und betäubend. Ein leiser Windhauch fuhr ab und zu durch das Laub, so dass sich der Geruch noch verstärkte, doch dabei war es Manuela, als wären es nicht die Blüten alleine, als würde sich noch etwas anderes darunter mischen, das sie als unangenehm und störend empfand, ein bisschen nach Fäulnis und Verwesung. –
In diesem Gärtchen war es so still, dass Manuela glaubte, ihren eigenen Herzschlag zu hören. Keine Bienen umsummten die Akazien, von der Straße drang kein Lärm herein, kein Wort eines Vorübergehenden, kein Kinderlachen. Es war beinahe, als wäre das Friedensgärtlein aus der Welt, als wäre darin die Zeit stehengeblieben.
Die Sonne spielte zwischen dem Laub und warf zitternde, filigranzarte Schatten auf das staubige Weglein, das sich zwischen den Baumstämmen hindurchschlängelte. Nein, nicht schlängelte, sondern schnurgerade zu dem umstandenen Rechteck führte. Keine Blume, kein Grashalm umsäumte diesen Weg und der Staub, der ihn bedeckte, war nicht grau, sondern beinahe weiß, so als wäre es gemahlener Marmor.
Als Manuela nun den freien Fleck betrat, sah sie, dass sich darauf ein steinerner Sarkophag befand, schmucklos, ohne Ornamente, verwittert und an den Rändern vom Boden her mit etwas Moos bewachsen. Der Stein war grau, an einer Stelle befand sich eine kleine Aushöhlung, als hätten Wassertropfen in jahrhundertelanger Arbeit dieses Schüsselchen für sich selber geschaffen. Es standen auch ein paar Tropfen Wasser darin, die sich recht für eine Vogeltränke oder ein Vogelbad geeignet hätten. Aber es waren keine Vögel in dem Gärtchen, weder sah man einen, noch ließ sich ein Laut hören, der von ihrer Anwesenheit erzählt hätte.
Zögernd betrat Manuela nun das Geviert und sah, dass es von steinernen Bänken umsäumt war und auf einer davon lag ein Mensch. Schlief er, oder...? Wieder stieg Manuela der Geruch nach Fäulnis in die Nase. Lag da ein Toter? Was sollte sie tun?
Schon wollte sie sich langsam wieder zurückstehlen, als sich der Mensch bewegte, einen leisen, schnaufenden Laut ausstieß, der ein wenig nach einem Stöhnen klang. War der Mann krank? Denn jetzt

entdeckte Manuela, dass es sich um einen Mann handelte. Er hatte den Kopf gewandt, der von einem dichten, dunklen Bart umrahmt war. Sein Hut, den er über das Gesicht gezogen hatte, war verrutscht. Neben dieser bestimmt nicht weichen Ruhestätte standen ein Paar Schuhe, ein seltsam geformter, sackartiger Behälter und eine Flasche, die offensichtlich leer war. Ein Stadtstreicher also, der hier seinen Rausch ausschlief. –
Manuela wollte wieder gehen, diese Nachbarschaft war nicht die richtige für sie. Aber als sie sich umdrehte, stieß sie gegen den Sarkophag, wäre beinahe gefallen und stützte sich mit einer Hand haltsuchend auf seinen Rand. Buchstaben waren darin eingraviert, eine alte Schrift, kaum leserlich, nur ein Name. Ihre Finger tasteten die Schriftzüge nach. „Wolfram" stand da, nur „Wolfram", sonst nichts. Kein Datum, kein Grabspruch, kein Titel, kein Nachname.
Da legte sich eine feingliedrige, schmale, faltige Hand neben die ihre, so dass sie erschrak. Lautlos musste der Mann von der Bank aufgestanden und neben sie getreten sein. Sie sah auf. Der Hut, jetzt tief über die Augen gezogen, verschattete das Gesicht, dass es beinahe so wirkte, als wäre es selbst nur ein Schatten. Keine Augen, keine Nase. Der Mund im Gewucher des Bartes verborgen. Und dann war da die Stimme. Tief, dunkel, ein wenig undeutlich, wie lange nicht gebraucht: „Schön, dass ich wieder einmal Besuch bekomme!"
Manuela wollte etwas sagen, wollte gehen, aber es war, als würde sie die Hand, die zarte Greisenhand festhalten, obwohl sie nur ruhig auf dem Stein lag. „Kommen Sie", sagte die Stimme, die nun einen etwas anderen Ton bekam, ein bisschen melodischer, so als wäre ein Instrument gestimmt worden. Der Mann ging mit leichten Schritten zurück zu seiner Bank. Er schien im Sonnengeflimmer zwischen den Blättern keinen Schatten zu werfen, seine Füße hinterließen keine Spuren im hellen Sand. Manuela war stehengeblieben, als könne sie sich nicht von der Stelle rühren. „Festgebannt!" schoss es ihr durch den Kopf. Ihre Augen starrten dem Fremden auf der Bank nach, der sich nun bückte, die Flasche in die Hand nahm, ein wenig schüttelte und dann zur Seite stellte. War es Manuela zuerst so vorgekommen, als wäre die Flasche leer, schien es nun, als hätte sie sich mit einer roten Flüssigkeit beinahe bis zum Rand gefüllt, in der sich ab und zu der Strahl der Sonne fing, so dass sie wie Rubin aufleuchtete.

Nun hob der Bärtige den sackartigen Behälter auf, streifte ihn ab und ein Instrument kam zum Vorschein, das Manuela noch nie gesehen hatte, außer auf alten Bildern. Ein paar Mal strich die Hand des Mannes über die Saiten, die leicht aufklangen, als würde der Wind sie berühren. Und dann entströmten ihnen Töne von einem Wohllaut, einer Vielfalt perlender Kaskaden, begleitet vom Gesang des Bärtigen in fremden, nie gehörten Worten.

Als hätte sich der Garten durch diesen Gesang belebt, waren auf einmal Vögel da, wippten in den Zweigen, hüpften über den Weg, tauchten flügelschlagend und spritzend in das Wasserschüsselchen im steinernen Grabmal ein, zwitscherten, sangen, schmetterten, tirilierten. Bienen summten um die Akazienblüten. Vielfarbige Falter umgaukelten die Blumen, die, wie aus dem Nichts gewachsen, das Geviert umsäumten. Es war, als wäre das ganze Gärtchen, das Friedensgärtlein, aus einer Totenstarre zum Leben erwacht. Auch die Sonne drang nun in goldenen Streifen durch das Blattgewirr, lagerte sich breit auf dem Sarkophag, tauchte das Gärtchen in flirrendes, flimmerndes Licht.

Manuela stand noch immer an das steinerne Grabmal gelehnt, als ihr die Sonne brennend auf die Haut fiel, in die Augen stach, so dass sie sich erschrocken zurückzog, eine plötzliche Schwäche, einen Schwindel fühlte und ihr war, als schwebe sie ein wenig über dem Boden.

Als sie wieder zu sich kam, hielt ihre Hand den hölzernen Riegel der kleinen Seitentür umklammert. Eine andere Hand lag auf der ihren und eine knarrende Stimme fragte: „Ist Ihnen nicht gut? Na ja, die Hitze. Kommen Sie, setzen Sie sich ein wenig hier in der kühlen Kirche nieder."

„Was ist da draußen?" stammelte Manuela und deutete auf die Tür und das Schild „Friedensgärtlein".

„Da gibt es schon lange keinen Zugang mehr. Früher, ganz früher soll dort das Grab Wolfram von Eschenbachs gewesen sein, sagt man. Inzwischen hat man es längst wo anders vermutet oder glaubt es dort gefunden zu haben. Ich nehme an, da draußen ist alles verbaut, ist die Brandmauer eines Geschäftshauses. Der Ausgang hier ist jedenfalls nicht mehr zu öffnen, zugenagelt oder vermörtelt. Geht es Ihnen jetzt besser?"

Manuela nickte nur dankend und trat dann mit langsamen Schritten wieder in den flirrenden Tag hinaus.

Der unsichtbare Flötenspieler

Das Haus war neu gebaut und man sah es ihm auch an, obwohl es auf „alt" hergerichtet war. Das tiefgezogene Dach war mit Holzschindeln gedeckt, die noch nicht von Wind und Wetter grau geworden waren, sondern erst eine satte, rötlichbraune Farbe angenommen hatten. Drei der Hauswände bestanden aus großen, verglasten Schaufenstern, auf der vierten Seite bildeten sie links und rechts zwei Erkerwinkel, in deren Mitte die Eingangstür war. „Bücherhütte" stand darüber auf einem ausgefransten Holzbrett und die Buchstaben waren eingebrannt. Auch die Häuser rund um diese „Bücherhütte" waren neu: Textil- und Schuhläden, ein kleines Cafe, vor dem bunte Sonnenschirme standen, ein Lädchen mit Porzellanwaren und eine Blumenhandlung.

Die Eingangstür der Bücherhütte stand einladend offen. Es war ein heißer Tag und der kleine Platz, um den sich all die neugebauten Häuser scharten, lag in der vollen Sommersonne. Zwar wehte von einem Springbrunnen in der Mitte des Platzes hin und wieder eine regenbogenfarbene Wasserwolke herüber, aber zu wenig, um eine echte Erfrischung abzugeben. Unter einen der Sonnenschirme im Cafe wollte ich mich nicht setzen, aber das einladende Versprechen von Kühle hinter der offenen Tür der „Bücherhütte" zog mich an: ein wenig herumschauen, ein wenig stöbern, vielleicht fand sich etwas Interessantes.

Bei meinem Eintritt bimmelte eine Ladenglocke, das heißt, es war wohl eher eine Windharfe, die ein Luftzug bewegt hatte, denn die Tür konnte nirgendwo an ein Geläute angeschlagen haben, nachdem sie ja sowieso schon offen stand. Merkwürdig war nur, dass es eigentlich gar kein Gebimmel war, wie man es erwarten konnte, sondern eher klang wie ein paar Töne, die jemand auf einer Flöte spielte. Es war jedenfalls eine reizende kleine Melodie und am liebsten wäre ich noch einmal vor die Tür gegangen und wieder eingetreten, um diese Tonfolge erneut zu hören.

Die junge Verkäuferin stand in einer Nische und telefonierte. Das war mir ganz recht, denn eigentlich wollte ich ja nicht direkt etwas kaufen, sondern mich zuerst einmal umsehen und dazu brauchte ich keine Beratung. Das Mädchen, den um ein solches handelte es sich eher als um eine Frau, ließ sich auch in ihrem Gespräch gar nicht unterbrechen, lachte und schäkerte mit ihrem unsichtbaren Gesprächspart-

ner und so ließ ich meine Blicke über die Regale schweifen, nahm hier einen Band heraus und blätterte darin, stellte dort ein Buch wieder zurück, nachdem ich mir den Titel näher angesehen hatte.
Mit einem hatte ich recht gehabt. In der „Bücherhütte" war es kühl. Kühler sogar, als erwartet, und je länger ich mich darin aufhielt, je weiter ich in die hintere Abteilung dieses ziemlich quadratischen Raumes kam, umso kälter empfand ich es. Ja, unvermutet lief mir ein leichter Schauer über die sonnenwarme Haut und ich fröstelte. Es gab hier in dem ganzen Raum keine dunkle, uneinsehbare Ecke, außer eben jener Nische, in der die junge Verkäuferin noch immer stand und telefonierte. Und doch hatte ich mit einem Mal das Empfinden, als wäre es hier auch düsterer geworden. Hatte sich eine Wolke vor die stechende Sonne geschoben? Ich versuchte bei einem der Schaufenster einen Blick hinaus zu werfen, was mir aber nicht gelang, denn diese waren von innen mit den Bücherwänden verstellt. Dann hörte ich wieder die Melodie von der Eingangstür, warf einen Blick darauf, ob noch jemand eingetreten war, den bisher war ich als einzige Interessentin im Laden gewesen, aber es war niemand hereingekommen.
„Also doch eine Windharfe", dachte ich. „Vielleicht ist es wirklich draußen ein wenig kühler geworden und es hat sich ein leichtes Lüftchen gehoben, vielleicht zieht sich sogar ein Gewitter zusammen!"
Ich hatte ein Buch in der Hand und bückte mich, um es ins Regal zurückzustellen, da fielen aus den oberen Reihen zwei, drei Bände auf mich herab. Ich war ganz gewiss an keines der Bretter gestoßen, war ganz ruhig gestanden und hatte das Regal gar nicht berührt. Wieso fielen dann die Bücher herunter?
Gerade wollte ich sie aufheben und zurückstellen, da stand die Verkäuferin neben mir. Offensichtlich hatte sie inzwischen ihr Telefongespräch beendet. „Hoppla!" rief sie, „jetzt wären Sie beinah von den Büchern erschlagen worden!"
„So schlimm wär's wohl nicht gekommen" erwiderte ich. „Aber merkwürdig ist das schon. Ich bin wirklich nirgendwo dagegen gestoßen und trotzdem sind die drei Bände heruntergefallen."
Ich hielt sie noch in der Hand und las ihre Titel. „Der unsichtbare Flötenspieler" hieß das eine und „Merkwürdige Geschichten in und um B." Das dritte war ein Liederbuch mit Noten und Texten. B. war der Name des Ortes, in dem ich mich befand.

„Geistert's denn da?" fragte ich, halb lächelnd, halb neugierig. Das Mädchen nahm mir die Bücher nicht ab, sah mich nur an, ein wenig fragend und so, als ob sie mich einer ernsthaften Antwort für würdig hielt, oder ob sie mich mit einem Lächeln abspeisen solle. Dann entschloss es sich offenbar doch zu einer Antwort. „Wie man's nimmt" sagte es mit einem Schulterzucken. „Haben Sie hier irgendetwas gehört? Musik?"
„Ja", antwortete ich. „Flötenspiel. Nur ein paar Töne, eine kleine, leichte, federleichte Melodie. Eigentlich nicht so direkt eine Melodie, sondern eine einfache Tonfolge."
„Das war der unsichtbare Flötenspieler", sagte sie und deutete auf einen der Bände, die sie noch immer in der Hand hatte. Ich zog die Stirn in Falten. War das ein neuer Verkaufstrick, um die Kunden für die beiden offensichtlich heimatkundlichen Bücher zu interessieren?
„Die Häuser hier, alle, die um den Platz herumstehen, wurden auf einem aufgelassenen Friedhof gebaut. Ob es Geister gibt und ob die keine Ruhe finden oder in ihrer Ruhe gestört wurden, ich weiß es nicht. Ich weiß nur, dass ich hier so etwas wie einen Geist habe. Einen guten, einen freundlichen, ja oft sogar einen fröhlichen Geist! Zumindest keinen, den ich fürchten muss!"
Wenn diese „Bücherhütte" in einer verwinkelten, dunklen Gasse gestanden wäre und es sich bei der Verkäuferin um eine alte, verwitterte Frau gehandelt hätte, oder sonstige Attribute für gespenstisches Ambiente vorhanden gewesen wären, vielleicht wäre ich eher geneigt gewesen, dieser Geschichte zu glauben! Aber ein junges Mädchen und Geistergeschichten? Sicher handelte es sich um eine Strategie, die Bücher zu verkaufen, die sie mir noch immer einladend entgegenhielt. So schüttelte ich den Kopf und ließ dabei offen, ob ich ihrer Erklärung Glauben schenken wollte oder einen Einkauf ablehnte. Sie stellte die Bände wieder ins Regal zurück.
„Wie Sie vielleicht gesehen haben, hat dieses Haus keinen ersten Stock. Aber einen Keller. Dort unten ist das Bücherlager. Hin und wieder kommt es vor, dass das Licht ausgeht, wenn ich unten zu tun habe, ohne dass jemand am Schalter gedreht haben kann. Oder es geht auch an, ohne dass jemand hinunter gegangen ist. Ab und zu kann ich ihn sogar sehen, meinen unsichtbaren Flötenspieler!"
Mit einem Kopfnicken deutete sie in eine Ecke, in der Bilderbücher

und Spiele zu finden waren. Und tatsächlich! Nun sah ich ihn auch. Ein junger Mann in mittelalterlicher Kleidung hockte auf einem der Kindertischchen, hatte ein Bein hochgezogen und eine rot bemalte Flöte an den Lippen. Er sah ganz so aus, wie man sich den Rattenfänger von Hameln vorstellt. Also doch ein Werbegag! Ich ging auf ihn zu – da war er verschwunden.

„Wie ist es denn mit den anderen Häusern, die stehen angeblich ebenfalls auf dem aufgelassenen Friedhof?" fragte ich. „Fliegen in dem Cafe die Tassen herum oder wandern im Textilgeschäft die Kleiderständer von einer Ecke in die andere? Welken im Blumenladen die Blumen schneller als anderswo oder blühen welche, die sonst nie blühen? Und blättert im Zeitungsladen vielleicht jemand Unsichtbarer in den Heften, um sich über die neue Zeit zu informieren?"

Sie lächelte und sagte: „Ich weiß es nicht. Wir sprechen untereinander nie über dergleichen. Vielleicht, weil sich niemand eine Blöße geben will. Ich weiß nur, dass mein Geist hier sehr nett und sehr freundlich ist und es mir nur ab und zu ein wenig zu kalt macht, besonders im Winter. Da friere ich gelegentlich. Aber im Sommer ist es recht angenehm. Wir haben keine Klimaanlage und vermutlich würde er sich damit auch nicht wohlfühlen. Ich mag sein Flötenspiel. Es sind so viele hübsche Melodien, die er spielt. Aber", sie sah mich verschwörerisch an, „er lässt sie nicht jeden hören! Er spielt offenbar nur für die Leute, die ihm sympathisch sind. Möchten Sie wirklich nichts über ihn nachlesen? Und hier, in dem Notenbuch", sie holte den Band wieder aus dem Regal, „verschwinden hin und wieder die gedruckten Musikstücke. Einzelne. Nicht alle auf einmal. Beim nächsten Durchsehen sind sie wieder da. So, als wolle er sie sich kurz ins Gedächtnis rufen und sie dann wieder zurücklegen."

Schade, doch ein Verkaufstrick! Ich war enttäuscht und schüttelte den Kopf. Als ich die „Bücherhütte" verließ, begleiteten mich ein paar zarte, zerflatternde Flötentöne.

Vielleicht schaue ich morgen wieder dort vorbei. Es lagen so hübsche, rot bemalte Flöten herum. Und ein Notenbüchl dazu – auch wenn ein paar Musikstücke fehlen sollten...

Der geheimnisvolle Schlangenring

Es war wieder einmal spät geworden. Katharina Aumiller hatte sich bei ihrer Freundin verplaudert und gerade noch den letzten Bus erwischt. Aber die Nacht war mondhell, der Vollmond stand wie eine milchige Scheibe am Himmel, nur ab und zu von einer dunklen Wolke kurzzeitig verdeckt. Und die drei Minuten von der Bushaltestelle zu ihrer Wohnung, was sollte da schon passieren? Er war doch noch nie etwas passiert. Zudem wohnten hier überall Leute, vereinzelte Fenster waren noch erleuchtet. Hilferufe mussten sofort gehört werden...

Trotzdem beschleunigte Katharina ihre Schritte, als sie, an den Vorgärten vorbei, ihrer Wohnung zustrebte. Ganz kurzzeitig hatte sie das Gefühl, jemand wäre hinter ihr. Sie verhielt den Bruchteil eines Augenblicks, lauschte, aber es war kein fremder Schritt vernehmbar.

Schon wollte sie die fünf Treppenstufen zur Haustür hinaufgehen, als sie von hinten unvermittelt jemand ansprach: „Haben Sie Feuer?"

Sie drehte sich halb um, sah den schattenhaften Umriss eines Menschen, von dem sie nicht sagen konnte, ob es sich um einen Mann oder eine Frau handelte. Die Stimme war zwar dunkel gewesen, konnte aber genau so gut einer Frau gehören. Für einen Moment leuchtete der Mond hell durch die Wolken. Die Gestalt hatte einen Hut mit einer breiten Krempe tief ins Gesicht gezogen, ein langer Mantel floss um eine hagere Figur, die in einer Hand eine brennende Zigarette hielt.

„Aber Sie haben doch Feuer!" wollte Katharina ausrufen, als das Lichtpünktchen erlosch. Was Katharina noch sehen konnte, war ein seltsamer Ring am Ringfinger der, des, Fremden, eine gewundene Schlange mit rubinroten Augen. Bruchteile nach Erlöschen der Zigarette hatte Katharina das beklemmende Gefühl, als würden sich die fremden Hände um ihren Hals legen, ein eiserner Griff ihr den Atem nehmen. Aus einem der Ärmel schien sich eine Schlange heraus zu ringeln.

Da ging die Treppenhausbeleuchtung an, die Haustür wurde geöffnet. Ein Hausmitbewohner trat auf den Vorplatz.

„Guten Abend Frau Aumiller. So spät noch unterwegs?"

Das Licht des Hausflurs fiel jetzt voll auf Katharinas Gesicht.

„Guten Abend Herr Erler" grüßte sie zurück. Aber etwas an ihrer Stimme musste den anderen aufhorchen lassen.
„Stimmt etwas nicht?"
Katharina sah sich um. Hinter ihr stand niemand mehr. Sie hatte aber auch keine Schritte gehört, die sich entfernt hätten. Sie schluckte. Da war immer noch das beklemmende Gefühl, spürte sie immer noch den Druck der fremden Hände.
Sie räusperte sich. „Es ist alles in Ordnung, Herr Erler. Danke. Gute Nacht."
Aufatmend schloss sie die Tür hinter sich. Warum hatte sie ihrem Nachbarn nichts erzählt? Weil sie sich selber nicht sicher war, ob dieser Fremde wirklich hinter ihr gewesen war? Die ganze Nacht träumte sie immer wieder von dem Schlangenring mit den rubinroten Augen, schreckte auf, wenn sich die Finger um ihren Hals zu schließen schienen, warf sich von einer Seite auf die andere und wachte zwischendurch schweißgebadet auf, zündete die Nachttischlampe an und lausche klopfenden Herzens in die Diele. War das jemand? Oder hatte nur ein Brett geknarrt? Ein Windstoß rüttelte am Fensterladen. Versuchte da jemand einzudringen?
Ein Vierteljahr später war Jahrmarkt auf dem Anger vor der Stadt. Katharina schlenderte mit ihrer Freundin Isabell durch die Budenstraßen. Es war schon abends und die flirrenden bunten Lichter bezauberten die beiden jungen Frauen, die einmal an dieser, einmal an jener Bude stehen blieben, von kandierten Äpfeln abbissen, an Zuckerwatte zupften, sich ein Los am Glückshafen kauften.
Dann gab es einen Stand, an dem man sich aus einer gläsernen Kugel ein Briefchen mit seinem „Schicksal" ziehen konnte. Gerade wollte Isabell in die Kugel greifen, als ihr eine Hand zuvorkam, eine Hand mit einem Schlangering am Ringfinger. Die Schlange hatte rubinrote Augen.
Katharina schrie auf: „Nicht, Isabell! Lass uns gehen!"
„Was hast du denn? Ist dir nicht gut? Oder hast du Angst vor deinem Schicksal"?
„Ich möchte gehen. Komm mit, bitte."
„Nein", sagte Isabell, „nein, warum denn? Mir gefällt es hier. Ich bleibe noch ein bisschen. Schau doch, wie der Vollmond dort oben am Himmel schwimmt. Wie ein blasser Luftballon."

„Isabell, bitte!"
„Nein. Du kannst ja nach Hause gehen, wenn du unbedingt willst." Ein wenig ärgerlich wandte sich Isabell wieder der Glaskugel mit den Schicksalsbriefchen zu und griff hinein. „Schau, was auf meinem Zettel steht: Noch heute werden Sie Ihrem Glück begegnen! Bei solchen Aussichten soll ich nach Hause gehen?"
Katharina wandte sich von ihrer Freundin ab und ging mit raschen Schritten davon.
Sie lief mehr als sie ging, stolperte und wäre beinahe gefallen – und wusste keine Erklärung für ihre plötzliche Flucht. Denn auch diesmal war die Hand mit dem Schlangenring sofort verschwunden gewesen, als sie sich nach ihr umwenden wollte. Isabella hatte offensichtlich überhaupt nichts bemerkt. Genau so wenig, wie damals ihr Nachbar einen Fremden bei Katharina am Hauseingang gesehen hatte.
Am anderen Tag stand in der Zeitung, dass Isabella Fuhrmann in einer Kiesgrube am Rande der Stadt gefunden worden war. Vermutlich war sie an einem Schlangenbiss gestorben. Unerklärlich, wie eine Giftschlange dorthin gekommen war, wieso die junge Frau in diese Gegend gegangen war und unerklärlich die Herkunft des Schlangenrings am Finger der Toten. Unter dem Foto des Rings stand, dass es sich um ein seltenes Stück handelte, das in früheren Zeiten als sogenannter Magierring gegolten hatte. Es handle sich um die sehr detaillierte Nachbildung eine Äskulapnatter mit Augen aus roten Rubinen. Man bat um sachdienliche Hinweise, da es mehr als unwahrscheinlich wäre, dass dieser Ring schon von jeher im Besitz der jungen Frau gewesen wäre...
Vielleicht hätte Katharina etwas gewusst, etwas aussagen können. Aber was wusste Katharina, was man ihr geglaubt hätte?...

Die Katze

Jetzt sitzt sie wieder draußen auf meinem Balkon, im Blumenkasten. Die grünen Augen zu Schlitzen verengt, das schwarz-weiße Fell wohlig der Sonne ausgesetzt. Fast sieht es so aus, als würde sie schlafen, doch jede Faser ihres geschmeidigen Körpers ist gespannte Aufmerksamkeit. Ein leises Zucken ihrer schwarzen Schwanzspitze verrät sie. Sie lauert auf Vögel, für die ich Brotkrumen und Wurstreste auf den Balkon lege. Geduckt hockt sie zwischen den Geranien, an den Blumen rührt sich kein Stängel, kein Blatt.
Ein neugieriger Spatz kommt geflogen, setzt sich auf die Abgrenzung zum Nachbarbalkon, trippelt hin und her, guckt mit schwarzen Stecknadelaugen auf die ausgestreuten Brösel, breitet die Flügel aus – da klatsche ich in die Hände und erschrocken stiebt der Vogel davon.
Mich trifft ein feindseliger Blick aus grünen Katzenaugen. Ich lasse die erhobenen Hände sinken, starre wie gebannt auf das Tier, das sich jetzt langsam aus meinen Geranien erhebt, einen Buckel macht, die Krallen ausstreckt, auf lautlosen Pfoten über die Blumenkästen balanciert, sich zum Sprung duckt, auf die Abgrenzungsmauer und hinüber in den Nachbarbalkon springt.
Ein Frösteln überläuft mich. Dieser Blick war so voller Verachtung, voller Hass und ich muss wieder an die Geschichte mit meinem Nachbarn denken.
Ein Jahr mag das jetzt her sein und noch immer ergreift mich ein unerklärliches Grauen, wenn ich diese Katze sehe. Dabei ist es eine Katze wie jede andere, vielleicht ein bisschen größer als normal. Manchmal bilde ich mir ein, sie würde noch wachsen, langsam, fast unmerklich und ich rede mir ein, ich würde mich täuschen. Und doch, von Mal zu Mal kommt sie mir etwas mächtiger, drohender vor.
Sie gehört ins Haus, ihre Besitzer wohnen im sechsten Stock. Untertags ist das Tier allein und von Balkon zu Balkon unterwegs, wahrscheinlich auch nachts. Sie klettert und springt überall herum mit der Gewandtheit eines Akrobaten. Alle Mieter kennen sie, sind an ihre Besuche gewöhnt. Aber sie ist keine Katze zum Anfassen. Jeder der das versuchte, machte unliebsame Bekanntschaft mit ihren Krallen, ihren Zähnen. Sie lässt sich nicht streicheln, obwohl ihr dichtes, geflecktes Fell geradezu dazu herausfordert. Wenn sie außer Haus war,

sitzt sie mit der Grazie einer alten Dame vor der Eingangstür und wartet darauf, dass jemand hinein geht und sie mit durch die Tür schlüpfen kann. Manchmal hockt sie auf den Briefkästen im Vorraum und beobachtet die Leute. Wünscht nicht angesprochen zu werden, wünscht nicht, mit hinein genommen zu werden, auch wenn man ihr noch so lockend und höflich die Tür aufhält. Sie befolgt keine Einladung und gehorcht nur ihrem eigenen Willen. Jeder Hausbewohner weiß, dass die Katzendame im sechsten Stock aus dem Lift zu steigen wünscht und jeder drückt für sie auf den entsprechenden Knopf, wenn sie sich einmal bequemt hat, in menschlicher Gesellschaft zu ihrer Wohnung zu fahren und nicht die Wege über die Balkone zu nehmen. Jeglicher Versuch, sie irrezuführen, sie in einem anderen Stockwerk zum Aussteigen zu überreden, scheitert. Obwohl alle Flure gleich aussehen, weiß sie genau, wo sie hingehört.

Einmal des Nachts lag sie allerdings in meinem Bett. Es war eine milde Sommernacht und ich hatte die Balkontür offen gelassen. Der Tag war stickig und heiß gewesen, schon seit Stunden quälten mich Kopfschmerzen und ich hatte lange nicht einschlafen können. Erst allmählich kühlte sich die Luft ab und ich konnte freier atmen. Der Vollmond stand wie eine silberne Scheibe am nachtblauen Himmel, sein Licht fiel voll in mein Zimmer und ich wälzte mich in unruhigen Träumen. Auf einmal war mir, als hätte ich eine Last auf meiner Brust, die mir die Luft abschnürte. Noch immer traumbefangen griff ich nach meinem Hals und zuckte mit einem Schmerzenslaut zurück. Die Katze, die durch die geöffnete Balkontür bei mir eingedrungen war, hatte sich quer über meine Brust gelegt und mich nun, bei dem Versuch sie zu entfernen, in den Finger gebissen. Wie ein dünner, roter Faden lief das Blut über meine Hand und tropfte auf das weiße Bettzeug. In ihren grünen Augen glitzerte das Mondlicht und sie beobachtete mich, wie zum Sprung geduckt.

In meiner Wut und meinem Schmerz ergriff ich das Tier bei dem gesträubten Nackenfell und warf es auf den Balkon, die Tür fest hinter ihm verschließend. Dann taumelte ich ins Bad und versorgte meine Wunde mit Jod und Verbandszeug und dabei liefen mir Tränen über das Gesicht. Nicht vor Schmerz, der Schreck war größer gewesen, aber eine irgendwie unerklärliche Furcht hatte mich ergriffen und ließ mich trotz der Schwüle zittern.

Wochen später passierte dann die schauerliche Geschichte, für die niemand eine rechte Erklärung fand. Neben meinem Appartement war ein neuer Mieter eingezogen. Wir wohnten also Wand an Wand, Balkon an Balkon, aber es dauerte fast einen Monat, bis ich ihn zu Gesicht bekam. In so einem Mietshaus wohnt jeder in der Wabe der Anonymität. Man sieht sich vielleicht im Lift, am Briefkasten, aber man weiß kaum etwas voneinander. Man geht aneinander vorbei, man lebt aneinander vorbei.

Mein neuer Nachbar war ein ruhiger junger Mann. Ich hörte morgens manchmal seinen Wasserkessel pfeifen. Er stand früher auf als ich. Ich hörte ihn abends regelmäßig seine Blumen am Balkon gießen, doch die Trennwand ist so hoch und aus Beton, ich konnte ihn nie sehen, nicht hinübergrüßen.

Wenn man von unten zu den Balkonen hinauf sah, wucherte bei ihm das üppigste Grün. Die Pflanzen krochen und kletterten die Wände entlang wie in einer Laube. Manchmal sah ich unten, bei dem etwa fünf Zentimeter schmalen Schlitz zwischen den Trennwänden, seine bloßen Füße, aber nur, wenn ich mich tief bückte oder etwas am Boden suchte.

Er ging zu Hause also barfuß, vielleicht sogar bis zum Hals? Niemand hatte Einblick in sein grünes Reich.

So hin und wieder kam süßlicher Rauch herüber, ein undefinierbarer Geruch, der mir leichte Übelkeit verursacht. Konnte ich hinübergehen und ihn bitten, seine Räucherstäbchen oder was immer das war, nicht anzuzünden? Ich kannte ihn nicht. Bis wir uns dann eines Tages im Lift begegneten und den gleichen Knopf drücken wollten.

„Sie wohnen auch im Vierten?" Ich konnte meine Neugier nicht kaschieren. Die anderen Nachbarn kannte ich wenigstens vom Sehen. Man traf sich gelegentlich am Müllschlucker. Er musste der Neue sein! Ein Mann so Ende Zwanzig, nicht sehr groß, unauffällig und unscheinbar, korrekt gekleidet, ohne Besonderheiten. Seine Augen, fast farblos, hinter dicken Brillengläsern, braunes, leicht gewelltes Haar, ein nichtssagendes Allerweltsgesicht mit einer hohen Stirn und einem auffallend kleinen, verkniffenen Mund. Er trug eine schwarze Aktenmappe unter dem Arm. „Ein kleiner Angestellter" dachte ich.

Er sah an mir vorbei, murmelte „ja" auf meine Frage und etwas, das wie ein Name klang. Seinen Namen wusste ich vom Schild am Briefkasten und unter dem Klingelknopf: Sykorski. Fremdländisch. Polnisch? An seiner Aussprache konnte ich nicht feststellen, woher er kam. Er nahm beim Sprechen, bei dem einen Wort, das er bisher gesagt hatte, die Zähne nicht auseinander und ich ahnte mehr als ich verstand, was er sagte.

Im Flur trennten sich unsere Wege. Er ging auf seine Wohnungstür zu, ich auf meine und jeder schloss diese hinter sich.

Irgendetwas hatte mich neugierig gemacht. War es sein völliges Desinteresse, sein Abkapseln, seine Unsichtbarkeit? Es reizte mich, mehr über ihn zu wissen.

Ein paar Tage später traf ich ihn wieder am Lift. Um ehrlich zu sein, ich hatte an der Tür gelauert, wann ich ihn weggehen hören würde. Für mich war es zwar noch viel zu früh, aber ich war absichtlich eher aufgestanden, um zur gleichen Zeit wie er aus dem Haus zu gehen. Wir trafen uns also am Lift. Er, korrekt wie bei unserer ersten Begegnung: Ein blütenweißes Hemd. Nur die gemusterte Krawatte passte nicht zu seinem karierten Sakko. Darüber musste ich lächeln, als ich ihm einen „Guten Morgen" bot. Er lächelte zurück. Ein bisschen scheu, ein bisschen ungläubig, aber er lächelte. Es liegt an sich nicht in meiner Natur, mit einem Mann anzubändeln, aber irgendetwas an Sykorski forderte mich heraus.

Als wir aus dem Haus gingen, fragte ich ihn: „Müssen Sie auch zur U-Bahn?" Er nickte und lief wie ein Hündchen neben mir her, wortlos. Ich bemühte mich eine Unterhaltung in Gang zu bringen, doch seine einsilbigen, kaum verständlichen Antworten nahmen mir bald den Wind aus den Segeln. Es musste doch irgendetwas geben, das ihn interessierte!

Wir saßen uns in der U-Bahn gegenüber und er spielte mit dem Reißverschluss seiner Tasche, sah aus dem Fenster, obwohl es dort kaum etwas zu sehen gab, beobachtete die anderen Leute und übersah mich. Dann, zwei Stationen vor meiner, stand er auf, murmelte etwas Undeutliches und stieg an der Haltestelle aus. Ich hatte ihm noch einen guten Tag gewünscht, ohne eine Antwort zu bekommen und im Weiterfahren sah ich ihn im Strom der Passanten stehen, ein wenig verloren und wie fehl am Platz.

Wir hatten Gleitzeit im Büro und ich war draufgekommen, dass ich mehr vom Tag hatte, wenn ich früher mit der Arbeit anfing und dafür eher Feierabend machen konnte. So traf ich morgens immer öfter mit Sykorski zusammen. Wir gingen nebeneinander zur U-Bahn, er stieg zwei Stationen früher aus. Unsere Gespräche bestanden noch immer größtenteils aus meinen Monologen über das Wetter, die Arbeit und Allgemeines. Seine Antworten waren und blieben einsilbig, oft schwer verständlich. Und doch hatte ich manchmal das Gefühl, dass er meine Gesellschaft suchte.

Ich hätte es längst aufgegeben, mit ihm in Kontakt zu kommen, wenn mir nicht eine Veränderung an ihm aufgefallen wäre. Er trug tagaus tagein die gleiche Jacke, die gleiche Hose. Ich bemerkte Flecken auf seinen Revers und als ich ihn diskret darauf aufmerksam gemacht hatte, bemerkte ich am anderen Tag seinen ungeschickten Versuch, diese Flecken selbst zu entfernen. Das blütenweiße Hemd vergraute zusehends. Die Krawatte fehlte oft völlig oder war schief gebunden. Seine Haar kräuselte sich hinter den Ohren, wuchs ihm in den Kragen. Er machte keine Anstalten, zum Friseur zu gehen, war immer öfter unrasiert. Seinen Wasserkessel hatte ich schon seit Wochen nicht mehr pfeifen gehört. Kochte er sich keinen Morgenkaffee mehr? Die grüne Wildnis auf seinem Balkon, die auch sein Appartement in grüne Dämmerung getaucht haben musste, wurde brauner und kahler. Er ließ offensichtlich seine Pflanzen verdursten und vertrocknen. Schon lange hatte ich ihn nicht mehr mit der Gießkanne hantieren gehört. Nur der süßliche Rauch drang Abend für Abend über die Abgrenzungsmauer.

Und dann, eines Nachts, klopfte es an meine Tür. Ich hatte schon geschlafen und zuerst gedacht, ich hätte das Pochen geträumt. Aber dann setzte ich mich auf und lauschte. Jemand versuchte in mein Zimmer zu kommen! Ich hatte die Sperrkette vorgelegt, es konnte also niemand herein, und trotzdem saß ich mit Herzklopfen im Bett und lauschte auf die schabenden, kratzenden Geräusche an meiner Tür. Was sollte ich machen? Das Telefon stand in der Diele. Wollte ich die Polizei rufen, würde es der Unbekannte an der Tür hören und die Flucht ergreifen.

Schließlich raffte ich mich doch auf und tappte barfuß in die Diele. Dann hörte ich meinen Namen flüstern. „Machen Sie auf, ich bin's, Sykorski!"

„Was wollen Sie so spät noch? Ich habe schon geschlafen!"

„Bitte machen Sie auf. Ich habe meinen Schlüssel verloren und kann nicht in meine Wohnung. Ich möchte über Ihren Bakon hinüber klettern."
Ich zögerte kurz. Für einen gewandten Kletterer war das keine Schwierigkeit. Aber wenn das nun eine Finte war? Andererseits hatte Sykorski nie erkennen lassen, dass er besonderes Interesse an mir hatte. Es war absurd zu denken, er würde diesen ungewöhnlichen Weg wählen, um...
Entschlossen schob ich die Sperrkette zurück und drehte den Schlüssel im Schloss. Er kam herein und drückte die Tür hastig hinter sich zu. Ich hatte nur ein leichtes Nachthemd an und das Licht in der Diele war nicht dazu angetan, etwas zu verschweigen. Schon hatte ich meine Hand nach dem Schirm im Ständer ausgestreckt, für alle Fälle. – Sykorski stolperte an mir vorbei, auf die Balkontür zu. Er roch nach Schweiß und Alkohol. War er betrunken? Dann war die Kletterei im vierten Stock lebensgefährlich, war ich sogar verantwortlich, wenn er abstürzte und sich den Hals brach. Widerstrebend sagte ich: „Wollen Sie nicht eine Tasse Kaffee trinken?"
Er sah mich an, wie er mich immer angesehen hatte, so als wäre ich nicht vorhanden. Dann wandte er sich von mir ab und mit der Gewandtheit einer Katze kletterte er von meinem Balkon zu seinem hinüber. Ich hörte ihn noch seine Glastüre schließen und atmete auf, dass alles gut gegangen war. Dann sah ich ihn tagelang nicht mehr.
Bei unserer nächsten Begegnung war er irgendwie verstört. Er hatte eine schwarze Lederjacke an, die ich noch nie an ihm gesehen hatte und darunter trug er ein dunkelblaues T-Shirt. Die Korrektheit des kleinen Angestellten war verschwunden. Zum Friseur wollte er offensichtlich nicht mehr gehen. Sein Haar fiel strähnig in die Stirn, hing ihm fast bis auf die Schultern. als er den Knopf für das Erdgeschoss drückte, sah ich, dass seine Fingernägel schmutzig waren und in den Hautrillen Spuren von Farbe und Öl hafteten. Er war blass und seine farblosen Augen hinter den dicken Brillengläsern waren glanzlos: „Haben Sie eine andere Arbeit?" versuchte ich ein Gespräch anzuknüpfen. Er schüttelte fast unmerklich den Kopf, stieg auch wieder an der gleichen Haltestelle aus wie sonst auch. Er war noch nie ein großer Redner gewesen, aber dieses absolute Schweigen, in das er sich nun hüllte, das ihn umgab wie ein Mantel aus Glaswolle, irritierte

mich doch. Ich hatte das Gefühl, ihm helfen zu müssen. Es musste etwas in seinem Leben gegeben haben, das ihn aus der Bahn geworfen hatte und seine offensichtliche Hilflosigkeit erweckte samariterische Instinkte in mir.

„Geht es Ihnen nicht gut?" fragte ich.

„Kopfschmerzen. Schon seit Tagen. So ein Druck auf der Brust, dass ich kaum atmen kann. Wahrscheinlich das Wetter." So viel hatte er noch nie gesprochen!

„Darauf sollten Sie sich nicht verlassen", sagte ich, „Sie sollten zum Arzt gehen!" Er zuckte nur die Schultern.

Ich hörte ihn abends oft stundenlang in seinem Zimmer auf und ab gehen. Die warmen Tage waren vorbei und auch die Barfußtage auf dem Balkon. Ich hörte ihn Schränke öffnen und wieder schließen, als würde er ziellos etwas suchen.

Als ich meinen Balkon für den Winter herrichtete, die Blumen zurechtstutzte, das Futterhäuschen für die Vögel aufstellte, sah ich durch den Spalt im Fußboden, dass bei ihm drüben ein unwahrscheinliches Durcheinander herrschte. Da lagen Flaschen, Kissen, aus denen die Füllung quoll, Scherben von zerbrochenen Tassen oder Tellern und es stank nach Abfällen und verfaultem Fleisch. Kommen Ratten bis in den vierten Stock? Wenn ja, dieser Abfallhaufen da drüben würde sie unweigerlich anlocken.

Ich ging hinüber und läutete an seiner Tür. Schlurfende Schritte, dann wurde einen Spalt breit geöffnet. Ein unrasiertes, aufgedunsenes Gesicht ohne Brille glotzte mich an. Ich versuchte meinen Schreck, meinen Abscheu zu verbergen. „Ist etwas mit Ihnen, Herr Sykorski? Sind Sie krank? Kann ich Ihnen helfen?"

„Nichts, nichts", war die fast unverständliche Antwort und die Tür schloss sich wieder vor meiner Nase.

Was sollte, was konnte ich tun? Den Hausmeister verständigen? Denn von drüben krochen dicke, schwarze, unappetitliche Käfer zu mir herüber. Ich streute Insektenvertilgungsmittel, ich sprühte Luftreiniger. Das Ungeziefer blieb, der Gestank blieb.

Es war empfindlich kalt geworden und ich hatte es aufgegeben, bei geöffneter Balkontür zu schlafen. Eines Nachts schreckte mich ein unmenschlicher Schrei auf. Was war geschehen? wo kam dieser Laut her? In der Nachbarwohnung hörte ich ein Toben, als würde dort ein unerbittlicher Kampf ausgetragen. Stühle fielen um, ein Gegenstand zerbrach klirrend an der Wand, dann folgte ein Hämmern an meiner Wand, ein dumpfer Fall, als wäre jemand zusammengebrochen. Ich lauschte mit angehaltenem Atem. Verließ jemand drüben die Wohnung? Nichts. Kein Türklappen, kein Lift, nur unheimliche, undurchdringliche Stille nach diesem heftigen Lärmen.

Ich rief die Polizei an, schilderte meine Wahrnehmungen. Die Funkstreife kam innerhalb kurzer Zeit, läutete zuerst bei mir, um sich meine Eindrücke noch einmal schildern zu lassen und versuchte dann, in die Wohnung von Sykorski zu gelangen. Auf ihr Läuten öffnete niemand. Schließlich stieg ein Polizeibeamter über meinen Balkon hinüber, drückte die Glastür ein und ließ seine Kollegen in die Wohnung. ich war nicht mit hinüber gegangen, schließlich ging mich die Sache weiter nichts an, wenn ich auch vor Neugier fieberte, was da drüben vorgefallen sein könnte.

Einer der Polizisten kam nach kurzer Zeit noch einmal an meine Tür: „Beunruhigen Sie sich nicht. Es ist alles in Ordnung. Wir haben den Notarzt verständigt. Wissen Sie, ob Herr Sykorski Verwandte hat?"

„Nein. Warum? Was ist mit ihm? Hat ihn jemand zusammengeschlagen?"

„Nein, nein, er war allein. Er muss unter ärztliche Aufsicht."

Sie haben ihn abgeholt und ich sah ihn beinahe ein Vierteljahr nicht mehr. Bei unserer nächsten Begegnung war er wie zu Anfang: Korrekt, schweigsam, farblos. Doch diesmal ging der Verfall noch schneller als beim ersten Mal. Beinahe von einem Tag auf den anderen legte er sein gepflegtes Äußeres ab, wurde nachlässig, schlampig, kam erschreckend herunter.

Und wieder hörte ich ihn eines Nachts mit dem Kopf gegen die Wand schlagen, stöhnen, schreien. Diesmal fasste ich mir ein Herz, stieg im Nachthemd über die Balkonabgrenzung und öffnete die angelehnte Tür zu seinem Zimmer.

Ein Schwall abgestandener Luft schlug mir entgegen und nahm mir fast den Atem. Sykorksi saß auf dem Boden vor seiner Couch, die Arme hingen ihm leblos herab und er sah mich mit glasigen Augen an. In seinem Zimmer herrschte eine unvorstellbare Unordnung, aus den Schränken hingen Handtücher, Unterhemden, Bettzeug. Das Kopfkissen war aufgeschlitzt und die Federn flogen bei jedem Atemzug durch

das Zimmer. Schmutziges Geschirr stapelte sich im Ausguss, der Herd war von eingebrannten Rändern bedeckt. Eine schimmlige Lache stand vor dem Kühlschrank.
Mit ein paar Handgriffen hatte ich das zum Bett umfunktionierte Sofa zum Schlafen hergerichtet und half Sykorski auf. „Legen Sie sich hin. Es wird gleich besser gehen. Soll ich den Notarzt rufen?"
„Sie bestehlen mich. Nacht für Nacht", stammelte er. „Sie wollen mich verrückt machen. Ich gehe nicht ins Irrenhaus!" Den letzten Satz schrie er fast und klammerte sich wie ein Ertrinkender an mich. Ich versuchte ihn zu beruhigen, doch er hörte nicht auf meine Worte, zog mich zum Fenster und deutete hinaus. „Dort drüben, sehen Sie? Im obersten Stockwerk sind sie. Sie richten ihre Strahlenkanone auf mich. Jede Nacht. Sie wollen, dass ich Dinge tue, die mir nie einfallen würden. Sie machen Experimente mit mir. Sie haben mich in die Diele gesperrt und den Schlüssel versteckt. Ich habe plötzlich keine Tür, keine Klinke mehr gefunden, war eingeschlossen wie in einen Sarg. Sie nehmen mir meine Sachen weg. Sie wühlen in meinen Sachen. Nichts ist mehr an seinem Platz. Sie wollen mich fertig machen!"
„Wer soll Ihnen das antun wollen?"
„Ich weiß es nicht. Ich kenne sie nicht. Nacht für Nacht richten sie ihre Strahlen auf mich. Ich kann nicht mehr schlafen. Ich habe Kopfschmerzen, es hämmert, hämmert und bohrt hinter meiner Stirn. Sie nehmen mir die Luft. Meine Brust ist wie zusammengeschnürt. Nur wenn ich das Licht brennen lasse, ist alles gut. Aber ich werde müde, ich will schlafen, ich lösche die Lampe und schon sind sie wieder da mit ihren Strahlen. Ich höre ihre Stimmen. Sie reden über mich, sie lachen über mich. Ich habe doch niemandem etwas getan! Sehen Sie sich meine Blumen an. Sie sind alle verdorrt und vertrocknet. Sie haben meine Gießkanne versteckt. Sie haben mein Wasser verdorben. Sie probieren neue Strahlen aus, sie wollen die Menschen verändern und ich bin ihr Versuchskaninchen, an mir probieren sie alles aus."
„Wer hätte denn ein Interesse an Ihnen? Sie sind niemand Besonderes, oder?"
„Trotzdem, ich weiß das. Ich bin von denen auserwählt. Sie quälen mich bis aufs Blut. Und dann schicken sie mir die Katze. In der Nacht die Strahlen und am Tag die Katze. Tag für Tag hockt sie in meinen

Blumenkästen und beobachtet mich. Sie ist von denen beeinflusst, sie tut, was die ihr sagen. Sie will mir ans Leben!"
„Das ist doch ausgemachter Blödsinn, Herr Sykorski! Die Katze kenne ich, die gehört ins Haus. Freilich, sie lauert auf Vögel und man darf sie nicht angreifen. Sie beißt und kratzt. Aber sonst ist sie wie jede andere Katze."
„O nein, sagen Sie das nicht! Ich kenne sie, ich merke seit Wochen, wie sie mich belauert. Es ist keine gewöhnliche Katze. Ist sie nicht größer als normal? Das ist ein Raubtier und sie giert nach Menschenblut. Sie hat mich gekratzt, ich habe geblutet und sie hat das Blut abgeleckt. Die Anderen lauern auf meinen Verstand, sie wollen mich fertig machen, aber ich bin zu klug für sie. Ich gebe nicht nach! Ich lasse mich nicht von ihren Strahlen behexten!"
Plötzlich hing er schlaff, wie ausgebrannt in meinen Armen. Mühsam schleifte ich ihn zum Bett, zog ihm die Schuhe von den Füßen und legte seine Beine hoch. Noch ehe ich die Zudecke über ihn ziehen konnte, war er eingeschlafen.
Auf dem gleichen Weg, wie ich gekommen war, verließ ich seine Wohnung wieder, keinen Augenblick über diese halsbrecherische Aktion nachdenkend. Tagelang sah und hörte ich meinen Nachbarn nicht mehr. Erst als der süßliche Geruch aus seiner Wohnung immer unangenehmer und aufdringlicher wurde, verständige ich den Hausmeister. Der fand ihn tot, tiefe Kratz- und Bisswunden im Gesicht und am Hals und einige Stellen auf seinen Händen, als hätte dort jemand eine glühende Zigarette ausgedrückt. Er war angeblich heroinsüchtig gewesen...
Ich habe Kopfschmerzen, Tag für Tag, bohrende, wühlende, marternde Kopfschmerzen. Ich schlafe schlecht. Nacht für Nacht wandert ein Lichtstrahl durch mein Zimmer, als würde er mich suchen. Am Tag hockt die Katze auf meinem Balkon und beobachtet mich aus undurchdringlichen, zu einem Schlitz verengten Augen.

Die schwarze Frau

Der Regen trommelte aufs Autodach und peitschte gegen die Windschutzscheiben, so dass der Scheibenwischer kaum noch nachkam und immer nur für Bruchteile von Sekunden die Sicht auf die Straße freigab. Zudem war es stockdunkel seit Susanne das letzte Dorf durchfahren hatte und es auf der freien Strecke keine Straßenlaternen mehr gab. Auch schien sie in ihrem kleinen Auto ganz allein auf der Welt zu sein, vor ihr keiner, hinter ihr niemand und es kam ihr auch kein anderer Wagen entgegen. War sie überhaupt noch auf der richtigen Straße? Aber es gab ja gar keine andere! Und Georg hatte ihr den Weg genau beschrieben: „Etwa fünf Kilometer nach Berghofen geht links ein schmaler Waldweg ab. Dort steht auch ein Wegweiser: Zum Jägerhof. Du kannst es gar nicht verfehlen. Dort warte ich auf dich."
Berghofen hatte sie durchfahren, das musste mindestens schon zehn Minuten her sein. Hatte sie die Abzweigung verpasst? Angestrengt starrte Susanne auf die Straße. Wurde das Licht der Scheinwerfer nicht auf einmal dunkler, drohte zu erlöschen? Da fing der Motor zu stottern an. Das fehlte noch! Eine Autopanne in dunkler Nacht, bei strömendem Regen, allein auf der Landstraße!
Ein paar Mal spuckte der Motor, dann rollte das Auto aus und stand. Die Scheinwerfer erloschen. Jetzt war guter Rat teuer. Was war los? Am Benzin konnte es nicht liegen. Sie hatte in der Stadt noch getankt und die lag höchstens 25 km hinter ihr. Wo sollte sie Hilfe holen? Zurück ins Dorf? Oder war es nach vorne näher zu einer Ortschaft? Susanne zog den Zündschlüssel ab und seufzte ergeben. Es sollte also immer wieder schwierig sein Georg zu treffen. Nicht genug, dass sie alle möglichen Vorsichtsmaßnahmen treffen mussten, damit niemand sie zusammen sah, nun verschwor sich auch noch die gefühllose Technik gegen sie.
Susanne kramte den Regenschirm vom Rücksitz und wollte die Notblinkanlage einschalten. Es sollte ja nicht noch jemand auf ihr geparktes Auto auffahren. Die Elektrik funktionierte nicht. Dann holte sie das Warndreieck aus dem Kofferraum, stellte es in der vorschriftsmäßigen Entfernung auf, nahm ihr Handköfferchen und machte sich auf den Weg. Nach vorne. Irgendwie war das symbolisch. Sie würde nur noch nach vorne gehen, nie mehr zurück. Keine Rückschritte

mehr, keine Zugeständnisse. Auch ihr Treffen mit Georg heute sollte unter diesem Aspekt stehen. Er musste sich entscheiden. Sie würde sich nicht mehr länger hinhalten lassen.

Noch immer kam ihr kein Auto entgegen, keines fuhr an ihr vorbei. Dann bog plötzlich ein Waldweg nach rechts ab. Rechts? Hatte Georg nicht links gesagt? Auch stand da kein Hinweisschild auf den „Jägerhof", aber irgendwohin würde der Weg schon führen. Er war asphaltiert, also kein Forstweg. Zwischen den regennassen Stämmen schimmerte ein Licht. Dort musste ein Haus sein, dort würde sie vielleicht Hilfe oder eine Unterkunft für die Nacht finden, die sie für ein Zusammensein mit Georg sowieso schon verloren gab.

Nach wenigen Schritten stand sie an einem geduckten Häuschen, dessen Dach tief heruntergezogen war. Aber aus zwei Fenstern schimmerte Licht, ein etwas flackernder Schein, als würde man dort noch eine Petroleumlampe brennen.

Susanne fand keinen Klingelknopf, keinen Glockenzug und klopfte an die Tür. Als hätte dahinter jemand gewartet, wurde diese geöffnet. Es war kein Licht hinter der Gestalt, die jetzt im Rahmen stand, aber Susanne glaubte zu erkennen, dass es sich um eine Frau handelte, um eine große, knochige Frau in einer hellen Schürze. Eine dunkle Stimme, die irgendwie hohl und wie von weit her kommend klang, sagte: „Guten Abend. Bitte treten Sie ein."

Susanne zögerte. Man konnte sie doch nicht wirklich erwartet haben? Oder war das hier tatsächlich der Jägerhof und Georg hatte ihr Kommen angekündigt?

„Ich habe eine Autopanne", sagte sie, „nicht weit von hier. Kann mir jemand helfen?"

„Das glaube ich nicht", antwortete diese hohle, dunkle Stimme. Die Gestalt war zur Seite getreten. „Aber bleiben Sie hier. In so einer Nacht jagt man keinen Hund vor die Tür. Wir werden schon ein Plätzchen für Sie finden."

Ein merkwürdiges Gefühlt beschlich Susanne. Die derbe Frau sprach von „wir", also musste sie nicht alleine im Haus wohnen. Die Haustür fiel ins Schloss und Susanne fühlte ein Würgen im Hals, weil sie blitzschnell der Gedanke befallen hatte: „Jetzt bist du gefangen!"

Da öffnete die schemenhafte Gestalt eine Tür, flackernder Feuer-

schein fiel auf die Dielenbretter. „Treten Sie näher!" Und an jemanden im Zimmer gewandt: „Wir haben Besuch, Gunda!"
Susannes Augen hatten sich inzwischen an die Dunkelheit gewöhnt und hier war es ja auch heller, als im Vorraum. Ein Kaminfeuer war wirklich die einzige Beleuchtung des Zimmers, und davor saß in einem tiefen Ohrensessel eine ebenfalls weibliche Gestalt, die im Gegensatz zur ersten eher dürr, aber gleichfalls knochig war. Ein weißhaariger Kopf wandte sich Susanne zu. Das Gesicht war ein heller Fleck, in dem sie nur tiefe, dunkle Augenhöhlen erkennen konnte.
„Wie schön", sagte eine Stimme, die so leise war, dass Susanne die Worte kaum verstehen konnte. „Bitte kommen Sie näher. Sie werden halb erfroren sein bei dem scheußlichen Wetter. Wärmen Sie sich, das Feuer tut gut. Hilda, bringst du dann das Abendessen? Unser Gast wird hungrig sein."
Das Klappern der Tür sagte Susanne, dass die zweite Gestalt gegangen war. Sie trat näher ans Feuer.
„Setzen Sie sich. Setzen Sie sich ruhig. Ich bin froh, wenn ich nicht alleine bleiben muss."
Keine Frage nach dem Woher und Wohin, nach der Ursache ihres plötzlichen Auftauchens. Die Gestalt am Feuer schien es für ganz selbstverständlich zu nehmen, dass am späten Abend jemand auftauchte, sich zu ihr ans Feuer setzte und schwieg. Schwieg wíe sie selber.
Die vorhin mit „Hilda" angesprochene Frau kam wieder herein, deckte lautlos den Tisch, ohne ein Wort, ohne Licht zu machen. „Ich möchte nicht bleiben", sagte Susanne nach einer Weile, „ich habe eine Autopanne und wollte nur fragen, ob mir jemand helfen kann."
„Wir verstehen nichts von Autos." Wieder wandte sich das gesichtslose Antlitz ihr zu. „Sie müssen schon hier bleiben. Morgen, bei Tageslicht, sieht alles ganz anders aus."
„Aber ich kann doch nicht einfach so bei Ihnen hereinschneien!"
„Sagen wir einmal, Sie sind bei uns hereingeregnet. Aber das macht ja nichts. Wir haben Platz. Hilda wird Ihnen das Fremdenzimmer herrichten."
„Ich werde erwartet", wagte Susanne noch einen Versuch. „Haben Sie Telefon, damit ich meinen..." Sie zögerte etwas, „meinen Freund anrufen kann? Mein Handy hat hier kein Netz."

„Wir haben kein Telefon. Aber er wird es sowieso merken, dass Sie nicht mehr kommen, heute nicht mehr kommen. Morgen ist auch ein Tag."
„Morgen ist es vielleicht zu spät!" entfuhr es Susanne. Heute, heute hätte die Aussprache sein sollen. Morgen musste Georg weg, nach Südamerika, für drei oder fünf Jahre! Heute hatte sie ihn noch überreden wollen zu bleiben, ihretwegen zu bleiben! Und er hatte sie sicher beruhigen wollen, dass fünf Jahre keine sooo lange Zeit seien und dass sich nichts ändern würde zwischen ihnen. Susanne aber wusste, dass sich alles ändern würde. Dass sie ihn *heute* noch sehen, *heute* überzeugen musste!
„Sie sind so nervös, Kind", sagte die Gestalt am Feuer, „glauben Sie mir, es lohnt sich nicht, sich über irgend etwas aufzuregen. Nichts im Leben lohnt sich. Es ist alles vergeblich."
„Ich muss weg!" rief Susanne, „ich muss!"
„Wohin? Bei dem Wetter? Bei der Dunkelheit? Bleiben Sie hier. Essen Sie mit uns, schlafen Sie sich aus, überschlafen Sie alles. Glauben Sie mir, Sie finden hier Ihren Weg eher als draußen."
Was für Worte! Plötzlich fühlte Susanne eine bleierne Müdigkeit, alles an ihr war so schwer, in ihrem Kopf war eine seltsame Leere, als hätte sie zu viel getrunken. Er fiel ihr auf die Schultern. Sie sah nur noch, wie die Gestalt am Feuer aufstand, sich hoch aufrichtete, eine hagere Frau ohne Gesicht in einem schwarzen Kleid. Sie hatte nur zwei tiefe, dunkle Augenhöhlen....
Susanne schrak auf. Sie wusste nicht, wie lange sie geschlafen hatte, aber sie musste geschlafen, geträumt haben! Sie saß in ihrem Auto, die Scheinwerfer brannten, warfen zwei Stränge Licht auf die regennasse Fahrbahn. Die Zündung war nicht ausgeschaltet, leise, gleichmäßig lief der Motor. Susanne schüttelte den Kopf. Gott sei Dank war sie nicht unterm Fahren eingeschlafen, hatte noch rechtzeitig angehalten, von Müdigkeit überwältigt. Sie legte den Gang ein, gab leicht Gas, das Auto rollte an. Sie hatte also keine Panne gehabt. Wie spät mochte es sein? Sie versuchte auf ihre Armbanduhr zu sehen, es war zu dunkel im Wageninnern. Es konnten nur ein paar Minuten sein, die sie gedöst hatte. Sie würde also noch rechtzeitig zu Georg kommen. Da vorne war ja auch schon die Abzweigung, links, mit dem Wegweiser „Zum Jägerhof". Alles nur geträumt, geträumt. –

Sie fuhr auf den Parkplatz, stieg aus, suchte nach ihrem Handköfferchen. Es war nicht mehr da. Sie hatte es in das Haus mitgenommen, dort neben ihren Sessel ans Feuer gestellt. Sollte sie doch...? Auf einmal kamen ihr Zweifel. Sie sah auf die Uhr. Zwei Stunden! Sie kam zwei Stunden zu spät! Jetzt war es egal, wo ihr Koffer geblieben war, wichtig war nur, dass Georg noch da war!
Sie trat in die Gaststube. „Ich bin Susanne Gandolf", sagte sie an der Theke, „ich werde erwartet." Die Frau an der Schänke sah sie an, sah dann verlegen auf irgendwelche Zettel, die sie vor sich liegen hatte. „Es tut mir Leid, Frau Gandolf, der Herr, der auf Sie gewartet hat, ist inzwischen gegangen. Aber er hat einen Brief für Sie hinterlassen."
Georg war nicht mehr da! Georg war gegangen! Nur weil sie sich zwei Stunden verspätet hatte! Nicht einmal lächerliche zwei Stunden hatte er auf sie warten können! Sie hatten doch hier auch übernachten wollen, zu Abend essen. Was sollte sie jetzt noch mit seinem Brief? Sie zerriss ihn ungelesen in kleine Schnipsel, die wie Schneeflocken auf den Boden fielen.
„Ich bin im Auto eingeschlafen", sagte sie und versuchte die mütterlich wirkende Frau hinter der hölzernen Theke anzulächeln, wie um Hilfe bittend, so, als wollte sie die Barriere, die sie von der anderen trennte, durch das Lächeln verschwinden lassen. Sie brauchte jetzt jemanden, dem sie sich anvertrauen, an den sie sich anlehnen konnte, keine hölzerne Schranke zwischen sich und einem Menschen, der ihr vielleicht ein bisschen Halt und Trost geben konnte.
Als hätte die grauhaarige Frau das gespürt, kam sie hinter ihrer Barriere hervor. Und Susanne sprudelte los, erzählt, wie wichtig es für sie gewesen wäre, Georg noch anzutreffen. Erzählte, was sie zu träumen geglaubt hatte, sah nicht, wie die Miene der Frau immer starrer, erschrockener wurde, fühlte nicht, wie sie in eine Sitzecke gedrängt wurde, wie ein Kellner auf den Wink der Wirtin einen Cognac brachte, wie sie ihn trank, zuerst in kleinen Schlucken, dann hastig und in einem Zug. Georg war nicht mehr da! Susanne hatte keinen anderen Gedanken.
Man führte sie in ein Zimmer, behutsam, als wäre sie krank. Und sie war es ja auch, krank und müde, so unendlich müde, dieses Lebens so müde, dass ohne Georg keinen Sinn mehr für sie hatte.
Susanne schlief tief und traumlos, schwer und bleiern wie ein Stein.

Die Sonne schien, als sie die Augen aufschlug, ins Licht blinzelte und dann feststellte, dass sie nicht allein im Zimmer war. Die grauhaarige Frau saß an ihrem Bett und hielt ihre Hand. Warum? Sie war doch nicht krank? Was war passiert?
Mit einem Ruck richtete sie sich auf.
„Langsam, langsam", sagte die Frau und lächelte.
„Wo bin ich?" fragte Susanne.
„Sie sind im Jägerhof und alles ist gut."
Wie konnte alles gut sein, wenn Georg nicht mehr da war? Wo war sie gestern gewesen, die zwei Stunden, die sie zu spät gekommen war? Nur zwei Stunden, die dennoch über ihr Leben entschieden hatten, weil Georg nicht auf sie hatte warten können. Und wie oft hatte sie auf ihn gewartet!
Eine weißgeschürzte Gestalt brachte ein Tablett mit Kaffee, starkem, heißem Kaffee, der Susanne eingeflößt wurde, als wäre sie ein Kind, das nicht alleine trinken konnte.
Und dann fing die Grauhaarige, Mütterliche zu sprechen an: „Sie waren gestern im Waldhäusel."
„Ja", sagte Susanne, „ich war in einem Häuschen im Wald. Es kann nicht weit von hier sein. Dort habe ich auch meinen Koffer vergessen. Er muss noch dort sein."
Ohne auf ihren Einwand zu antworten, fuhr die Grauhaarige fort: „Das Waldhäusel gibt es nicht mehr, schon seit mindestens hundert Jahren nicht mehr. Es stand einmal dort, war ein ehemaliges Schulhaus. Die Gemeinde war klein, hatte nur wenige Kinder. Es gab zwei Klassen, eine 1. bis 4. und eine 5. bis 8. Und eine Lehrerin, Gunda Dobler. Sie lebte mit ihrer Schwester Hilda in dem Waldhäusel."
Bei der Nennung der beiden Namen war Susanne aufgefahren. Eine Hand legte sich beruhigend auf ihre Schulter. Die Frau fuhr fort: „Hilda führte den Haushalt, hielt das Häuschen und die zwei Klassenzimmer sauber, war eine große, derbknochige Gestalt."
Susanne nickte bei dieser Beschreibung.
„Gunda war die Lehrerin. Eine strenge Lehrerin, ebenfalls groß und dürr und sehr drakonisch. Die Kinder hatten Angst vor ihr, besonders die kleineren. Sie unterrichtete die unteren Klassen."
Wieder nickte Susanne.
„Für die Oberklassen gab es einen Lehrer, Guido Passolini. Ein Südti-

roler. Die Grenze ist nicht weit. Ein junger Mensch. Er spielte Gitarre und sang dazu, dass sogar die Vögel verstummten und ihm zuhörten. Alle Kinder liebten ihn, und nicht nur die Kinder, auch die beiden Schwestern. Sie waren eifersüchtig aufeinander, obwohl er keine von Beiden mochte. Er lachte, er musste mit beiden auskommen. Gunda war seine Vorgesetzte, die Schulleiterin. Eine Zeitlang wohnte er in ihrem Haus. Aber das Lachen ist ihm bald vergangen. Eines Tages war er verschwunden. Niemand hatte ihn mehr gesehen, niemand wusste, wohin er gegangen war. Es hieß, er wäre zurück in seine Heimat, ohne Kündigung, ohne eine Nachricht zu hinterlassen. Gunda führte die Schule allein weiter, die aber bald darauf aufgelöst wurde. Die wenigen Kinder mussten in die nächste Ortschaft zur Schule gehen.

Und eines Tages brannte die Waldschule ab. Es dauerte lange, bis man das Feuer bemerkte. Als die Feuerwehr eintraf, war das ehemalige Schulhaus bis auf die Grundmauern abgebrannt. Hilda und Gunda fand man als verkohlte Leichen. Sie waren nicht mehr zu retten gewesen. Im Keller aber fand man Guido Passolini, tot, beinahe schon verwest, seinen Kopf durch einen Beilhieb gespalten. Welche von den beiden Schwestern ihn auf dem Gewissen hatte, war nicht mehr zu rekonstruieren. Es muss ein Drama gewesen sein, das sich in dem Waldhäusl abgespielt hat und die Leute meiden heute noch den Ort, weil es dort nicht geheuer sein soll. Besonders die jungen Liebespaare machen einen weiten Boden um das ehemalige Waldschulhaus. Es heißt, die beiden Schwestern wären den Liebenden nicht gut gesonnen und würden mit allen Mitteln versuchen, sie auseinander zu bringen, " schloss die Wirtin mit einem kleinen Lächeln.

„Auch mir haben sie meine Liebe genommen", flüsterte Susanne. „Sie haben mein Auto angehalten, sie haben mich zu sich gelockt, damit ich Georg nicht mehr sehen und sprechen soll, der jetzt schon auf dem Weg nach Südamerika ist."

Die Wirtin streichelte ihre Hand. „Unten wartet jemand auf Sie. Der Herr von gestern Abend. Soll ich ihn heraufschicken?"

Susanne nickte nur. Da stand er schon in der Tür. Susanne sprang aus dem Bett, warf die Kaffeekanne um, so dass sich die braune Brühe über die Bettdecke ergoss, hing schon an seinem Hals. „Georg, Du bist zurück gekommen!"

„Ich konnte nicht anders", sagte er und streichelte behutsam ihren Rücken, ihr langes Haar. „Am Bahnhof schon habe ich gemerkt, wie sehr du mir fehlen wirst und dass ich es unmöglich drei oder gar fünf Jahre ohne dich aushalte. Da war auch noch ein junger Mann mit einer Gitarre auf dem Rücken. Er wollte Feuer von mir und flüsterte mir dabei zu, als er sich über das Zündholzflämmchen beugte: „Kehren Sie um, für Sie ist es noch nicht zu spät!"
„Guido Passolini", flüsterte sie und er sah sie verständnislos an.
„Meinen Koffer", sagte sie sehr ernst und unvermittelt, indem sie sich aus seiner Umarmung befreite, „wir müssen noch meinen Koffer holen."
Sie gingen Hand in Hand durch den regennassen Wald. Und dann sahen sie: auf einer Lichtung stand das Köfferchen – daneben ein winziges Häufchen Asche, in dem noch etwas Glut schwelte.
Die schwarze Gestalt einer grobknochigen Frau verschwand im Unterholz.

Der weiße Tauber

Gisela stand am Fenster und sah hinaus, ohne eigentlich etwas zu sehen. Ein paar Schneeflocken tanzten vorbei, müde und apathisch, genau so, wie sie sich selber fühlte. Es war kein rechter Winter in diesem Jahr, aber in ihr selber war es Winter geworden, kalt und gefroren fühlte sie sich, seit Rasso nicht mehr da war...
Elf Jahre waren sie verheiratet gewesen. Mit dieser Heirat war es eigentlich, im landläufigen Sinn, viel zu schnell gegangen! „Die Liebe war über sie hereingebrochen wie ein Sturm."
Gisela musste lächeln über diesen Vergleich, aber gar so schlecht war er eigentlich nicht.
Damals, vor zwölf Jahren, war sie als junge, gerade ausgebildete Lehrerin an die Schule gekommen, an der auch Rasso lehrte. Er war nur zwei Jahre älter als sie, kaum erfahrener und vielleicht deshalb voll Hilfsbereitschaft der neuen Kollegin gegenüber.
Der Direktor hatte Gisela dem übrigen Lehrkörper vorgestellt, sie war viel zu aufgeregt gewesen, sich alle Namen sofort zu merken, nur Rassos dunkle Augen hatten sie sofort festgehalten. Sie hatte den Blick noch einmal nach ihm gedreht, obwohl sie schon vor dem nächsten Kollegen, diesmal einer Kollegin, stand. Rasso Gerber, Lehrer für Sport und Geschichte. Gisela Weber, Lehrerin für Deutsch und Französisch. Die Kollegin, der sie jetzt vorgestellt wurde, Gabriela Ebert, Lehrerin für Mathematik und Physik, bemerkte mit Missbilligung, dass Gisela ihr nur mehr mechanisch die Hand reichte, völlig abwesend murmelte: „Freut mich."
Rasso war auch sofort an ihrer Seite gewesen, als die Zeremonie beendet war. „Kann ich Sie heimbegleiten? Wo wohnen Sie? Haben Sie sich schon eingelebt in unserer Stadt? Was soll überhaupt das blöde Sie, wir Jüngeren sind alle per Du. Ich hoffe, du hast nichts dagegen."
Wie konnte Gisela etwas dagegen haben? Sie war fremd, sie hatte ein bisschen uneingestandenes Heimweh und dann bot ihr jemand ganz spontan seine Freundschaft an. Oder war es gar mehr? Sie war sich über sich selbst nicht klar. So schnell durfte es doch eigentlich gar nicht gehen...!
Es ging so schnell. Es ging sogar noch viel schneller! Rasso war immer da, wenn sie ihn brauchte. Er war auch da, wenn sie glaubte, ihn

nicht zu brauchen. Aber er störte sie nicht, im Gegenteil. Wenn er einmal wirklich nicht kam, nicht nach dem Unterricht sein Fahrrad neben ihr herschob, „weil ich den gleichen Weg habe", obwohl Gisela inzwischen wusste, dass Rasso genau am entgegengesetzten Ende der Stadt wohnte, „na ja, denn habe ich eben in der Gegend etwas zu tun", dann fehlte er ihr. Fehlte ihr mehr, als sie sich selber eingestehen wollte.

Die „Warnungen" der gutmeinenden Kollegin Ebert schlug sie in den Wind: „Rasso Gerber? Der bändelt doch mit jeder an, die neu und nicht gerade hässlich ist!"

Hässlich war Gisela nicht, das konnte niemand behaupten und doch fragte sie sich manchmal, was Rasso, der ein gut aussehender Mann war, an ihr finden konnte. Für ihn gab es anscheinend, seit sie gemeinsam an der gleichen Schule lehrten, keine andere Frau mehr, und Gisela war rot geworden wie ein junges Mädchen, als er sie, kaum fünf Wochen nach ihrem Einstand fragte: „Eigentlich könnten wir uns ja zusammentun. Was hältst du davon?"

„Wie meinst du das?" fragte sie, äußerlich reserviert, aber sie hätte auf jeden Fall zugestimmt, und wenn er gesagt hätte: „Wir ziehen in ein Zwei-Mann-Zelt auf dem Campingplatz!" Dass er so „konservativ" sein würde und gleich „eine Hochzeit mit allem Drum und Dran" meinte, daran hatte sie kaum zu denken gewagt.

Gewagt schien auch ihrer Familie, ihren Freunden und allen Bekannten diese überstürzte Heirat. Aber Rasso hatte eine Wohnung, „die groß genug für fünf Personen war", wie er sich ausdrückte. Alleine wollte er in dieser Wohnung nicht mehr bleiben.

Gisela bekam etwas Geld von ihrer Großmutter, die ganz und gar nicht gegen diese Verbindung gewesen war, sondern eher gesagt hatte: „Wer zu lange überlegt, vertut die beste Zeit, nämlich die Zeit der heftigsten Liebe!"

Ja, und dann waren sie verheiratet gewesen, in der Wohnung für fünf Personen, – und waren auch nach fünf Jahren noch nur zu zweit.

Rasso liebte Kinder, hatte sich immer „einen Stall voll" gewünscht. Auch Gisela konnte sich eine Ehe ohne Kinder nicht vorstellen, aber die Kinder wollten nicht kommen, nicht einmal eines. –

Beide waren beim Arzt gewesen, hatten sich untersuchen lassen. Bei beiden hieß das Ergebnis, es gäbe eigentlich keinen Hinderungsgrund. Was also hielt das Kind oder die Kinder davon ab, dieser glücklichen Ehe die Krone aufzusetzen? Nirgendwo wären sie willkommener gewesen.

Rasso ließ sich keine Enttäuschung anmerken. Er war fröhlich, er war heiter, wie er immer gewesen war und doch glaubte sie zu sehen, dass ihm wenn er mit Kindern zu tun hatte, ein schmerzlicher Zug von Verzicht um die Mundwinkel lag, dass er bei gemeinsamen Spaziergängen um Spielplätze einen möglichst großen Boden machte.

Die Jahre vergingen. Rasso war inzwischen 35, Gisela 33, da sagte er zögernd zu ihr: „Mit eigenen Kindern wird's wohl nichts mehr. Was hältst du davon, wenn wir eines adoptieren?"

Den Gedanken hatte Gisela schon oft gehabt, doch nie gewagt ihn auszusprechen. Rasso sollte eigene Kinder haben, und wenn sie sie ihm nicht schenken konnte, so wollte sie auf ihn verzichten! – Nur, das hatte sie ihm nicht gesagt. Durchgedacht, durchgespielt sehr oft... Wie würde ihr Leben aussehen ohne ihn? Unglücklich würde sie sein. Wenn es ihn aber glücklich machte, mit einer anderen Frau Kinder zu haben, war sie es ihm einfach schuldig zu gehen, den Platz zu räumen. Um ihn glücklich zu wissen, hätte sie alles getan, – und diese Gedanken immer wieder von sich geschoben. Aber jetzt, er hatte Recht, jetzt war es höchste Zeit, eine Entscheidung zu treffen. Mit 35 ist ein Mann nicht mehr zu jung, um Vater zu werden, aber auch noch nicht zu alt. Sie setzte sich aufrecht hin, versuchte ihm in die Augen zu sehen, verkrampfte die Hände ineinander. Und dann sprudelte alles aus ihr heraus, Verzicht ihrerseits, eine andere Frau für ihn und damit eigene Kinder...

Erschrocken, überwältigt hatte er sie in die Arme genommen: „Gisela, Gisela, du bist verrückt! Auf diese Idee wäre ich nie gekommen! Von *dir* wollte ich Kinder und von sonst niemanden auf der Welt! Und wenn wir es miteinander nicht schaffen wenn sich alles dagegen verschworen hat, dann eben ein Kind, das niemandem gehört, das keiner haben will, ein Waisenkind. Wir wollen es haben, du und ich! Und es wird unser Kind sein, hörst du, Gisela, *unser*, so gut als hätte ich es gezeugt und du geboren! Vielleicht könnte es später auch Geschwister haben. Vielleicht gibt es zwei Kinder, die zusammenbleiben sollen. Unser Herz, unser Heim, wir beide haben auch Platz für zwei! Meinst du nicht auch?"

Gisela meinte, sie meinte alles, was Rasso wollte! Ein Kind, zwei Kinder, fremde Kinder, alleingelassene Kinder, sollten ein Heim bei ihnen finden, und nicht nur ein Heim, eine Heimat! Liebe, Fürsorge, Zärtlichkeit, alles was Kinder brauchen, um aufzuwachsen, gute, verständige, liebevolle Menschen zu werden, fähig, Zärtlichkeit und Liebe weiter zu geben, ohne die niemand leben konnte, wollten sie ihm oder ihnen geben.

Der Adoptionsantrag lief, war wohlwollend beurteilt worden. Hier war dem Kind, den Kindern, ein gut fundiertes Elternhaus geboten. Man musste nur noch etwas Geduld haben, das geeignete Kind, die geeigneten Kinder, würden sich finden lassen. Aber die Mühlen der Behörden mahlen langsam. Denn vor dem Kind kam der Tod.

Verkehrsunfall. Ein angetrunkener Autofahrer hatte die Vorfahrt nicht beachtet. Rasso war auf seinem Fahrrad unterwegs, war tödlich verletzt worden. Aus. Von einem Tag auf den anderen zerbrach ein Glück, eine Hoffnung, eine Zukunft.

Gisela starrte aus dem Fenster auf den leichten Schneefall. In der Hand den Bescheid des Jugendamtes: „Wir haben zwei Kinder für Sie gefunden, ein Zwillingspärchen, zwei Jahre alt. Gleich nach der Geburt ausgesetzt, Eltern unbekannt. Bis jetzt in einem Heim aufgewachsen, in ihrer Entwicklung etwas zurückgeblieben. Aber nach sorgfältiger Prüfung Ihrer Angaben halten wir Sie für durchaus geeignet, diesen Kindern ein Heim und einen Halt zu geben, sie zu vollwertigen Mitgliedern unserer Gesellschaft zu erziehen..."

Drei Monate war der Brief alt. Die Kinder mussten in dem Heim bleiben. Ohne Rasso war Gisela kein „Elternpaar" mehr, ohne Rasso konnte sie ihnen keine „Heimat" geben, ohne Rasso war überhaupt alles anders...

Und noch etwas war anders. Seit Wochen fühlte Gisela sich nicht wohl. Sie hatte es auf die Aufregung, das Leid, den Schmerz geschoben und war schließlich doch zum Arzt gegangen. Zuerst zu ihrem Hausarzt, und dann, von diesem dorthin überwiesen, zu einem Gynäkologen. Seit gestern wusste sie, sie würde nun endlich selber ein Kind haben! Ein Kind von Rasso! Ein Kind, das seinen Vater nie kennenlernen würde. –

Die beiden fremden Kinder, die Kinder aus dem Heim, würde man ihr

nicht mehr geben, nun, da sie „Alleinerziehende" war. Aber ihr eigenes Kind, da musste sie ja auch allein erziehen. Würde sie das schaffen? Wo ihr Rasso schon jetzt überall fehlte, wo sie immer glaubte, seinen Schritt auf den Dielen zu hören, sein lachendes Gesicht vor sich sah...
Aber wenn sie es schaffte, mit *einem* schaffte, warum sollte es mit dreien nicht genau so gut gehen? Wenn sie vor diesem, ihrem ersten eigenen Kind, schon zwei andere gehabt hätte, das Zwillingspärchen mit jetzt bald drei Jahren, wenn das ihre eigenen Kinder wären, wer würde ihr dann die Entscheidung abnehmen? Wer würde ihr helfen, drei Kinder aufzuziehen, zu erziehen, ihnen Mutter – und Vater – zu sein.
Leicht würde es nicht werden, darüber war sie sich klar. Und ob sie den Kampf gewinnen konnte, das wusste sie auch noch nicht. Aber das Glück der Kinder war es wert, darum zu kämpfen!
Es waren Rassos Kinder, auch die beiden anderen, die man ihnen zugewiesen hatte. Er hatte sie schon gesehen gehabt und ihr davon berichtet, scheue, zarte Kinder, blass, kaum fähig zu lächeln. „Aber wir werden ihnen das Lachen beibringen, nicht wahr, Gisela?" hatte er voller Begeisterung erklärt.
Lachende Kinder. Gibt es etwas Schöneres auf der Welt? Musste man nicht alles tun, um Kinderaugen zum Strahlen, Kinder zum Lachen zu bringen?
Gisela faltete den Brief des Jugendamtes zusammen. Sie wusste was sie zu tun hatte.
Draußen auf dem Balkongeländer saß ein weißer Tauber mit einem schwarzen Halsring. Mit dunklen Augen sah er zu Gisela herein, nickte mit dem Kopf und gurrte: „Nur zu, nur zu!" oder vielleicht auch „Nur Mut, nur Mut!"–
„Ja", sagte sie, „ja, ich habe allen Mut der Welt. Danke Rasso!"
Und sie griff zum Telefon.

Gefangene Träume

Sabine hatte einen freien Tag genommen und eigentlich sehr viel erledigen wollen. Dinge, zu denen sie sonst aus Zeitmangel kaum kam. Aber dann war ihr ein Strich durch die Rechnung gemacht worden. Schon morgens war sie mit Halsschmerzen aufgewacht, fühlte sich müde und matt und wie erschlagen. Der Vormittag, den sie für ihre Besorgungen vorgesehen hatte, war beinahe schleppend vergangen und nach einem kleinen Imbiss zu Mittag war Sabine derart müde, dass sie sich eine Wolldecke holte und sich auf die Couch in ihrem Wohnzimmer legte. Nur ein bisschen ausruhen, entspannen, die Kräfte neu sammeln.

Die Decke war ihr bald zu warm, wahrscheinlich hatte Sabine Fieber. Sie fühlte, wie ihr Puls in der Halsschlagader pochte und ihre Wangen glühten. Sie konnte nicht schlafen. Sie war unruhig, hatte sich zu viel vorgenommen und nun lag sie da und war nicht fähig aufzustehen, ihr Wille versagte ihr den Dienst.

Gedankenverloren starrte sie auf das Bild an der gegenüberliegenden Wand. Sie hatte es schon etliche Jahre und immer gedacht, sie würde jede Einzelheit darauf kennen. Aber als sie es jetzt in Ruhe betrachtete, fielen ihr immer wieder Details auf, die sie noch nie bewusst gesehen hatte.

Es war eine Moorlandschaft. Ein Tümpel, an dessen Ufern man noch den Torfstich erkennen konnte. Dürres, braunes Gras an den Rändern. Eine krumme Birke, die lichtes Grün umspann. Ab und zu hatte Sabine darüber gerätselt, ob das Bild im Vorfrühling oder im Spätherbst gemalt worden war. Der zarte Hauch von Birkengrün sprach aber dann eindeutig für das beginnende Frühjahr. Der Himmel über der Landschaft war grau-weiß, nur an vereinzelten Stellen brach ein winziges Stückchen Blau durch, wie eine Andeutung, eine Ahnung. Im Hintergrund standen Berge, im Dunst verschwimmend, grau-braun im Ansteigen, dann weiß-grau und sich später im hellen Grau des Himmels verlierend. Ein Bild, das vielleicht hätte Ruhe ausstrahlen sollen, aber das Sabine heute irgendwie unruhig machte, je länger sie es betrachtete. Da waren noch ein paar dunkle Tannen am Rande und davor krumme, kahle Weiden. Es war, als würde von dieser Baumgruppe etwas Bedrohliches ausgehen.

Je länger Sabine auf das Bild starrte, je intensiver es sich in ihre Fieberträume drängte, umso heftiger spürte sie ihren Pulsschlag, eine Not und Bedrängnis, der sie aber nicht entfliehen konnte.
Und auf einmal nahmen die Tannen Gestalt an, wurden zu Soldaten mit spitzen Helmen, gepanzerten Schilden, dunkel-rostigen Harnischen. Die krummen, schlanken Weiden waren immer deutlicher Lanzen, Waffen, die drohten, jemanden bedrohten.
Dann sah es Sabine. Im Wasser, im Moorwasser, nah am Ufer, in Ufernähe, aber trotzdem schon rettungslos verloren, versank eine junge Frau, ein Mädchen, mit verbundenen Augen in dem dunklen Moor. –
Von einem Schrei schreckte Sabine auf. Hatte sie selber geschrien? Sie spürte ihren Blutstrom heftig pochen, sah rote Kreise vor ihren Augen, die sie nur mit äußerster Willensanstrengung öffnen konnte.
Sie hatte alles nur geträumt, ein Fiebertraum. Sie starrte auf das Bild. Eine Moorlandschaft im Vorfrühling. Braunfleckige Tannen, keine Soldaten. Krumme Weiden, keine Lanzen. Aber im Wasser, in Ufernähe, ein heller Fleck, fast wie eine Gestalt, die langsam im Moor versank. Langes, blondes Haar, verbundene Augen, ein zum Schreien geöffneter Mund... Eine Spiegelung der Wolken, wie Sabine ertastete. –
Es vergingen Wochen. Sabine war wieder gesund, hatte einige Tage mit Grippe zu Hause bleiben müssen und dabei ihr Bild immer wieder mit Scheu betrachtet. Es war nichts Auffälliges mehr darauf festzustellen. Fieberträume.
Vom gleichen Maler hatte sie noch zwei Bilder in ihrem Besitz, allerdings aus Platzmangel nicht aufgehängt. Die Bilder standen mit dem Gesicht zur Wand hinter ihrer Couch. Sie holte sie hervor, betrachtete sie aufmerksam. Die gleiche Moorlandschaft, aus einer anderen Perspektive. Einmal eine halb verfallene Hütte neben einem schmalen Weg. Bei dem anderen Gemälde dümpelte ein Kahn im moorigen Wasser. Immer Vorfrühling, Tannen, krumme Weiden, eine einsame Birke, grauer Himmel, ein wenig Verlorenheit und Resignation. Und immer irgendwo im Wasser ein heller Fleck, eine Spiegelung des Himmels, der sich bei näherem, intensiverem Hinsehen in eine junge Frau, ein Mädchen mit langen Haaren, verwandelte, ein Menschenwesen in Todesangst, verbundene Augen, einen Schrei auf den geöffneten Lippen. –
Sabine glaubte nicht mehr an Zufall, an Fieberträume. Sie war längst

gesund und sah die Gestalt noch immer, nicht deutlich, nicht offen, eher wie auf einem Vexierbild. Irgendetwas hatte das zu bedeuten.
Der Maler war ein Arbeitskollege ihres Vaters gewesen. Ihr Vater war schon seit Jahren tot, war viel zu früh gestorben, das musste nicht bedeuten, dass auch sein ehemaliger Kollege nicht mehr lebte. Sabine wollte versuchen, etwas über die Bilder in Erfahrung zu bringen. Sie ging zur früheren Arbeitsstelle ihres Vaters, erfragte die Adresse des Kollegen, fuhr zu ihm hinaus.
Er hatte ein Häuschen in der Nähe des Moores, das er so oft gemalt hatte. Er war alt, halbblind, hörte schlecht. Sabine brauchte lange, bis sie ihm erklärt hatte, wer sie sei und was sie hergeführt hatte.
„Eine junge Frau in Todesnot, auf meinen Bildern?" fragte er. „Ein Mädchen, das mit verbundenen Augen im Moor versinkt?" Er sah Sabine an, sah durch sie hindurch. Seine Augen waren von einem beinahe farblosen Blau, „wie bei einem Menschen, der zu lange in die Sonne gesehen hat", dachte Sabine unwillkürlich. Eine Weile herrschte Schweigen, bis der alte Mann wieder zu sprechen anfing: „Ich habe es oft gesehen, habe es immer wieder gesehen. Die gleiche Szene am gleichen Ort. Und ich habe den Schrei gehört, den Schrei in Todesnot. In meinen Bildern habe ich ihn nicht festhalten können, aber in meinem Herzen höre ich ihn immer noch. Soldaten, bewaffnete, gepanzerte Soldaten, die das Mädchen mit den langen, hellen Haaren in das Moor drängen. Sühne für eine Tat. Ich weiß nicht für welche. Die Landschaft hat mir nie mehr darüber erzählt. Es war und ist noch immer eine Traurigkeit in ihr, eine Demut, wie beim Ertragen einer schweren Schuld. Ich weiß nicht wirklich, was passiert ist. Aber es ist etwas passiert. Es hat sich in alle meine Bilder gedrängt, als wolle es sich mitteilen. Ich habe es malen müssen! Nur hat es keiner gesehen. Sie sind die erste, die deswegen kommt. Ich kann Sie kaum erkennen. Haben Sie nicht auch lange, blonde Haare?"
Seine Hand tastete nach ihr. Sabine zuckte zurück und schämte sich im gleichen Moment. Es war nur die alte, verkrümmte Hand eines Malers, nicht die eines Henkers – oder eines Mörders.
Sabine spürte, wie ihr eine Blutwelle ins Gesicht schoss. Was dachte sie nur! Hatte er etwas gemalt, das er gesehen – oder etwas, das er getan hatte? Was sie erfahren hatte, hatte ihr Herz nicht leichter gemacht.

Zu Hause nahm sie das Bild von der Wand. „Vorfrühling im Moor".
Eine Landschaft, die sie bedrückte, die ihr den Atem nahm, als würde das dunkle, gurgelnde Moorwasser in ihre eigenen Lungen dringen.
Ein halbes Jahr später las Sabine in der Zeitung eine kurze Notiz. Man hatte im Moor bei B. die gut konservierte Leiche einer jungen Frau, eines Mädchens, gefunden, gefesselt und mit verbundenen Augen. Man wusste nicht, ob ein Verbrechen vorlag, wie lange die Leiche schon im Moor gelegen hatte, bevor dieses sie wieder frei gab. Die Forscher wären noch an der Arbeit, man könne aber fast sicher annehmen, dass es sich um eine Art Hinrichtung gehandelt hatte, die vor mehr als fünfhundert Jahren stattfand...
Kann eine Landschaft nicht vergessen?
Hält die Natur Eindrücke gefangen, um sie als Träume weiterzugeben, bis sich die Rätsel lösen?
Lassen sich die Rätsel vergangener Zeiten in Träumen lösen?
Erlösen Träume, die man in Bildern festhält, festhalten muss, zwanghaft, als sollten sie nie in Vergessenheit geraten?
Das Bild der Moorlandschaft im Vorfrühling hängt wieder in Sabines Wohnzimmer. Und wenn sie den Staub vom Rahmen wischt, flüstert sie manchmal: „Ich habe deinen Schrei gehört. Wer bist du? Vielleicht werden wir uns einmal im Traum, wenn die Zeit aufgehoben ist, begegnen können."

Bittersüßer Vogel Tod

Mit schreckgeweiteten Augen sah der Lokführer den Mädchenkörper auf den Schienen, riss an der Bremse, die Räder kreischten, Metall rieb sich an Metall, Funken stoben. Die hinteren Waggons schienen die vorderen anzuschieben, überholen zu wollen. Vorwärts, vorwärts! Die Räder der Lok stemmten sich, spreizten sich ein, um das Schreckliche nicht geschehen zu lassen, so kam es dem Menschen im Führerstand vor, der sich selber dem Unvermeidlichen entgegen stemmte und es doch nicht mehr aufhalten konnte. Das tonnenschwere Ungetüm überrollte den Körper, übertrug keine Erschütterung, es war nichts zu spüren und außer dem metallischen Knirschen auch nichts zu hören. Kein Aufschrei, kein Schmerzensschrei. –
Der Lokführer schlug die Hände vor das kreidebleiche Gesicht, spürte den kalten Schweiß, der ihm auf der Stirn stand, die Übelkeit, die in ihm hochstieg. Er hatte einen Menschen getötet, er hatte einen Menschen getötet, er hatte einen Menschen getötet... und wartete mit heftig pochendem Herzen darauf, aufzuwachen aus diesem Albtraum, aufzuwachen, aufzuatmen. Es konnte nicht sein! Es durfte nicht sein! Taumelnd hielt er sich am Fensterrahmen fest, stöhnte, hörte überlaut sein eigenes Stöhnen, sonst nichts. Es war ihm, als wäre er in eine Kammer voller Watte eingeschlossen. Watte, die ihm den Atem nahm, die quoll und quoll und mehr wurde, ihn erstickte. Er riss das Fenster auf, die Tür, stolperte, fiel beinahe die hohen Eisenstufen hinunter. Aufwachen, endlich aufwachen!
Er wagte nicht, zurückzublicken. Dort, hinter ihm, irgendwo unter den Rädern der nächsten Waggons musste das Schreckliche sein. Nicht hinsehen, nicht hinsehen! und doch, wie unter Zwang und unendlich mühsam hob er den Kopf, mechanisch, wie sich ein Maschinenteil im Scharnier bewegt. Blut, ein zerfetzter Körper, zerrissene Stücke von Bekleidung, abgetrennte Gliedmaßen.
Er erwartete den schrecklichen Anblick – und er sah, wie sich ein junges Mädchen erhob, das lange blonde Haar schüttelte, die Arme ausstreckte, nach einem Mann ausstreckte, der ihr entgegen kam, sie umfing, sie an sich drückte, und wie die beiden dann davongingen, nein, nicht gingen, schwebten. Leicht, schwerelos, als wären sie Luft, Luft, in der sich die beiden umschlungenen Körper gleich darauf auflösten. –

Konrad Petermann war nicht fähig zu sprechen, als man ihn über den Hergang des Unglücks ausfragen wollte. Er starrte nur immer vor sich hin, die Augen in eine Weite gerichtet, die außer ihm niemand sehen konnte.
Er hatte ein Mädchen überfahren, mit seiner Lok ein Mädchen überrollt, das auf den Schienen gelegen hatte. Eine junge Selbstmörderin. Aber sie war ja nicht tot! Sie war doch aufgestanden! Er hatte es mit eigenen Augen gesehen!
Doch er hatte auch gesehen, wie man die Leichenteile in einen Zinksarg gelegt hatte.
Er war nicht fähig zu denken, seine Lippen bewegten sich, lautlos, er stammelte Worte, die niemand verstehen konnte. Er schien es nicht zu spüren, als man ihm eine Spritze gab, ihn auf eine Bahre bettete, in ein Krankenhaus brachte. „Ich bin nicht schuld! Ich bin nicht schuldig!" murmelte er stetig vor sich hin. „Es ist ja nichts passiert! Sie ist doch weggegangen!"
Die Nachricht vom Freitod ihres Kindes traf die Eltern wie ein Keulenschlag. Annamaria sollte in den nächsten Tagen ihren 18. Geburtstag feiern. Sie hatte die Liste der Gäste zusammengestellt, die ersten Vorbereitungen getroffen. Nichts, überhaupt nichts deutete auf eine Todessehnsucht, eine Depression hin. Sie war ein fröhliches Mädchen, hatte keine Schwierigkeiten in der Schule, nichts, was sie bedrückte, keine unglückliche Liebe. Zumindest hatten die Eltern nichts dergleichen bemerkt, es war ihnen nichts aufgefallen. Noch am Tag ihres Todes war Annamaria aus dem Haus gegangen wie immer, wollte mit dem Frühzug in die Kreisstadt zur Schule fahren, wie alle Tage – und war in die falsche Richtung gegangen. Nicht zum Bahnhof, sondern dem Zug entgegen. Hatte sich an einem unbeschrankten Bahnübergang auf die Schienen gelegt, ohne einen Hinweis, einen Abschiedsbrief, eine Erklärung zu hinterlassen. Nichts, gar nichts hatte darauf hingedeutet, dass Annamaria in ihrem Leben keinen Sinn mehr gesehen hatte. Es sollte doch gerade erst anfangen! –
Auch die Mitschülerinnen und Mitschüler von Annamaria waren erschüttert, als sie von dem Selbstmord des Mädchens erfuhren. Niemand wusste etwas, niemand konnte einen Hinweis geben. Annamaria war sehr beliebt gewesen, ein Mädchen, das überall mitmachte, auf das man rechnen konnte, immer umgeben von einer Korona von

Freunden. Bestimmt keine Einzelgängerin, die sich absonderte, absonderlich gewesen wäre. –
Sechsunddreißig gasgefüllte Luftballons stiegen am Tag ihrer Beerdigung in den Himmel und an jedem hing ein Zettelchen, ein Brief für Annamaria, ein Gruß ihrer Mitschüler. Was stand auf den Zetteln? Hätte einer davon Aufschluss darüber geben können, warum das Mädchen aus dem Leben geschieden war? Wusste einer mehr als die anderen? War vielleicht sogar ein „Mörder" darunter, einer, der Annamaria in den Tod getrieben hatte, ohne dass er es selber wusste? –
Erst nach Wochen war die Mutter fähig, das Zimmer ihres Kindes zu betreten. Alles war unverändert geblieben, so, als würde Annamaria gleich wieder eintreten, aus der Schule, von einem Spaziergang, vom Sportplatz zurückkommen, die Mappe in die Ecke werfen, sich an ihren Schreibtisch setzen, mit dem Kugelschreiber spielen. Ihr Strickzeug lag noch da, das Vorderteil eines blauen Pullovers. Eine Handarbeit, die beinahe fertig war. Nahm sich ein Mensch das Leben, mitten aus dem Leben heraus? Fing jemand eine Handarbeit an, vollendete sie beinahe, wenn er schon vorhatte, zu gehen? Die Mutter rollte das Strickzeug zusammen. Niemand würde es mehr fertig stellen, es sollte so bleiben, wie es zurückgelassen worden war. Unvollendet, wie Annamarias Leben. Kein Brief, kein Abschiedsbrief, nicht der kleinste Hinweis...
Und dann doch etwas. Ganz hinten in einer Schublade ein Heft. Mit der Aufschrift *Mein Heft*.
Hatte Irmgard jetzt noch das Recht, darin zu lesen? Oder hatte sie es jetzt erst? Wem konnte es noch etwas helfen, wenn sie wusste, wenn sie wüsste, warum...?
Verbrennen, zerreißen! Das waren ihre anfänglichen Gedanken. Ein Bild fiel ihr in die Hände, ein Bild, das sie kannte, das vor Jahren, vor beinahe zwei Jahrzehnten ihr gehört hatte! Wie war die Tochter an dieses Bild geraten? Wo hatte sie es her? Hatte sie, Irmgard, es nicht sorgfältig genug verwahrt? Es zeigte ein lachendes, junges Männergesicht, der zurückgeworfene Kopf umrahmt von blonden Haaren, vom gleichen Blond, wie es auch Annamarias Gesicht umrahmt hatte. Das Blond eines reifen Weizenfeldes...
Werner, Werner war Annamarias Vater gewesen. Aber sie hätte es nie erfahren sollen. Ihr Vater war Gerhard, Gerhard, mit dem Irmgard

verheirat war, seit beinahe achtzehn Jahren, der sie und das ungeborene Kind aufgenommen hatte, der der Vater der beiden anderen Kinder war, die nach Annamaria gekommen waren.
Werner hatte sich das Leben genommen, kurz vor der geplanten Hochzeit. Werner hatte sich auf die Schienen gelegt und war vom Zug überrollt worden – genau wie Annamaria. Und sein Tod war für Irmgard genau so unverständlich, genau so unfassbar gewesen, wie es jetzt der Tod ihres gemeinsamen Kindes war. Das Kind hatte es nicht gewusst, hatte es nie erfahren sollen. Jedes Andenken an Werner hatte Irmgard getilgt geglaubt. Aber da war noch dieses Bild gewesen. Wie, wo war es Annamaria in die Hände gefallen? Was gab es für einen Zusammenhang? Welcher verhängnisvolle Zusammenklang hatte sich da ergeben?
Irmgard öffnete das Heft: „Heute hat er vor der Schule auf mich gewartet. Ich habe ihn schon öfter da stehen sehen, aber nie hat er mich angesprochen. Er scheint ein bisschen schüchtern zu sein. Ist es das, was mich an ihm reizt?"
„Wir sind miteinander über die Felder gegangen. Es war mir gelungen, mich von Herta und Billy zu trennen, ohne dass sie viel gefragt haben. Sie haben ihn nicht gesehen. Er stand hinter dem großen Kastanienbaum und hat mir zugewunken. Ich weiß nicht, warum ich mit ihm gegangen bin. Oft kann ich nicht verstehen, was er zu mir sagt, alles klingt so fremd, als würde er in einer anderen Sprache reden. Und dann verstehe ich wieder jedes Wort, nicht mit dem Verstand, sondern irgendwie mit dem Herzen. Ich möchte ihn nicht mehr sehen, ich habe Angst vor ihm – und doch zieht er mich immer wieder an. Er tut gar nichts um mich zu beeinflussen, er steht nur da. Er winkt nicht einmal. Aber ich spüre seine Augen, ich spüre seinen Blick, auch wenn er gar nicht da ist."
„Du bist schön" hat er zu mir gesagt und meine Haare umspannt, meinen Kopf zurückgebogen. Ich habe darauf gewartet, dass er mich küsst, aber ich habe nichts gespürt, keine Berührung. Es war, als würde ein leichter Wind über meine Lippen streifen, nicht mehr. Warum nicht mehr?"
„Manchmal spüre ich, dass er da ist, in meinem Zimmer, in meiner Nähe. Er sitzt neben mir am Tisch und die Anderen merken nichts. Er möchte, dass ich zu ihm komme. Wohin? Er sagt es mir nicht. Er lä-

chelt nur: „Du wirst schon sehen. Wo ich bin ist es schön, unsagbar schön, unendlich schön! Komm!" so hat er mich gestern bedrängt. Ich möchte nicht. Ich habe Angst. Irgendetwas hält mich zurück. Aber etwas anderes zieht mich zu ihm hin. Ich liebe sein Lachen. Ich liebe seinen Körper, obwohl ich ihn noch nie gespürt habe. Er zergeht immer wie Nebel, wenn ich ihn berühren möchte. Wer ist er? Er ist da – und dann wieder nicht. Er hat Macht über mich. Manchmal möchte ich mich befreien, möchte von ihm loskommen, und dann glaube ich wieder, ohne ihn nicht leben zu können."

„Ich muss mit irgendjemanden reden, aber ich finde niemanden, der mich versteht, verstehen will. Billy lacht mich nur aus und sagt, ich hätte Halluzinationen. Ob ich zu viel Stoff erwischt hätte? Dabei habe ich noch nie gehascht, obwohl es fast alle tun in meiner Klasse. Ich möchte mich nicht der Gefahr aussetzen, süchtig zu werden. Aber irgendwie bin ich es, auch ohne Stoff, ohne Hasch. Ich warte immer auf ihn, ich suche immer nach ihm. Ich laufe ihm nach! Ich! Dabei sagt er mir, ich wäre so schön, dass *mir* alle nachlaufen würden! – Wer ist er? Er hat mir seinen Namen nicht gesagt, er sagt nur, er würde mich schon lange kennen. Und mir ist es auch so, als wären wir seit Anbeginn meines Lebens vertraut miteinander. Er ist kaum älter als ich, na ja, ein bisschen, fünf Jahre glaube ich, aber er sagt, er wäre dreiundvierzig. Er *wäre* es! Warum wäre und nicht ist? Warum verstehe ich ihn oft so schwer. Warum zieht er mich so an? Wer ist er? Woher kommt er?"

„Morgen treffe ich mich mit ihm. Er hat gesagt, ich solle zum Bahnübergang kommen und er würde mir etwas schenken. Etwas Wunderschönes, ein Geschenk zu meinem Geburtstag. Ich dürfte nicht erschrecken. Es wäre vielleicht am Anfang ein wenig zum erschrecken, aber dann wäre alles wunderschön, dann könnte ich für immer bei ihm sein, niemand hätte etwas dagegen, niemand könnte etwas dagegen tun. Ich möchte mit Mutti darüber reden. Aber ich darf nicht. Er hat gesagt, das würde alles verderben. Jetzt müsste ich mich entscheiden, wer mir wichtiger wäre. Wenn ich nicht käme, wäre alles vorbei. Ich will nicht! Ich will Mutti nicht wehtun! Aber ich will auch ihn nicht verlieren. Und er sagt, wenn ich nicht komme, kommt auch er nie mehr wieder! Ist denn niemand da, der mir hilft?"

„Ich habe ein Bild gefunden. Sein Bild in Muttis Schreibtisch! Wie

kommt sie zu seinem Bild? Woher hat sie es? Ich muss ihn fragen. Haben sie etwas miteinander? Lügt er mich an? Will er jetzt mich, weil er sie nicht bekommen hat? Ich muss zu dem Treffpunkt gehen, ich will Klarheit!"
„Morgen ist mein Geburtstag. Ich werde volljährig. Ich möchte seinen Namen auf die Liste der Gäste setzen und mir fällt jetzt erst auf, dass ich seinen Namen nicht einmal kenne! Ich werde ihn fragen, ich muss ihn fragen. Ich gehe zu dem Treffen. Ich will so viel von ihm wissen. Ich muss ernsthaft mit ihm reden und will ganz stark sein, will mich nicht wieder von seinem Lächeln einwickeln lassen. Er muss mir sagen wer er ist!"
„Heute hat ein Vogel vor meinem Fenster gesungen. So bittersüß, wie ich noch nie einen Vogel gehört habe. Gibt es Vögel, die in der Nacht singen? Ob es eine Nachtigall war? Ich habe das Fenster weit geöffnet und ich weiß jetzt, dass ich zu ihm gehen muss."
Irmgard ließ das Heft sinken. „Warum genügte es dir nicht, Werner, dein Leben zu zerstören? Du hast auch versucht, meines kaputt zu machen, und weil es dir auf dem direkten Weg nicht gelungen ist, hast du dir deine Tochter geholt. Was habe *ich* dir getan? Oder gibt es so etwas wie einen „Familienfluch"? Hat sich nicht schon Deine Mutter das Leben genommen mit einer Überdosis Schlaftabletten? Jetzt müsst ihr doch zufrieden sein! Ihr habt doch alles, was aus eurem Blut ist..."
Als Irmgard zur Tür ging, hatte sich ein Vogel auf dem Fensterbrett niedergelassen und fing zu singen an. Eine Melodie, wie sie sie noch nie aus einer Vogelkehle gehört hatte. Mit einem Knall warf sie die Tür hinter sich zu und drehte zweimal den Schlüssel im Schloss. Niemand sollte das Zimmer mehr betreten...

Nächtliche Begegnung

Schon den ganzen Abend war Lisbeth unruhig gewesen. Dabei hätte sie wahrhaftig Grund gehabt, mit den anderen lustig zu sein und zu feiern. Sie hatte ihr Examen bestanden! Zwar noch nicht offiziell und mit Brief und Siegel, aber sie wusste, dass sie durchgekommen war und das hatte Stefan, ihren Freund und Mitstreiter, veranlasst, eine kleine Fete in seiner Bude zu veranstalten, ein paar Freunde einzuladen. Zwar hatte Lisbeth versprochen. sofort nach den Prüfungen nach Hause zu kommen. Ihre Eltern wohnten auf dem Land und sie hatte sich für die Zeit ihres Studiums ein Zimmer in der Stadt gemietet. Aber auf einen Tag mehr oder weniger kam es doch nicht an!
Trotzdem, ihr fehlte irgendwie die rechte Lust und der Schwung, mit den anderen ausgelassen zu sein und sie schob es auf die Anstrengung, die sie nun hinter sich hatte.
Es war dann doch ziemlich spät, als sie zu ihrer Unterkunft kam. In der Diele lag ein Telegramm auf dem Tischchen und es war an sie adressiert. „Ein Glückwunsch" dachte sie zuerst und riss es mit fliegenden Fingern auf. Aber alles Blut wich aus ihrem Gesicht, als sie es las: „Vater schwer erkrankt. Kommen dringend erforderlich!"
Mein Gott, was war mit Vati? Er war doch nie ernsthaft krank gewesen. Manchmal hatte er etwas über Herzbeschwerden geklagt, aber eine Zwanzigjährige nimmt das nicht so wichtig.
Lisbeth warf ihre wenigen Sachen in ein Köfferchen, hinterlegte eine kurze Nachricht für ihre Zimmerwirtin und ließ sich von einem Taxi zum Bahnhof fahren. Sie hatte Glück, der letzte Zug war noch nicht weg, sie erreichte ihn gerade noch. Und sie machte sich Vorwürfe. Wenn sie gleich nach Bekanntwerden der Ergebnisse nach Hause gefahren wäre, wie sie es versprochen hatte, dann wäre sie sechs Stunden früher da gewesen. Jetzt konnte es vielleicht zu spät sein!
Sie hatte sich keine Gedanken gemacht, wie sie vom Bahnhof zu dem drei Kilometer entfernten Häuschen der Eltern kommen würde. Der Weg war dunkel und einsam, um diese Zeit war niemand mehr unterwegs. Sie schauderte bei dem Gedanken, sie müsste allein durch die Nacht wandern.
Der Zug hielt, sie stieg aus und stand einsam am Bahnhof. Niemand war mit ihr ausgestiegen, kein Auto, kein Bekannter in der Nähe, dem

sie sich hätte anschließen können. Zu Hause anrufen konnte sie auch nicht, am Bahnhof gab es kein Telefonhäuschen und ihr Handy hatte sie in der Stadt liegengelassen, wie sie jetzt ärgerlich feststellte.
Zögernd nahm sie den Koffer auf und trottete um die Ecke. Da gingen auch im Bahnhofsgebäude die Lichter aus, der letzte Zug war da gewesen, es gab nichts mehr zu tun. Sie nahm ihren ganzen Mut zusammen und die Furcht um ihren Vater trieb sie vorwärts.
Sie war erst ein paar Schritte gegangen, als eine Gestalt aus dem dunklen Schatten der Allee trat. Sie erschrak und wagte kaum zu atmen. Doch dann hörte sie die Stimme ihres Vaters: „Da bist du ja, Kleines. Komm, ich bring dich nach Hause!"
Ein Stein fiel ihr vom Herzen und sie warf sich dem Vater an den Hals: „Papa! Du bist gesund? Mein Gott, wie bin ich froh!"
Sie sah nur undeutlich sein Lächeln und sie spürte kaum seine Hand, als er jetzt ihren Arm ergriff und sie zum Auto führte. Sie fuhren los.
„Es geht mir gut, Kleines. Mach dir keine Sorgen", sagte er.
Sie plapperte vom bestandenen Examen und von der kleinen Feier. Er nickte nur und sagte: „ich weiß."
Als sie vor dem Haus ankamen, meinte er: „Geh du schon hinein, ich bringe noch den Wagen in die Garage."
Sie schloss die Haustür auf und ging mit einem fröhlichen Gruß in die Diele. Die Mutter kam ihr mit rotgeweinten Augen entgegen und auch Manfred, ihr Bruder, und seine Frau waren da und sahen sie ernst und vorwurfsvoll an. „Ich bin da!" rief sie, „und ich bin so froh, dass es Vati wieder besser geht. Das Telegramm hat mich so erschreckt."
Manfred nahm ihr den Koffer ab. „Vater ist tot", sagte er, „vor zwei Stunden ist er gestorben und du bist zu spät gekommen."
„Mit so etwas macht man keine Scherze!" Lisbeth war wütend. „Vati hat mich von der Bahn abgeholt!"
Die Mutter schluchzte. Manfreds Frau legte den Arm und sie und zog sie an sich. Der Bruder packte Lisbeth unsanft und stieß sie ins Zimmer. Da lag der Vater, wachsbleich, eingefallen, aber ein Lächeln umspielte seine Züge. Lisbeth starrte ihn an, wagte keinen Schritt mehr vorwärts.
„Da siehst du jetzt, wer Scherze macht!" schüttelte sie Manfred.
Sie drehte sich nach ihm um: „Aber ich bin wirklich mit Papa gefahren. Ich phantasiere nicht!"
„Wann ist dein Zug gekommen?"

Sie nannte die Zeit und er sah auf die Uhr. „Vor einer guten halben Stunde. So lange braucht man zu Fuß vom Bahnhof bis hierher, wenn man flott geht. Es ist dunkel. Du hast dich gefürchtet, du bist schnell gegangen."
„Ich bin gefahren! Mit Papa!"
Er gab ihr eine Ohrfeige, dann stieß er sie vor sich her, hinaus in die Garage.
Das Auto gab leise, knacksende Geräusche von sich. Er legte seine Hand auf die Kühlerhaube. Sie war warm. Der Motor musste vor kurzem noch gelaufen sein! Da ließ Manfred sie einfach stehen und ging ins Haus.
Lisbeth stand da, die Hand auf der warmen Motorhaube und begriff erst allmählich, dass der Vater wirklich tot war und dass sie ihn nicht gesehen haben *konnte!*
Später hieß es dann, das Auto hätten vermutlich Jugendliche zu einer kurzen Spritztour „ausgeliehen", die Garage war ja offen gestanden.
Nur Mutter, die nach der Beerdigung schwer an Lisbeths Arm hin, flüsterte ihr zu: „Papa hat dich sehr gern gehabt. Er ist hart gestorben, weil er dich noch sehen wollte. Er hat so auf dich gewartet und du bist nicht gekommen. Vielleicht ist er dir entgegengekommen, bevor er endgültig fort musste?"
Lisbeth nickte und es war ihr, als höre sie im Wispern der Bäume seine Stimme: „Es geht mir gut, Kleines, mach dir keine Sorgen...".

Zwischen zwei Leben

Es war eine merkwürdige Empfindung, dieser Wechsel von einem Dasein in das andere...
Aber konnte ich in meinem „Zustand" noch von Empfindungen sprechen? Ich konnte doch auch nicht mehr *sprechen*, war nicht mehr *ich*, war irgendetwas. –
Das *Ich* lag dort unten, im Graben, nahe am Fluss, halb versteckt zwischen verdorrten Büschen, ein wenig seltsam verdreht, das eine Bein verwinkelt angezogen, den einen Arm über den Kopf gereckt, so, als versuche er noch, irgendetwas zu fassen, sich festzuhalten, und die Augen starr, blicklos im blau-grauen Himmel, über den in Gleichmut die Wolken zogen.
Das was jetzt *ich* war, saß oben, am Rand der Böschung, und sah hinunter auf das andere *ich*, sah, ohne zu sehen, empfand, ohne zu empfinden, wartete, und wusste nicht, auf was. –
Ich wusste, dass *ich* tot war. Tot, durch einen lächerlichen Zufall, durch ein absurdes Zusammenspiel von Gegebenheiten. Nicht vorausgeahnt durch eine Krankheit. Natürlich weiß jeder Mensch, dass er einmal sterben muss. Aber glaubt nicht jeder insgeheim, er wäre vielleicht doch die erste Ausnahme? Und schob nicht jeder den Gedanken an den Tod weit von sich, besonders, wenn man, nach eigener Ansicht, noch zu jung dafür war?
Ich hatte an diesem Morgen, an diesem Mittag, auch nicht an meinen Tod gedacht. Mit keinem Gedanken! Ich hatte keine Leiden, keine Beschwerden, ich war jung und lustig. Wie sollte ich nicht lustig sein? Es war doch Fasching! Genauer gesagt Faschingsdienstag. Und da war ab Mittag Dienstschluss. Das hieß einen ganzen Nachmittag freie Zeit, geschenkte Zeit, Zeit, sich noch einmal zu amüsieren, Freunde zu treffen, vielleicht noch einmal zum Tanzen zu gehen, ein bisschen verrückt, aufgedreht zu sein.
Im Büro hatten wir schon nach der Non-Stop-Radiomusik getanzt, Sekt getrunken, nichts mehr gearbeitet. Das wurde stillschweigend geduldet. Als wir uns in etwas gehobener Stimmung voneinander verabschiedeten, wollte mich ein Kollege in seinem Auto mitnehmen. Ich lehnte ab. Er war mir nicht mehr nüchtern genug. Wie konnte ich wissen, dass gerade diese Ablehnung meine Todesursache sein sollte?

Ich hatte nämlich den Bus verpasst, den Anschlussbus, der nur zu jeder vollen Stunde fuhr.
Eine Stunde warten, in der Kälte dieses Februartages? Ich hatte nur noch vier Kilometer bis nach Hause. Wenn ich flott ging, konnte ich zu Fuß noch vor dem Bus zu Hause sein, mich umziehen und die Fahrgelegenheit zurück in die Stadt erreichen.
Ich machte mich also auf den Weg. Die Straße war schnee- und eisfrei und vom Gehen wurde mir warm. Am Ortsausgang war ein kleiner Kramerladen, den ich sonst, vom Bus aus, kaum beachtet hatte. Als ich jetzt vorüber kam, fiel mir ein, dass ich vielleicht eine Flasche Wein für meine Freunde mitnehmen könnte. Mit leeren Händen wollte ich zu ihrem Kehraus nicht kommen.
Ich betrat also den Laden und erstand zwei Flaschen Wein. Wieder ein Fehler, der für mich tödlich sein sollte. Noch ahnte ich es nicht.
Der Wein war schwerer, als ich gedacht hatte. Zwei Liter sind ca. zwei Kilo, dazu das Gewicht der Flaschen. Ich spürte es schon nach kurzer Zeit und die Abstände, in denen ich die Tragetüte von einer Hand in die andere wechselte, wurden immer kürzer. Dafür schien mein Weg länger zu werden. Die kahlen Alleebäume führten in die Unendlichkeit...
Bis zum nächsten Ort sollten es nur noch zwei Kilometer sein? Er war nicht zu sehen, entzog sich immer mehr im Grau in Grau des Februartages. Leise hatte es auch zu schneien angefangen. Ich ging am Rande der Landstraße. Autos fuhren vorbei, keines hielt. Jetzt wäre ich dankbar gewesen, wenn einer angehalten, mich mitgenommen hätte.
Mit jemanden mitfahren, den ich nicht kannte? Noch gestern hätte ich das strikt von mir gewiesen. Aber jetzt? Und es könnte ja auch jemand kommen, den ich kannte, der aus dem gleichen Ort war, der Nachbar oder der freundliche Junge von der Tankstelle, der vielleicht gerade auf einer Probefahrt war?
Die Flaschen wogen so schwer, dass ich sie am liebsten weggeworfen hätte. Jede Vorfreude auf den Kehraus war mir verleidet. Ich würde mich zu Hause nur noch hinlegen und schlafen. Der Sekt vom Büro wirkte nun auch ermüdend und mir war so warm, dass ich den Mantel geöffnet hatte. Wie sollte ich ahnen, dass ich wirklich bald nur noch schlafen würde, schlafen, ohne wieder zu erwachen? –
Da hielt ein Auto neben mir. Mein Wunsch ging in Erfüllung! Heute war mein Glückstag!

Ein Mann kurbelte das Seitenfenster herunter: „Kann ich Sie mitnehmen? Wohin wollen Sie?
Ich deutete nach vorn: „Nur noch ins nächste Dorf. Ich habe den Bus verpasst."
Er hielt mir die Tür auf. Ich stieg ein. Ich sah sein Gesicht nicht genau, war er jung, war er älter? Er hatte einen Schnurrbart und merkwürdige Hände, dürre, knochige Finger, die das schwarze Lenkrad umkrallten. Obwohl mir heiß war vom Gehen, kroch ein kaltes Gefühl über meinen Rücken. Eine Ahnung, eine Vorahnung?
Er hatte mich kurz gemustert, nun sah er wieder geradeaus. „Nur zwei Kilometer, nur noch zwei Kilometer" hämmerte mein Herz. Was konnte auf zwei Kilometern passieren? Nichts! Gleich mussten wir da sein. Schon sah ich die Tankstelle am Ortseingang. Schon wollte ich ihn bitten, dort anzuhalten, mich aussteigen zu lassen. Dann musste ich nur noch die Straße überqueren, ein paar Schritte in eine Seitenstraße gehen, und war zu Hause.
Er nahm den Fuß vom Gaspedal. „Ist es hier wo Sie hinmöchten?"
Ich nickte.
Er griff an mir vorbei, öffnete den Handschuhkasten – und hielt eine Pistole in der Hand. Er sagte kein Wort, fuhr mit unverminderter Geschwindigkeit die Hauptstraße entlang, an der Tankstelle vorbei. Im ersten Moment dachte ich an einen Scherz: „Was soll das? Sie kommen wohl auch vom Fasching? Ich muss hier aussteigen!"
Er antwortete nicht, sah mich nicht an, hatte die Waffe an meinem Hals angesetzt. Ein trockenes Klicken sagte mir, dass er sie entsichert haben musste.
Was sollte ich tun? Die Tür öffnen und mich herausfallen lassen, auf die Seite rollen? Konnte mir viel geschehen, bei der geringen Geschwindigkeit? Vielleicht würde es jemand sehen, die Polizei verständigen, die Funkstreife hinter dem Wagen herhetzen? Da waren es die zwei Flaschen Wein, die mich daran hinderten, mein Leben zu retten. Die Flaschen würden zerbrechen. –
Ich löste den Sicherheitsgurt nicht, ich öffnete die Tür nicht, ich fuhr mit dem Fremden durch meinen Wohnort – und niemand sah mich! Keiner war auf der Straße, dem ich hätte zuwinken, ein Zeichen geben können! Aber hätte dieser Jemand das Zeichen auch verstanden? Ich war meinem Schicksal ausgeliefert. In diesem Moment wurde mir

bewusst, dass es kein Zufall sein konnte, dass es Schicksal war, vorherbestimmt.
Noch dachte ich nicht an meinen Tod. Noch wusste ich nicht, wie ich aus dieser Autofalle herauskommen würde, aber noch glaubte ich, dass ich herauskommen würde.
Dann wurde die Strecke hügelig und waldig. In den Waldstücken waren die Wege leicht vereist, er musste langsamer fahren. Wieder hätte ich Gelegenheit gehabt, mich aus dem Auto fallen zu lassen, aber ich war wie gebannt. Man kann seinem Schicksal nicht entgehen.
Abrupt fuhr er in einen Seitenweg, mich schleuderte es an seine Schulter. Ich zuckte zurück und schloss kurz die Augen, überlegte fieberhaft, was ich sagen könnte. Meine Zunge war wie an den Gaumen hingetrocknet.
Von ihm kam nichts, kein Wort, kein Ton, kein Laut.
Das Auto stand, auf meiner Seite, der rechten Seite, fiel die Böschung steil ab. Dürre Büsche, kahle Bäume, das Laub vom letzten Herbst von Schnee und Raureif bedeckt. Stille. Hörbare, greifbare, dichte Stille, die sich wie Nebel auf meine Brust legte, das Atmen fast unmöglich machte. Nur das leise, eingefrorene Murmeln des Flusses.
Der kalte Lauf der Pistole jetzt an meiner Schläfe.
Wusste ich, ob sie geladen war?
Sollte ich es riskieren, dass sie nicht geladen war?
War sie echt? Oder war sie nur ein Kinderspielzeug und das ganze ein makabrer Scherz? Dann wäre es jetzt aber genug gewesen!
Wie kam ich von hier wieder nach Hause, wenn er mich aussteigen ließ? Der Weg war jetzt weiter als vorher.
Dann sah, dann spürte ich seine Hände. Nicht seine Hände, nur eine Hand, die Hand, die nicht die Pistole hielt. Der Reißverschluss meiner Steppjacke schrie auf wie ein wundes Tier. Er zerrte mir meinen Pullover über das Gesicht. Dunkel. Es war dunkel um mich. Und warm. Ich roch meinen eigenen Schweiß, er roch nach Angst. Warum konnte ich nicht schreien, mich nicht wehren? Die Hände auf meiner Haut waren kalt und widerlich. Alles war so unwirklich. Gleich würde ich aufwachen, schweißgebadet, und wissen, dass er nur ein Traum, ein fürchterlicher Traum gewesen war.
Er zerrte an meiner Hose. Der Reißverschluss wollte nicht aufgehen. Er hatte schon immer ein wenig geklemmt und war nur mit einem

kleinen Trick aufzubekommen. Er begehrte auf, an meiner Statt. Da
hörte ich die Stimme, die Stimme des Menschen neben mir, der kein
Mensch mehr zu sein schien, nur ein rasendes Untier. Ich verstand
kein Wort von dem, was er sagte. Es musste ein Fluch gewesen sein,
oder hatte er mich aufgefordert, mir selber die Kleidungsstücke abzustreifen? In welche Sprache redete er mit mir, in meiner, in irgendeiner? Ich reagierte nicht.
Da spürte ich, wie er mich aus dem Wagen stieß – und atmete auf. Er
hatte mir nichts tun können, weil mein Reißverschluss streikte!
Die Kratzer in meinem Gesicht, an meinen Händen, als ich die Böschung hinunter fiel, waren wie feine Ritzer auf einer Haut, die meilenweit von der meinen entfernt war. Es war mir nichts passiert! Es
war mir nichts passiert!
Da peitschte der Schuss. Es war, als würde ein Luftballon zerplatzen.
Irgendwo, weit, weit weg. Ich spürte nichts. Keinen Schmerz, keinen
Einschlag, und doch stand plötzlich der Himmel still. Die Wolken bewegten sich nicht mehr, der Fluss rauschte nicht mehr.
Ich wollte aufstehen. Ich wollte meinen Arm herunter holen, mein
Bein gerade richten. Ich konnte nichts mehr, nichts mehr gehorchte
meinem Willen.
Und dann löste sich etwas aus mir. Ich konnte es nicht sehen, aber ich
spürte es ganz deutlich, so deutlich, wie ich nie zuvor einen Atemzug
gespürt hatte und doch war es weniger als ein Atemzug. Auf einmal
stand es neben mir. Es war wie ich und doch nicht ich. Dann kletterte
es die Böschung hinauf, nicht mühsam, obwohl diese sehr steil war,
sondern leicht, wie schwebend – und durch die Büsche und Bäume
hindurch, als wäre es nichts, kein Hindernis, nur Nebel.
Für den Bruchteil von Sekunden hatte ich zwei Ichs, eines, das dort
unten lag, in dem das Blut stillstand und zu gefrieren begann, und eines, in dem kein Blut pulste und das doch war.
Nachdem es noch wenige Minuten am Rande der Böschung gesessen
hatte, ging dieses neue Ich fort. Aber es ging nicht, es schwebte, es
ging durch alles hindurch, und ich war in ihm. Das, was dort unten
lag, am Rande des leise murmelnden Flusses, interessierte mich nicht
mehr.
Es gab keine Entfernungen. Mit der Schnelle der Gedanken war ich
zu Hause. Meine Handtasche war im Auto des Fremden geblieben,

auch die zwei Flaschen Wein, um derentwillen ich in seinen Wagen gestiegen war. Ich brauchte keinen Schlüssel mehr, ich konnte durch die Wände hindurchgehen. Ich empfand das nicht als seltsam, es war ganz natürlich, meinem derzeitigen Sein angepasst.

Die Wohnung war leer, es war noch keiner zu Hause. Für einen Moment überlegte ich, ob ich auf den Faschingskehraus bei den Freunden gehen sollte oder nicht. Meinen Wein hatte ich verloren, aber man würde mich auch so aufnehmen.

Schon in dem Augenblick, in dem ich diesen Gedanken gedacht hatte, war ich dort, wohin ich sonst hätte fahren müssen. Man tanzte, man lachte, man trank.

Ich wollte mitmachen, begrüßte die Gastgeberin, ohne dass sie mich bemerkte. Nahm mir ein Glas von der Bowle, ohne dass sich das Glas, der Löffel bewegte. War und war nicht. Tanzte und ging durch alle anderen hindurch. Hörte meinen Namen, die Frage, wo ich denn bliebe, sagte lachend, ich wäre doch da! Niemand sah, niemand hörte mich.

Ich wusste, dass ich nicht mehr lebte und lebte doch. Oder was war das sonst? Ein Existieren ohne Existenz? Wo war ich, wenn ich nicht in dieser Welt war?

Die Tage, die folgten, waren sehr schwierig für mich. Ich sah, ich spürte, wie man sich Sorgen machte. Man suchte nach mir, fahndete nach mir, die Polizei war eingeschaltet worden. Es wäre alles ganz einfach gewesen, hätte ich mich verständlich machen können. Ich wusste ja, wo ich war, ich wusste ja, was mit mir passiert war. Aber man sah, man hörte, man fühlte mich nicht.

Ich wollte trösten, streicheln, es war ja nicht so schlimm, längst nicht so schlimm, wie man sich den Tod vorstellte. Ein Weggehen und gleichzeitiges Wiederkommen. Es ging mir gut.

Man spürte meinen Trost, meine Berührungen nicht. Ich flüsterte mit dem Wind, man verstand meine Worte nicht. Ich war hilflos, als wäre ich hinter einer Wand aus Glasgespinst, die ich nicht durchdringen, durch die keiner der Lebenden hindurchsehen konnte. Der Zustand war quälend. Wie kann man in weißer, erstickender Watte schreien, wenn einem keine Stimme mehr gegeben ist. Ich musste etwas tun, um ihn zu beenden, auch die Ungewissheit der Anderen beenden.

Ich kehrte zurück an den Ort, wo *ich* lag. Eine Veränderung war mit mir vorgegangen, mit dem Wesen dort unten konnte ich mich nicht

mehr identifizieren. Zwar trug es noch meine Kleider, aber nicht mehr mein Gesicht.
Es war kalt. Frost hatte eingesetzt, der Zerfall ging nur langsam vor sich. Und doch, schon löste sich das Fleisch von den Knochen. Geschäftige Tiere hatten sich zu schaffen gemacht. Krähen hackten nach den Augen. Ich wandte mich ab. Was ging mich dieses Bündel gewesener Mensch dort unten an? Nicht mehr, als ein hohler Baumstamm. Aber ihn musste ich finden, ihn, der an allem Schuld war! Er sollte das sehen!
Wo sollte ich ihn finden? Was wusste ich von ihm? Nichts. Die Marke, die Farbe seines Autos, dass er einen Schnurrbart getragen hatte und eine Pistole in seinem Handschuhfach lag.
Ich versuchte, mich an die Autonummer zu erinnern. Zahlen, Daten waren in meinem jetzigen Dasein so sinnlos, so ohne Bedeutung. Wie lange war ich schon tot? Wie lange lag ich dort unten? War es noch der gleiche Winter, oder war es schon ein anderer? Wann war das alles passiert? In welche Richtung war er weitergefahren?
Wozu wollte ich mich rächen? Meinetwegen? Nein, sicher nicht, nur um derer Willen, die mich vermissten. Aber was hatten sie davon? Genugtuung?
Doch irgendwie spürte ich, auch ich hätte etwas davon. Nicht Rache, das war ein Gefühl, das ich nicht kannte. Aber ich wusste, dass ich ihn finden musste, um aus dem Schwebezustand zwischen Sein und Nichtsein erlöst zu werden. Es gab mich, aber es gab mich nicht ganz, und so lange es mich nicht ganz gab, gab es mich nicht... Ich wollte sein! Wollte wieder sein!
Ich begegnete einigen Wesen, die so waren wie ich, auch sie auf der Suche. Auf der Suche nach einer neuen Existenz, denen irgendwann, irgendwo der Faden gerissen war. Sie hatten das eine Ende in den Händen und suchten nach einem neuen Anfang, um den Teppich fertig zu knüpfen, der ihnen in Auftrag gegeben worden war.
Ich fand ihn. Nicht den neuen Anfang, noch nicht, aber ihn, der mir den alten Faden zerrissen hatte. Es war Zufall, oder auch nicht. Gibt es überhaupt Zufälle? Ist nicht alles vorherbestimmt, ob, wann und wie unser Faden reißt, wann und wie wir ihn weiterspinnen werden und dürfen? Ich wusste nur, dass mein Teppich noch nicht fertig sein konnte, nach jenem jähen Ende in der Böschung am Fluss...

Vielleicht war es die Kraft meiner Gedanken, die mich ihn finden ließ, vielleicht auch der Wille, neu zu leben.
Er saß in einer Wirtschaft und spielte Karten. Obwohl ich ihn eigentlich nie bewusst gesehen hatte, erkannte ich ihn im ersten Moment. Ich wusste, ich war hierher geführt worden, zwanghaft, in dem Moment, wo ich mich entschlossen hatte, wiederum zu leben.
Er hatte kein gutes Blatt. Ich hatte ihm alle Trümpfe aus der Hand genommen. Er durfte nicht gewinnen. Er durfte nie wieder gewinnen. Er konnte nur noch verlieren...
Ich lenkte seine Schritte. Ich war in ihm. Nicht aus eigenem Antrieb. Es war, als würde auch mich jemand lenken, um ihn zu lenken. Ich ließ sein Auto an, ich gab Gas, ich betätigte die Kupplung und Gangschaltung. Und in mir war wieder etwas anderes, das mich ihn dorthin zurückfahren ließ, wo er mich, mein anderes, mein erstes ICH liegen gelassen hatte.
Ich wusste, dass ihm jemand nachfuhr, die, die an ihn Forderungen hatten. Sie wollten ihr Geld, sie wollten ihn nicht entkommen lassen. Ich durfte ihn nicht entkommen lassen! Nur durch ihn, der mir mein eines Leben genommen hatte, würde ich wieder leben können.
Ich war nicht allein. Es waren viele da, die mir halfen. Unsichtbar. Nicht für mich, aber für ihn und alle, die warmes Blut in den Adern hatten. Nichtlebende Leben, die wie ich wieder leben mussten, um zum Ewigen Leben zu gelangen. Hinter den Wolken, unendlich weit, aber nur durch Leben, Leben, Leben zu erlangen, so wie man durch viele Zimmer gehen muss, um in den schönsten Garten zu gelangen. –
Er fuhr in den Wald, er fuhr an den Fluss, dorthin, wohin ich ihn lenkte. Er sah mich nicht liegen, es war inzwischen wieder viel Schnee gefallen. Er hatte noch meine Handtasche im Auto, meine Tüte mit den zwei Flaschen Wein. Es war beinahe lächerlich. Hätte er die eine nicht fortwerfen, die anderen austrinken können?
Er holte die Pistole aus dem Handschuhfach. Ich hielt meine Hände vor den Lauf, als er abdrückte. Die Kugel verletzte mich nicht mehr, als ich sie auffing. Als er nachladen wollte, waren die Anderen schon da. Er warf die Pistole die Böschung hinunter. Sie fiel mir beinahe ins Gesicht, das nicht mehr das meine, das kein Gesicht mehr war, das zu einer grauenvollen Maske zerfiel. War nicht Fasching gewesen?

Man holte die Waffe herauf. Man fand mich. Man fand meine Tasche in seinem Auto.
Ich schwebe durch die Straßen. Ich weiß nicht, wo ich bin. Die Vorhänge in den Häusern sind zugezogen. Ab und zu fällt dämmriges Licht durch die Fensterscheiben. Es zieht mich, zieht mich mit magischen Kräften. Irgendwo hinter diesen Fensterscheiben wird neues Leben gezeugt.
Meine Seele wird wieder eine Heimat finden.
Der Schleier des Vergessens beginnt mich zu umspinnen....

Die Entscheidung

Auf ihrer Urlaubsreise waren sie durch diesen Ort gekommen. Sie waren noch nicht an ihrem Ziel. Aber sie waren müde. Und sie hatten sich gestritten. Sinnlos und um Nichtigkeiten, wie jeder bei sich selber, aber nicht dem anderen gegenüber, zugab. Sie suchten beide nach einem Weg zur Versöhnung, ohne allerdings dabei zu viel von sich selber aufzugeben.
„Wollen wir hier übernachten?" fragte er. Sie nickte nur, sagte aber kein Wort der Zustimmung, um sich eventuell den Rücken für eine Verteidigung – „ich wollte ja nicht!" – frei zu halten.
Sie fanden ein Zimmer in einem Gasthof, das hell und freundlich war und doch die Kälte, die sich zwischen ihnen ausgebreitet hatte, nicht vertreiben konnte.
Er öffnete das Fenster weit, das auf den Marktplatz hinausging, gewärtig ihres Protests, dass es viel zu laut wäre. Doch sie sagte nichts, hatte sich nur auf das Bett fallen lassen und ihre Schuhe ausgezogen. Auf dem Nachttisch stand eine kleine Flasche Sekt, zur Begrüßung. Er sah sie an. Hatte sie Lust darauf?
Sie schüttelte den Kopf und streckte sich, drehte sich auf den Bauch und vergrub ihr Gesicht in den frisch duftenden Kissen. Von irgendwo kam Karussellmusik. Vielleicht war da ein Volksfest auf einem Anger?
Sie sahen sich an. Er hatte sich auf seine Bettkante gesetzt und sah ihr Gesicht von oben, verkehrt, die Augen waren unten, der Mund oben. Seltsam sah sie aus, anders. Die so vertrauten Züge waren plötzlich fremd. Sie sah ihn genau so. Seine Haare waren zum Bart geworden. Es war wie ein Spiel aus Kindertagen und sie lächelten sich an. Lächelten zum ersten Mal an diesem Tag. Die Mauer, die der Streit zwischen ihnen aufgerichtet hatte, fing zu bröckeln an.
„Wollen wir hingehen?" fragte er, vorsichtig, als würde er – natürlich – mit Abwehr rechnen. Doch sie nickte, streckte sich noch einmal, griff nach seinen Beinen, die sie nicht mehr erreichen konnte, weil er schon aufgestanden war.
„Gut. Gehen wir aufs Volksfest."
Es war nicht weit und die Musik, der Duft nach gebrannten Mandeln und Bratwürsten, wies ihnen den Weg. Mitten auf dem Platz gab es

eine Tombola, einen Glückshafen. Aber es wurden keine Lose verkauft. Es wurden alte Schuhe in die Menge geworfen. Und wer einen Schuh erwischte, auffing, auf dessen Sohle eine Nummer stand, hatte einen Gewinn zu erwarten.

Der Mann auf dem Podium warf. Sie reckte sich und hatte einen Pantoffel erfasst.

Rosa und silbern bestickt war er, aber schon alt und ausgefranst, abgelatscht und mit einem schiefen Absatz. Auf der Sohle stand eine Nummer: 1606. Er sah sie an. „Pantoffel" sagte er, „noch einer, unter den Du mich stellen kannst!" Der 16.06. war sein Geburtstag. Sie klopfte ihm mit dem alten Schuh auf die Finger, lächelte dabei. Er hatte Protest erwartet und war zugleich zufrieden und enttäuscht. Kampf hatten sie den ganzen Tag gehabt. Dieser Friede schien ihm nun irgendwie unnatürlich.

Die Losnummern wurden aufgerufen. „Du musst auf diese Seite gehen" sagte er. Die Losnummern über 1500 sind hier, in der kulinarischen Abteilung. Sie sah ihn an. Es war besser so. Gebrauchsgegenstände hatten sie genug. Etwas zu essen oder zu trinken, das nahm nur für kurze Zeit Platz weg.

Eine Aufschnittplatte wurde hergerichtet. Ein Preis für eine Losnummer. Auf all die Wurst-, Schinken- und Käsescheiben legte man einen jungen Langhaardackel. Sie schüttelten sich, alle beide. Nichts gegen Wurst und Schinken und auch nichts gegen Dackel, aber beides zusammen auf einer Platte? Ein seltsamer Gewinn.

„Da schau", sagte er, „dieser altersgraue, geschnitzte Torpfosten. Gefällt er Dir?" Der hölzerne Pfosten lag unter der Theke, auf der die essbaren Gewinne ausgegeben wurden. Er war schön. Sie sahen es beide. Und sie überlegten beide, wo sie ihn unterbringen konnten, falls sie ihn gewonnen hatten. Sie fanden keinen Platz in ihrem Leben dafür. Der Streit war um ihre alte Mutter gegangen, die er in einem Heim unterbringen, sie bei sich zu Hause pflegen wollte. Wie lebendig diese Schnitzereien auf dem Pfosten waren! Sie konnten viele Geschichten erzählen, von Dingen, die unwiederbringlich vergangen waren. – Der Pfosten war nicht ihr Gewinn.

Es war eine Vase. Terrakotta, gebrannte Erde. Eine Vase? Wie viele hatten sie schon zu Hause? Er nahm sie in die Hand. Das Material war weich, als wäre es noch ungebrannt. Die Form veränderte sich.

Aus der Vase wurde ein Vogel, der die Flügel zum Abflug ausgebreitet hatte, ein Schwan, der seinen langen Hals reckte und bereit schien, wegzufliegen. Sie erschrak. Wollte er von ihr weg? War ihm ihr Heim nicht mehr Raum genug?
Furchtsam zog sie die Hand zurück. Aus der Vase wurde eine Blume, eine Rose, die halb verwelkt, ihr Köpfchen hängen ließ. Ein Kind hatte ganz verzückt diese Verwandlungen angesehen? „Kann ich sie haben?" fragte es. Sie nickte.
Veränderungen. Nicht mehr, keine mehr. Es waren schon zu viele gewesen... Aber vielleicht. –
Er hakte sich bei ihr unter, zog sie vom Jahrmarkt weg. Zurück ins Quartier. Ein wenig schlafen. Alles überschlafen. Morgen frisch und gestärkt weiterfahren. Neu anfangen. Neu zu reden anfangen.
Der Weg führte an einem Flussufer entlang. Diesen waren sie gekommen. Nun stand eine unübersehbare Menschenmenge dort, verwehrte jeden Zugang. Es musste etwas passiert sein. Ein Unfall? War jemand ertrunken?
Der Fluss war nicht mehr da. Die Ufer waren heruntergebrochen, der Weg schmal, unpassierbar, geworden. Eine braune, schlammige Masse war dort, wo noch vor einer Stunde ruhig fließendes Wasser gewesen war. Unübersehbarer Schlamm. In der Mitte ein Felsen, der vorher nicht da gewesen war und um diesen Felsen stieg donnernd eine Fontäne auf. Schlammiges, schäumendes Wasser brach sich an den Steinmassen, stieg zischend in die Höhe und fiel zurück in ein Loch von unermesslicher Tiefe. Mit schreckgeweiteten Augen standen die Leute und sahen diesem Naturschauspiel zu. Der Fluss, der ruhige, gleichmäßige, alltägliche Fluss war verschwunden. Und zischendes Grauen hatte sich an seine Stelle gesetzt. Denn in den braunen Schlammmassen wälzten sich Schlangen. Riesenhafte, urtierhafte Schlangen. Man sah ihre Augen nicht, die vom Schlamm verklebt waren, man sah ihre aufgerissenen, mit dolchartigen Zähnen bewehrten Mäuler, ihre erschreckende Länge, ihre trägen Bewegungen, die dennoch bedrohlich wirkten und die Menge stand starr, als würde sie jeden Augenblick den Angriff der unerklärlichen Reptilien erwarten, die noch keines Menschen Auge gesehen hatte, die aus anderen Urwelten zu kommen schienen.
Sie klammerte sich an seinen Arm. „Wir müssen zurück!"

„Aber wir kommen hier nicht vorbei!"
„Doch", sagte sie, „doch, es gibt immer einen Weg! Wir müssen ihn finden!"
Sie drängte ihn zurück zum Festplatz.
Dort schien niemand bemerkt zu haben, was wenige Schritte weiter geschehen war. Die Musik dudelte. Die Bratwürste rochen, die Zuckerwatte quoll zu einer flockigen Masse auf.
„Wir gehen über den Damm" sagte er. Denn beim Hergehen hatte er einen schmalen Damm bemerkt, der an einem ruhigen Kanal vorbeiführte.
Sie schlugen die Richtung ein.
Ein Junge kam ihnen entgegen. Ein Junge, der ein Gesicht wie ein alter Mann hatte.
„Der Damm ist gefährlich" sagte er. „Dort ist es glitschig und man gleitet leicht aus und fällt. Gehen Sie ihn nicht!"
„Wo sollen wir sonst gehen?" fragte er und hielt ihre Hand. Warm war sie und so vertraut, voller Vertrauen lag sie in der seinen.
Der Junge sagte: „Dort, den Mittelweg" und er deutete mit dem Kopf nach einer Furt, die sie bis jetzt nicht gesehen hatten. Schmal war sie. Bäume standen auf beiden Seiten, an denen das Herbstlaub in der Sonne golden schimmerte. Sie hatte nichts von Furcht, Angst und Zweifel an sich, obwohl man ihr Ende nicht sehen konnte.
Sie nickten sich zu.
Sie schlug die Augen auf und sah sein Gesicht über sich. Gute Augen hatte er. Braun mit goldenen Pünktchen darin. Dass ihr das nicht früher aufgefallen war?
„Wollen wir zurückfahren?" fragte er und schraubte den Verschluss der kleinen Sektflasche auf. „Wir lösen die Probleme nicht, wenn wir weglaufen."
Der Sekt sprudelte in den Zahnputzgläsern, schäumte ein wenig über, war aber hell und klar.
So klar, wie ihre Entscheidung, die sie getroffen hatten.

Das Atmen der Stille

Klara war Lehrerin und hatte gerade ihr Studium beendet. Nun sollte sie ihre erste Stelle antreten und der kleine Ort, den man ihr als Wirkungsstätte zugewiesen hatte, lag so weit von ihrer Heimatstadt entfernt, dass sie bisher nicht einmal seinen Namen gehört hatte. Sie, in einer südlichen Großstadt aufgewachsen, sollte sich nun auf dem Land, im Norden, bei Menschen, die eine ganz andere Mentalität hatten, zurechtfinden und etablieren. Noch konnte sie diesen Auftrag eventuell ablehnen, aber damit gefährdete sie vielleicht ihre weiteren Zukunftschancen und es widerstrebte ihr auch, schon bei der ersten Herausforderung zu kapitulieren. Aber ansehen wollte sie sich den Ort Thingermoor doch, bevor sie sich endgültig entschied und vielleicht konnte sie bei dieser Gelegenheit auch gleich nach einer Unterkunft für ihre Zeit dort Ausschau halten.

Es war eine stille Landschaft mit weiten Feldern und Wiesen, kilometerweit kein Haus und keine Ansiedlung, nur hie und da eine tief geduckte, schindelgedeckte Kate, um die ein paar Schafe weideten. Der Ort selbst, den Klara am späten Nachmittag erreichte, nannte sich zwar Kreisstadt, hatte aber kaum etwas Städtisches an sich, jedenfalls nicht so, wie es sich Klara vorgestellt hatte und wie sie es gewohnt war. Auch hier waren die Häuser eng zusammengerückt, oftmals Wand an Wand gebaut. Sie hatten dicke Mauern und rote Dächer, kleine Fenster und die Straßen waren mit holprigem Katzenkopfpflaster belegt. Es herrschte eine sonntägliche Stille, als wären alle Bewohner wo anders hin gefahren oder gegangen. Nur da und dort spielten ein paar Kinder an einem Brunnen, bespritzten sich gegenseitig mit Wasser, kreischten aber nicht, wie es alle Kinder bei so einer Balgerei tun würden, schienen wie stumm. Und als sie die fremde Frau näherkommen sahen, liefen sie davon. Ein alter Mann, die knorrigen Hände auf einen Stock gestützt, saß auf einer Bank in seinem Vorgarten. Klara sprach ihn an, aber er schien sie nicht zu hören oder wollte sie nicht verstehen. Sein Kopf wackelte unentwegt hin und her, als würde er mit sich selber in einem Disput verstrickt sein und alle Argumente ablehnen.

Nachdem es Sonntag war, konnte Klara auch im Rathaus niemanden fragen und beschloss, sich zunächst ein Quartier für die Nacht zu besorgen. Der behäbige Gasthof sah recht einladend aus, wenngleich es auch hier ungewöhnlich ruhig war. Keine Gäste im Garten und als Klara in die niedrige Gaststube trat, saßen hier nur ein paar Männer stumm vor ihren Bierkrügen, die bei ihrem Eintritt kaum die Köpfe hoben. Hinter der Schänke lehnte eine junge Frau, den Kopf in die Hand gelegt, den Ellenbogen auf den Schanktisch gestützt und blätterte mit der anderen Hand in einer Illustrierten, indem sie immer wieder den Zeigefinger ableckte, um die Seiten umzuwenden.

„Haben Sie ein Zimmer frei?" fragte Klara.

Die junge Frau sah auf, musterte sie kurz, griff dann hinter sich an ein Schlüsselbrett und legte ihr einen Schlüssel mit einem metallenen Anhänger auf die Theke. „Für heute oder für länger?"

„Ich weiß noch nicht. Zunächst einmal für heute. Ich bin die neue Lehrerin und möchte mich nach einem Quartier umsehen. Wissen Sie, wer hier etwas vermietet, wo ich eine kleine Wohnung bekommen kann?"

Die Wirtin oder wer immer das war, zuckte nur die Schultern und las weiter in ihrer Illustrierten. Die Männer am Tisch in der Ecke steckten die Köpfe zusammen und murmelten sich etwas zu. „Nehmen Sie doch das Schlösschen!" rief einer und Klara schien es, als würde bei dieser Rede ein hämisches Grinsen auf allen Gesichtern erscheinen. Auch die junge Frau sah kurz auf und schüttelte abwehrend den Kopf in Richtung der Männerrunde. Dann sagte sie zu Klara: „Hören Sie nicht auf den."

Doch nun war Klaras Neugier geweckt. Ansehen konnte sie sich das „Schlösschen" doch einmal, auch wenn es sich um einen üblen Scherz handeln sollte, dass man es ihr empfahl.

„Wo finde ich es denn?" fragte sie und nahm den Schlüssel an sich. Die Wirtin musterte sie ganz kurz und deutete dann vage mit dem Daumen in eine Richtung. „Da. Eine halbe Stunde zu laufen. Es steht abseits. Jetzt kann man es noch gut sehen, wo die Bäume kaum Blätter haben."

Klara trug ihren Koffer hinauf ins Zimmer. Es war sauber und freundlich, jedenfalls einladender als die ganze Gesellschaft unten in der Gaststube. Ein Schlösschen, in dem sie vielleicht alleine wohnen konnte. Sie würde sich einen Hund anschaffen, zur Gesellschaft und zum Schutz. Ansehen konnte sie es sich immerhin.

Sie zog derbere Schuhe an, denn selbst wenn das holprige Pflaster außerhalb der Stadt aufhörte, so waren die Wege sicher sandig und von Fahrrillen durchzogen.

So war es auch. Als sie den Ortsrand erreicht hatte schlängelte sich ein schmaler Weg durch Äcker und Wiesen und in der Ferne, von hohen Bäumen umstanden, konnte sie schon so etwas wie ein Haus vermuten. Auf ihrem Weg begegnete ihr ein Mann, der auf ihren Gruß sogar freundlich nickte. Das machte ihr Mut, ihn nach dem Schlösschen zu fragen. Auch er deutete mit dem Daumen hinter sich, in die Richtung, aus der er gekommen war. „Was wollen Sie dort?"

„Es mir ansehen und eventuell mieten."

„Soviel ich weiß, ist es nicht zu vermieten. Jedenfalls hat dort schon lange niemand mehr gewohnt. Es ist auch ziemlich heruntergekommen."

„Dann wird es vielleicht billig zu haben sein und herrichten kann ich mir die Räume, in denen ich wohnen werde, selber ganz gut, darin habe ich Übung."

Er sah sie skeptisch an, hatte deutlich eine Bemerkung auf den Lippen, sagte dann aber nur: „Ich wäre vorsichtig."

„Es wird doch nicht etwa spuken dort?" versuchte Klara einen kleinen Scherz. Sie fand den Mann sympathisch und hätte sich gerne noch ein wenig länger mit ihm unterhalten, vor allen Dingen über das merkwürdige Verhalten der Menschen hier und über alles, womit sie zu rechnen haben würde. Aber auch er war sofort wie zugeknöpft, nickte ihr noch kurz zu und ging seines Weges.

Nur ein paar verwitterte, altersgraue Latten, umwuchert von Gestrüpp, bildeten so eine Art Gartenzaun um das Schlösschen. Tor war keines mehr da, obwohl auf hohen Pfosten noch ein paar verrostete Angeln saßen. Niemand verwehrte Klara den Zutritt, höchstens die Ranken, die über den Weg wucherten und die lianenartigen Pflanzenstränge, die da und dort von den Baumästen hingen und ihr Haar streiften.

Das Haus selber gefiel Klara sofort. Es hatte nichts Schlossartiges an sich, es sei denn das Erkertürmchen, das sich mit seiner runden Dachhaube über das Hausdach erhob. Die oberen Fenster in diesem Türmchen waren mit roten Ziegeln zugemauert. Warum man das getan hatte? Die untere Fensterreihe hatte Jalousien, die teilweise schief hin-

gen und halb geschlossen waren, was aussah, als würde der Turm mit schläfrigen Augen die Betrachterin anblinzeln.
Auch eine Haustür gab es nicht, das heißt, sie hing so schief und halb offen in den Angeln und fiel mit einem lauten Krachen auf die Steinfliesen, als Klara sie weiter öffnen wollte. Es war eine kleine Halle, die sie betrat, Staub und Unrat bedeckten den Boden, trockenes Laub wehte ein Windstoß auf, der hinter ihr in das Haus gefahren kam. Es standen sogar noch ein paar Möbelstücke herum. Ein Schaukelstuhl, von grauen Spinnwebfäden bedeckt, der mit einem Mal leise knarrend zu schaukeln begann. Auf, ab, auf, ab. Klara starrte darauf und glaubte an eine Sinnestäuschung. Konnte der Wind, der jetzt heftiger geworden war, den Stuhl bewegen? Ein Fensterladen schlug immer wieder an die Mauer, das musste oben, im ersten Stock sein.
Vorsichtig schlich Klara durch die Halle, sich immer wieder nach dem Schaukelstuhl umsehend, der seinen leisen Rhythmus beibehielt. Es war sicher der Wind...
Die Treppe war aus honigfarbenem Holz mit einem sehr schönen, geschnitzten Geländer. Das sah Klara, als sie die dicke Staubschicht an einer Stelle abgewischt hatte. Ihre Hand hinterließ eine Spur auf dem geschwungenen Holm. Auf dem Treppenabsatz verhielt Klara ihren Schritt. Da pfiff etwas! Sicher gab es Ratten, beruhigte sie sich selber. Doch die Lust, die oberen Zimmer zu besichtigen war ihr vergangen. Was sie sehen wollte, hatte sie gesehen. Das Schlösschen war zwar heruntergekommen, aber mit Geschick und Geduld ließ es sich renovieren und dann würde es ein Schmuckstück sein!
Sie würde mit der Küche, die es sicher unten gab, und einem Zimmer anfangen und so nach und nach die restlichen Räume entrümpeln. Vor allen Dinger aber die zugemauerten Turmfenster wieder öffnen, denn eine Turmstube als Arbeitszimmer hatte sie sich immer gewünscht.
Es war ihr beinahe beschwingt zumute, als sie die Treppe wieder herunterging. Doch plötzlich verhielt sie den Schritt. Da war ein Atmen, schwer und tief die Luft einziehend, wie ein alter Mensch oder jemand, der schnell gelaufen war. War sie nicht alleine hier? Vorsichtig beugte sie sich über das Geländer und sah hinunter in die Halle. Von unten kam es nicht, die Halle war genau so verlassen, wie vorher, nur der Wind spielte mit den dürren Blättern und schob sie raschelnd über den Steinboden. Auch der Schaukelstuhl stand jetzt still.

Also war jemand oben, hinter ihr. Klara spürte ihr Herzklopfen in der Halsschlagader. Wenn jemand da war, dann war er schon vor ihr hier gewesen. Im Staub der Halle waren aber nur ihre Fußabdrücke zu sehen und im Staub des Geländers nur die Spuren ihrer Hand.
Da war wieder dieses Atmen, jetzt begleitet von einem leisen Pfeifen. Es musste ein kranker Mensch sein, der hier vielleicht Obdach und Unterschlupf gefunden hatte und sich nun nicht mehr helfen konnte.
Entschlossen stieg Klara die Stufen wieder hinauf, nun bewusst und gewollt heftig auftretend, zum einen, um dem da oben anzuzeigen, dass jemand kam, zum anderen, um sich selber Mut zu machen.
Vorsichtig öffnete sie eine Zimmertür nach der anderen. Staub, Spinnweben, zerbrochene Möbel, blinde Spiegel, Gerümpel. Kein Mensch. Auch kein Tier. Es hätte sich doch ein Hund zum Sterben hier hereinschleichen können...
Nun blieb nur noch die schmale Wendeltreppe hinauf in das Turmzimmer, in das Zimmer, dessen Fenster zugemauert waren.
Die Tür war verschlossen, eine schwere eichene Tür mit einem großen, schmiedeeisernen Türknauf und einem dicken Riegel, der von außen in die Wand eingriff. Klara zog und zerrte daran, ohne dass sich dieser auch nur einen Ruck von der Stelle bewegte.
Doch dahinter war das Atmen, unregelmäßig, bisweilen leise stöhnend und sehr mühsam.
Klara klopfte sich ihre Fingerknöchel an der Tür wund: „Hallo! Ist da jemand? Brauchen Sie Hilfe? Sind Sie krank?"
Nur ein Atmen, das immer lauter, immer dröhnender wurde, das die Wände vibrieren ließ und den Boden schwanken.
Klara stolperte die Treppe hinab, rannte durch die Halle. Der Schaukelstuhl stand ganz ruhig, nichts bewegte sich. Nur das Atmen war immer lauter, beinahe dröhnend, geworden, das ganze Schlösschen schien nun zu atmen, krank, schwer nach Luft ringend, und dabei zu vibrieren.
Klara hastete den Weg entlang, ihr Haar hatte sich aufgelöst und wehte wie eine helle Fahne hinter ihr her. Keine Liane griff nach ihr, kein Gestrüpp, keine Ranke wickelte sich um ihre Füße, als wolle sie sie zu Fall bringen.
Als sie das freie Feld erreichte, blieb sie stehen, um nunmehr selber tief Atem zu holen und ihr Herzklopfen zu beruhigen. Der junge

Mann, dem sie auf ihrem Hinweg begegnet war, stand plötzlich neben ihr.
„Nun, werden Sie es kaufen?"
Klara schüttelte den Kopf und versuchte ihr aufgelöstes Haar zu bändigen.
„Das ist auch besser so. Wir haben dort die Stille eingesperrt und vermauert, damit sie bei uns bleibt."
Klara sah ihn an, als würde er in einer fremden Sprache mit ihr reden. Sie verstand nicht, was seine Worte meinten.
Die Stille war doch in diesem Ort! Es war dort ruhiger als anderswo. Die Leute sprachen kaum, sogar die Kinder machten keinen Lärm, wenn sie spielten. Dann fiel ihr auf, dass sie außer ihrem eigenen kein Auto auf der Straße gesehen hatte. Und das Plätschern des Brunnens, war es ihr nicht wie durch Watte gedämpft vorgekommen?
Sie lief zurück zum Gasthof, holte ihren noch unausgepackten Koffer und legte einen Geldschein unter den Schlüssel, den sie auf den Nachttisch warf.
Als sie ihr Auto anließ, kam es ihr so vor, als würde der Motor keinen Laut von sich geben und doch rollte der Wagen, nahm die Gänge an, fuhr. Fuhr über das weite, stille Land, in dem die Stille gefangen war...

Anruf aus dem Schattenreich

Das Läuten des Telefons schreckte Judith aus tiefstem Schlaf. Wie lange hatte es schon geklingelt, bevor sie halbwegs wach geworden war? Und wer konnte um diese Zeit überhaupt etwas von ihr wollen? Sicher hatte sich jemand verwählt.
Zuerst hatte sich Judith das Kopfkissen über die Ohren gedrückt, aber das Läuten wollte nicht verstummen, so hob sie schließlich ab und meldete sich, noch halb im Traum gefangen, nur mit „Hallo?"
Doch auch der Anrufer nannte keinen Namen, fragte nicht, ob er richtig verbunden wäre. Judith hörte nur eine gehetzt klingende Frauenstimme: „Bitte, beten Sie für mich. Um Gottes und der Barmherzigkeit Willen, beten Sie für mich!"
Schlaftrunken reagierte Judith: „Was ist los? Brauchen Sie einen Arzt? Wer sind Sie und wie kann ich Sie finden?"
Die Antwort kam kaum noch verständlich: „Ich war Veronika Günter. Ein Arzt kann mir nicht mehr helfen. Nur Sie, wenn Sie für mich beten!" Dann wurde die Verbindung abgebrochen.
Judith war nun hellwach und hatte heftiges Herzklopfen. Was sollte sie tun? Das Telefonbuch aufschlagen und nach einer Veronika Günter suchen? Lebte diese Frau überhaupt in der gleichen Stadt? Sollte Judith die Polizei verständigen? Oder die Telefonseelsorge? Wie konnten diese Stellen die Anruferin ausfindig machen? Und warum hatte die Anruferin gesagt: Ich w a r Veronika Günter? –
Schließlich entschloss sich Judith für ein Telefonat mit dem nächsten Polizeirevier und erhielt von dort den Bescheid, dass man eigentlich gar nichts machen könne, als abwarten, bis sich die Anruferin wieder melden würde. In diesem Fall solle Judith versuchen, das Gespräch möglichst in die Länge zu ziehen, um von der Frau Näheres zu erfahren, zumindest die Adresse. – Wenn es nicht schon für ein Eingreifen und die eventuelle Verhinderung eines Selbstmordes zu spät war. –
In dieser Nacht fand Judith keinen Schlaf mehr und auch in den nächsten Tagen zuckte sie bei jedem Läuten des Telefons zusammen. Würde sich die offensichtlich verzweifelte Frau noch einmal bei ihr melden? Hatte sie wo anders Trost und Hilfe gefunden?
Von Veronika Günter kam kein Anruf mehr.
In den Zeitungen, die Judith Tag für Tag durchblätterte, fand sich kein

Hinweis auf eine Selbstmörderin, auf eine Unbekannte, die in den Freitod gegangen war.
So vergaß Judith diesen nächtlichen Hilferuf bald wieder.
Wochen später fuhr sie in Urlaub nach Österreich. Ein kleines Dorf hatte sie sich als Ziel ausgesucht, heimelig an einige sanfte Hügel gelehnt, von einem ruhigen Flussarm halb umschlungen. Nachdem sie sich häuslich in ihrer Pension eingerichtet hatte, machte sie einen Rundgang durch den Ort und kam dabei auch auf den Friedhof, ging durch die Gräberreihen, las hier und dort einen Namen – und stockte plötzlich.
Auf einem verwitterten, halb von Efeu überwucherten Grabstein las sie
Veronika Günter, † 1793.

Eine ganze Weile starrte Judith fassungslos auf diese Schrift, auf diesen eingesunkenen Hügel. Ihr Herz klopfte wie rasend und ihre Hände wurden kalt und feucht. Ein Schluchzen stieg in ihre Kehle, als hätte sie eine gute Freundin zu beweinen.
Dann merkte sie, dass jemand neben sie getreten war und sie hob der Gestalt an ihrer Seite das Gesicht entgegen. Ein dunkler Anzug mit einem kleinen goldenen Kreuz am Revers wies den Mann als den Pfarrer, den Herrn dieser Kirche aus.
Judith deutete auf den Grabstein. „Wer liegt hier? Wissen Sie etwas über diese Frau?"
Der Geistliche musterte Judith abschätzend. „Wieso interessieren Sie sich gerade für dieses Grab?"
Doch als Judith nur mit den Schultern zuckte, antwortete er: „Sie war eine Selbstmörderin. Man nimmt es an. Der Fluss hatte sie eines Tages ans Ufer getragen. An sich hätte sie damals nicht in geweihter Erde begraben werden dürfen, sondern hätte einen Platz vor der Kirchhofsmauer bekommen, wo man diese armen Seelen ohne Beistand und Gebete wie räudige Hunde verscharrte. Aber ein Unbekannter bat in einem Brief den damaligen Pfarrer darum und stiftete auch eine größere Summe für die Renovierung der Kirche und für diesen Grabstein. So ist es in den Kirchenbüchern verzeichnet. Wer sie wirklich gewesen ist, ob dies ihr richtiger Name ist und wer der Stifter war, das ist unbekannt geblieben. Sie kam nicht aus dieser Gegend, niemand

hatte sie gekannt, niemand etwas von ihr gewusst. Aber noch heute erzählen sich die Leute, die Selbstmörderin könne keine Ruhe finden und wandle hin und wieder über die Gräber. Ja, sie soll sogar darum gebettelt haben, dass für sie gebetet wird. In besonderen Nächten, wenn der Wind sehr unruhig um die Hausecken fegt, wenn er durch das trockene Schilf in der Biegung des Flusses rauscht, will man ihr Rufen gehört haben. Sagt Ihnen vielleicht ihr Name etwas?"

„Ja", nickte Judith, „ja. Ich habe sie gehört. Sie hat mich angerufen."
Damit wandte sie sich der Dorfkirche zu, um für Veronika Günter zu beten.

Der Pfarrer sah ihr kopfschüttelnd nach und schlug dann das Kreuzzeichen über dem verwilderten Grab.

Der Bote

Einen Tag vor ihrem achtzehnten Geburtstag sah sie ihn zum ersten Mal. Sie war die Treppe hinunter gesprungen, immer zwei Stufen gleichzeitig, und als sie die Haustür aufriss, stellte er gerade sein Postrad ab, öffnete die Klappe der großen Tasche, die auf dem vorderen Gepäckträger stand, holte ein Bündel Briefe heraus – und sah sie lächelnd an. Sein blondes Haar hing ihm in wirren Locken und ein wenig zu lang bis in den Nacken. Die Farbe seiner Augen konnte sie nicht definieren, aber sie sah sein Lächeln und blieb fasziniert stehen. Es war einfach hinreißend, bezaubernd, so hatte sie noch niemanden lächeln gesehen! Dass er ihr ein Päckchen entgegen hielt, eine kleine Schachtel, in blumenbuntes Papier eingeschlagen, übersah sie beinahe.
Sie war auf dem Weg zur Fahrprüfung, der letzten, mit der sie ihren Führerschein erwerben wollte. Vielleicht war das Päckchen ein verfrühtes Geschenk zu diesem Ereignis? Sie wollte es entgegennehmen, immer noch mit dem Boten in Blickkontakt und ohne recht zu sehen, wohin sie griff – da wachte sie auf. Sie hatte geträumt. Die Prüfung, natürlich, war kein Traum. Sie fühlte ihr Herz klopfen, ängstlich wie ein gefangener Vogel im Käfig. Aber sie war voller Zuversicht: Sie würde die Prüfung bestehen und ihr Geburtstagsgeschenk würde dann die erste eigenständige Fahrt in Papas Auto sein! Das blumenbunte Päckchen? Vielleicht schickte es ihr jemand, vielleicht bekam sie es noch und es war eine Vorahnung gewesen.
Es gibt Träume, die man sein Leben lang nicht vergisst, die einem immer wieder in Erinnerung kommen. Hin und wieder dachte Martina an das Lächeln des Boten und gelegentlich sah sie einem Postler nach, ob der es nicht hätte sein können. Sie traf *ihn* nie leibhaftig.
Zehn Jahre waren vergangen. An ihren Traum musste sie immer wieder einmal denken. Jetzt war sie achtundzwanzig und es war der Vorabend ihrer Hochzeit. Morgen würde sie Geralds Frau werden. Schon lange war sie bei ihren Eltern ausgezogen, hatte eine eigene Wohnung, ihren Beruf und bald auch einen Ehemann. Da läutete es an ihrer Haustür. So früh am Morgen? Sie warf sich ihr Negligee über, öffnete – und sah *ihn*. Er hatte das gleiche Lächeln wie seinerzeit. Sein blondes Haar war jetzt kürzer geschnitten. Er versteckte es unter einer

Schildkappe. Und er hielt ihr das gleiche Päckchen entgegen: Eine kleine Schachtel, in blumenbuntes Papier eingeschlagen. Ein Geschenk zu ihrer Hochzeit? Als sie danach griff – wachte sie auf. Es war nur ein Traum gewesen, wie damals. –
Zehn Jahre sind eine lange Zeit und normalerweise kann sich kein Traum so lange ins Gedächtnis einprägen. Marina aber konnte den blonden Boten nicht vergessen. Nicht die blumenbunte Schachtel, die er ihr gereicht hatte und die sie niemals hatte in Empfang nehmen können.
Als sie achtunddreißig war und ihr drittes Kind, endlich den ersehnten Sohn, geboren hatte, den sie gerade gestillt, beruhigt und in den Schlaf gewiegt hatte, läutete es an ihrer Haustür. Sie trat, das Kind im Arm, hinaus. Da stand *er*. Ihr blonder Bote mit seinem gelben Postrad, das er auf den Ständer gehievt hatte. Die Klappe der großen Tasche war geöffnet, ein Bündel Briefe hielt er in der einen Hand und in der anderen das bekannte Päckchen im blumenbunten Papier. Er reichte es ihr und lächelte, so wie er schon vor zwanzig Jahren gelächelt hatte.
Sie war ein paar Mal umgezogen, wohnte nicht mehr in seinem Revier und es war beinahe ausgeschlossen, dass er ihr gefolgt war, dass er immer noch für ihren Bezirk zuständig war, und trotzdem: sie hatte es auf den ersten Blick gesehen: *Er* war es! Nicht mehr so jung, wie damals, als sie ihm zum ersten Mal begegnet war, natürlich nicht! Doch sein Lächeln: Unverkennbar! Die blonden Locken waren ein wenig schütterer geworden, erste Falten zogen sich um seine Augen, deren Farbe sie immer noch nicht deutlich erkennen konnte, beeinträchtigten aber das Lächeln in seinen Mundwinkeln kaum. Sein faszinierendes Lächeln, das sie all die Jahre nicht hatte vergessen können, das ihr immer wieder in ihren Träumen erschienen war. –
Als sie nach dem Päckchen griff, um endlich seinen Inhalt zu erfahren, wachte sie mit einem Seufzer auf. Das Kind lag auf ihrer Brust. Ein kleines Rinnsal von Milch lief aus seinem Mäulchen. Es schlief und lächelte im Schlaf. Behutsam trug sie ihren Sohn in sein Bettchen.
Ein geheimnisvoller Rhythmus schien sich zu wiederholen. Ein Traum, der in so langen Abständen wiederkehrt und der zwischen den Jahren nicht vergessen wurde, widerfuhr ihr, als sie achtundvierzig

wurde, einen Tag vor diesem Geburtstag. Ihre älteste Tochter wollte ausziehen, die elterliche Wohnung verlassen, ein wenig im Zorn, in Auflehnung. Martina war unglücklich, es war ein Einschnitt in ihrem Leben und sie sagte sich, dass es zwar natürlich war, wenn die Kinder das Nest verließen, aber so abrupt und schmerzlich hatte sie es sich nicht vorgestellt.

Sie schlief unruhig, da läutete es an der Haustür. Es war noch früh am Morgen, Gerald, ihr Mann lag neben ihr und schnarchte leise. Ihn schien der Auszug seiner Ältesten nicht im Geringsten zu beunruhigen. Martina schlüpfte in ihre Pantoffel, das Läuten an der Tür hatte sich wiederholt.

Als sie hinaus trat, stand *er* da. Ihr Bote. Er lächelte, lächelte, wie er schon vor dreißig Jahren gelächelt hatte, Faszinierend, bezaubernd, unvergesslich. Wieder wunderte sie sich, wieso er gerade zu ihr kam, wo sie doch mindestens zum viertel Mal umgezogen, die Wohnung, ja sogar die Stadt gewechselt hatte! Es war doch unmöglich, dass er ihr gefolgt sein konnte! Aber er war es. Das blondgelockte Haar, nunmehr noch schütterer als beim letzten Mal, aber immer noch unverkennbar blond, obwohl sich inzwischen ein paar hellere Strähnen hinein mischten. Und wieder hielt er ihr das Päckchen entgegen. War das blumenbunte Papier nicht auch blasser geworden? Endlich wollte sie erfahren, was es enthielt!

Da verschwamm das Bild vor ihren Augen und sie wachte auf. Wieder nur ein Traum...

Zwanzig Jahre sollte sie nunmehr von ihm verschont bleiben. Jahre, in denen sie viel Freude mit den ersten Enkelkindern, viel Leid mit dem Leichtsinn des geliebten Sohnes und mit dem Tod des Ehemannes erfahren musste.

Martina arbeitete im Garten, jätete das Unkraut zwischen den Blumenbeeten, beschnitt die Rosen und hielt einen ganzen Strauß ihrer geliebten Teerosen im Arm, als es an der Gartentür läutete. Gerade hatte sie noch überlegt, dass sie das Haus verkaufen, sich in eine Seniorenresidenz einkaufen könnte. Die Kinder hatten kein Interesse am Grundstück, vor allem nicht an der Arbeit, die damit verbunden war und sie fühlte sich inzwischen zu alt, um den Rücken krumm zu machen. Ruhe wollte sie, die letzten Jahre genießen, vielleicht noch ein wenig reisen, etwas von der Welt sehen. –

Sie ging zur Gartenpforte, um nachzusehen, wer da draußen geklingelt hatte. Und da stand *er*. Der Bote ihrer Jugend, ihrer guten und ihrer reifen Jahre, der blonde Überbringer, der ihr nie seine Gabe wirklich übergeben hatte. Falten hatte er um die Augen, sein Gesicht sah aus wie zerknittertes Pergamentpapier. Seine blonden Haare waren kaum noch vorhanden, nur ein weißer Hauch wie Raureif umgab seinen Kopf, aber er lächelte. Lächelte sie an mit seinem Lächeln, das sie nie hatte vergessen können, all die Jahre ihres Lebens nicht.

Wieder hielt er ihr ein blumenbuntes Päckchen entgegen, als sie ihm das weißlattige Gartenpförtchen geöffnet hatte. Sie nahm es entgegen, konnte es endlich real in Händen halten, begierig, zu guter Letzt seinen Inhalt zu erfahren.

Als sie den Deckel hob – das Päckchen nannte keinen Absender und keinen Empfänger und war mit keinerlei Klebeband oder Schnur verschlossen gewesen – lag darin ein kleiner tropfenförmiger Anhänger aus Bergkristall, zusammen mit einem silbernen Kettchen. In dem glasklaren Gebilde befand sich ein rotes Herzchen. Als Martina es in die Hand nahm, vorher hatte sie dem Boten ins Gesicht gesehen und dabei festgestellt, dass er wasserhelle, bergkristallklare Augen hatte. Endlich sah sie die Farbe seiner Augen! Als sie also den Bergkristallanhänger in die Hand nahm, stellte sie fest, dass das Herzchen in seiner Mitte zu schlagen angefangen hatte. Es klopfe, wie ihr eigenes Herz, poch poch, poch poch. Ein wenig aufgeregt, ein wenig ungeduldig.

Wie sie es so hielt, fühlte sie, dass ihr eigenes Herz zu schlagen aufgehört hatte. Das kleine Herzchen im Bergkristall hatte seine Aufgabe übernommen. Poch poch, poch poch. Leise, ganz leise, unendlich langsam und doch so glücklich. Sie sah das Lächeln des Boten, *ihres* Boten, der sie nun festhielt, als sie in sich zusammensank und die Augen schloss. Sein Lächeln, dieses Lächeln, das sie ihr Leben lang gesehen, ersehnt und gesucht hatte. Nun galt es endlich ihr, wirklich und wahrhaftig ihr. Auch Martina lächelte und umschloss das klopfende Herz im Bergkristall mit beiden Händen.

Er braucht zehn!

Es war ein Herbsttag wie aus dem Bilderbuch! Kristallklar der Himmel, von einem wässrigen, durchsichtigen Blau, die wenigen Wolken darin waren leicht und luftig, wie Federchen aus einem Engelsflügel. Die Sonne, die ein wenig im Dunst schwamm, hatte die bunte Färbung des letzten Laubes, das noch an den Bäumen hing, in feuerrot und goldgelb getaucht. Die hohen Lärchen hatten sich mit vergoldeten Nadeln geschmückt. Die Luft roch würzig und frisch, als wäre sie gerade für diesen Tag erneuert, neu geschaffen, worden.
Das bunte Grüppchen, das sich am Fuß des Berges eingefunden hatte, nickte sich wohlwollend zu. Einen wunderschönen Herbsttag hatte es sich für seine letzte Wanderung ausgesucht! Es waren sechs Männer und vier Frauen, alle miteinander und untereinander befreundet, teilweise verbandelt oder verheiratet. Kurt Weber, der die Leitung übernommen hatte, zählte „die Häupter seiner Lieben!". Es waren alle da, die sich für diesen Wandertag angemeldet hatten. Alle waren wohlgerüstet, weil auch bergerfahren, mit festem Schuhwerk, Kniebundhosen oder Jeans, Wetteranorak und Rucksäcken. „Oiso, pack ma's!" sagte Kurt und ging mit flotten, gleichmäßigen Schritten voran, das Grüppchen zügig hinter ihm her, wobei manchmal zwei nebeneinander gingen, ein anderes Mal der Weg nur für einen allein Platz bot. Gesprochen wurde nicht viel, jeder kannte seine und die Schwächen und Stärken der anderen. Auch der Weg war bekannt, schon dutzendemale gegangen, in gleicher oder ähnlicher Formation, man wusste, wo ein besonderer Ausblick wartete, wo man den ganzen Atem für eine Steigung brauchte, wo erhöhte Aufmerksamkeit gefordert oder wo eine kurze Verschnaufpause angebracht war. Das Gipfelkreuz blitzte hin und wieder in der Sonne, wenn der sie anfangs begleitende Bergwald den Blick darauf freigab. Alle zehn waren sich klar darüber, dass dies wahrscheinlich das letzte Mal in diesem Jahr sein würde, dass sie so eine Tour miteinander machten. Es roch schon ein wenig nach Schnee und der Winter würde in dieser Region nicht mehr lange auf sich warten lassen. Sie wussten genau, wie viele Stunden sie für den Aufstieg einkalkulieren mussten und wenn die ungetrübte, durchsichtige Luft auch trog und das Gipfelkreuz bisweilen zum Greifen nahe schien, es würde noch lange dauern, bis sie es erreicht hatten.

Hin und wieder beschlich einen das Gefühl, es wäre ein Fremder unter ihnen. Dann drehte er sich nach den anderen um, musterte ihre Gesichter, als würde er sie zum ersten Mal sehen, lächelte verlegen und zuckte die Schultern.

Ab und zu streifte sie ein kalter Hauch, so dass sie die Jacken enger um sich zogen, die Arme über der Brust verschränkten oder die Hände tiefer in die Taschen schoben.

Nach zwei Stunden „verordnete" Kurt eine kurze Rast. Das graue Moos, das hier und dort die Felsen bedeckte, war wie ein alt gewordenes, verklumptes, fadenscheiniges Sofakissen, lud aber trotzdem zum Verweilen ein. Belegte Brote wurden ausgepackt, die Thermosflasche ging von Hand zu Hand und ein Schluck Enzian aus dem Flachmann machte die Runde, woran sich auch die vier Mädchen, Bergkumpels mit wettergebräunten Gesichtern ohne eine Spur von Make up, beteiligten. Man war so aufeinander eingespielt, dass nur hin und wieder eine launige Bemerkung eingeworfen wurde, es gab nichts zu reden im Anblick all dieser herbstlichen Bergherrlichkeit!

Kurt mahnte zum Aufbruch: „In zwoa Stund hammas." Willig folgte ihm die Schar, niemand klagt über Müdigkeit oder gar Blasen an den Füßen.

Was dann allerdings geschah, damit hatte keiner gerechnet. Nebel stieg auf, verhüllte den Gipfel, waberte durch die vereinzelt stehenden, am Boden kriechenden Latschen, verschlangen den Weg und den Steig, als wäre die Gruppe in eine kalt dampfende Waschküche geraten. Kurt Weber rief die Seinen um sich: „Was dean ma jetzt? Zruck oder weida?"

Hildegard Simon meinte: „Weida. Jetzt san ma scho fast droben und vielleicht is des nur a kurzer Nebelstrich. Den Weg wiss ma doch und oben konn ja de Sonna scheina." Man sah sich an, schüttelte die Köpfe, wägte die Möglichkeiten ab und stimmte dann für „weiter!". Was allerdings keiner geahnt hatte, die Nebelsuppe wurde immer dicker, der Weg war kaum noch zu finden. Man versuchte sich am Vordermann zu orientieren. Es war auch dunkel geworden, viel zu finster für die Tageszeit! –

Und dann stand plötzlich eine Gestalt vor der Gruppe. Eine Wetterkotze verhüllte sie, die Kapuze war tief über das Gesicht gezogen, so dass man keine Augen sehen konnte. Ein eisgrauer Bart wucherte um ein knochiges, energische Kinn. Die Gestalt hatte einen knorrigen Bergstock in der rechten Faust. „Habts euch valaffa? Na geht's nur hinter mir her, i führ eich zu meiner Hütten. Dort könnts bleiben, bis se da Newe vazogen hat. Lang werd des ned dauern." Die Zehn sahen sich an. Im Augenblick fiel ihnen keine andere Lösung ein und wenn der Alte sagte, dass sich der Nebel bald auflösen würde... Er kannte sich mit den Witterungsbedingungen hier sicher besser aus, denn ein derartiger Nebeleinbruch war ihnen noch niemals widerfahren! Willig folgen sie also der Gestalt, die mit sicheren Schritten vor ihnen herging, sie auf einen Seitenpfad führte, den sie vorher nie bewusst gesehen hatten, wie oft sie diesen Weg auch schon gegangen waren. Dann tauchte eine Hütte vor ihnen auf, an der sie ebenfalls bei keiner ihrer Wanderungen in diesem Gebiet vorbeigekommen waren. Der Alte holte einen Schlüssel über dem Türsturz hervor, schloss die knarrende Tür zur Hütte auf, die baufällig und windschief in einer Talsenke stand. Es roch merkwürdig in dem einfachen Raum, in den sie nun eintraten, dumpf und alt, modrig und feucht. Und es war kalt. Plötzlich war es eisig geworden. Der goldene Herbsttag schien lange vergangen, die Sonne hatte sich offenbar bereits in ihren Winterschlaf begeben. Tatsächlich, kaum hatte der letzte der Gruppe die schmalen, wackligen Treppenstufen zum einzigen Raum der Hütte betreten, fielen erste Schneeflocken vom Himmel, lautlos, weiß, kalt, abweisend. Auch in der düsteren Hütte war es frostig. Es gab offensichtlich keine Feuerstelle, was etwas ungewöhnlich war. Selbst die ältesten Almhütten hatten einen Ofen, einen offenen Kamin, eine Möglichkeit zu heizen.

Als hätte der Alte ihre Gedanken erraten, sagte er: „Es is ungmiatlich da, aber des gwohntst boid, ihr bleibts ja ned lang." Natürlich hatten die zehn nicht vor, lange zu bleiben. Sobald sich der Nebel gelichtet, das Schneetreiben, das immer heftiger einsetzte, aufgehört haben würde, wollten sie sich auf den Rückweg machen. Das Gipfelkreuz würden sie heute nicht mehr erreichen. Wie spät mochte es inzwischen sein? Sie sahen auf ihre Armbanduhren, verglichen die Zeit und dann blickten sie sich an. Alle Zeiger deckten sich auf zwölf Uhr! War es das nicht schon vor einer Stunde gewesen? Die Zeit konnte doch nicht stehengeblieben sein? Die Zeiger waren wie festgebannt, auf allen Uhren gleichzeitig, an der selben Stelle... Ein seltsames Gefühl beschlich sie. Sie rückten auf der Bank hinter dem wuchtigen Tisch näher zusammen.

Gerti Fuchs versuchte die Stimmung aufzulocken: „Jetzt san ma moi da, na mach ma hoit as Beste draus!" Sie packte ihren Rucksack aus, legte einen Ranken Brot, einen Kanten Käse, ein großes Stück Schwarzgeräuchertes, ein breites Messer dazu, auf den weiß gescheuerten Tisch, der mitten in der Hüttenstube stand. Der Alte hatte seine Wetterkotze nicht abgelegt. Noch immer war seine Kapuze tief ins Gesicht gezogen, ließ seine Augen nicht sehen. Doch irgendetwas leuchtete in seinem Blick auf.

Hatte er Hunger? Schon lange nichts mehr zu essen gehabt? Mit einer einladenden Geste forderte Gerti ihn auf, zu den anderen an den Tisch zu kommen, die es sich nun auf der umlaufenden Bank bequem gemacht hatten, soweit man es bequem haben konnte, wenn man fror. Denn eine seltsame Kälte hatte alle ergriffen. Sie rückten ganz nahe zusammen, versuchten sich gegenseitig zu wärmen. Kurt sah auf seine Uhr. Die Zeiger waren noch immer nicht weitergerückt. Zwölf Uhr. Mittags? Oder vielleicht auch Mitternacht? Die Finsternis vor den Hüttenfenstern war schier undurchdringlich. – Und wie sie ihr Gastgeber ansah! Seine Augen waren zwar noch immer von der Kapuze bedeckt, die er offenbar nicht lüften wollte, aber es schien, als wären es glühende Kohlen, die den dicken Lodenstoff durchdrangen, ein unheimliches Licht ausstrahlten. Die Bergkameraden fühlten sich allmählich ungut, rückten unruhig auf ihren Sitzen hin und her, zupften an ihren Anoraks, zogen die Reißverschlüsse auf und zu und niemand schien so recht Appetit auf Gertis Brotzeit zu haben. „Ich glaub, mia gehngan wieder!" sagte Werner Haider ein wenig zögernd und stand auf.

Der Alte mit der Kapuze richtete sich kerzengerade auf: „Niemand geht hier! Ich brauch zehn. Und ihr seid's zehn!" Sie sahen sich an, entschlossen, standen auf, wollten sich zwischen Tisch und Bank hinausschieben, die Hütte verlassen. Mit einem Mal hatte der Alte eine Waffe in der Hand, einen vorsintflutlichen Vorderlader, aber deshalb nicht weniger bedrohlich. Und auch Gertis Brotmesser hatte er in seinen Gürtel geschoben. „Ihr bleibts da! Ich brauch zehne!"

Zögernd sahen sich alle an. Wo waren sie da hingeraten? Keiner rührte sich mehr, keiner wollte einen Schuss aus dieser bedrohlichen Waf-

fe riskieren. Man konnte zwar nicht wissen, ob sie noch funktionsfähig war, aber immerhin... Kurt Weber stand auf: „I muaß aufs Häusl." Der Alte mit der tiefgezogenen Kapuze musterte ihn kurz. ließ sich dann seinen Rucksack zeigen, den er mit einem schnellen Handgriff an sich nahm, durchsuchte Kurts Taschen, fand nichts, was ihm verdächtig erschien. Er holte einen Strick aus seinem weiten Umhang, legte ihn Kurt um die Taille, zog ihn fest an und band ihn wie an eine Leine. „Geh", sagte er dann, „hinterm Haus. Aber du bist glei fertig, sofort wieder da!" Dabei hatte er das Gewehr zwischen seine Beine geklemmt, hielt nun das Messer in einer Faust Kurt nickte und ging aus der niedrigen Tür, für die er sich ein wenig bücken musste und die widerwillig in den Angeln knirschte. Einen kurzen Blick warf der Angeleinte noch auf seine Schar. Es war wie ein Versprechen.
Sie wussten, dass er als einziger ein Handy dabei hatte. Vermutlich hatte er es im Stiefelschaft verborgen. Er würde Hilfe rufen, Hilfe, die sie aus den Klauen dieses offensichtlich Verrückten befreien konnte. Wie angenagelt saßen alle um den Tisch herum, wagten sich kaum zu rühren, denn die altmodische Waffe war stetig auf sie gerichtet. Vor den winzigen Fenstern, die jetzt kaum noch den Raum erhellten, schien eine dunkle Wand zu stehen, die sie einkreiste, schwarze Nebel. Oder schwarzer Schnee, der unablässig fiel. Die Zeit schien sich endlos zu dehnen, „Ich brauch zehn!" murmelte der Alte in seinen eisgrauen Bart. „Ich brauch zehn! Wo bleibt der zehnte?"
Er zog heftig an dem Strick. Es rumpelte und polterte, etwas knallte gegen die Eingangstür, die der Unheimliche jetzt mit einem wütenden Ruck ganz aufriss. Ein dicker Pflock lag an der Leine. Kurt hatte sich offensichtlich befreien können und sich auf den Weg gemacht, Hilfe zu holen, so hofften die übrigen neun, sagten aber kein Wort, verrieten ihre Gedanken mit keiner Miene.
Wütend hob der Kapuzenmann den Pflock auf, er schien für ihn kein Gewicht zu haben, und schleuderte ihn mitten unter die erschrockene Schar. Sie versuchten auszuweichen, stoben auseinander, klammerten sich aneinander, sie wollten sich in Sicherheit bringen, drängelten aus der Bank und waren hinter dem wuchtigen Tisch wie festgebannt.
Der schwere Pflock traf zwei der Wanderer. Georg blutete aus einer Kopfwunde. Angelikas Gesicht war nicht mehr vorhanden, nur noch eine blutige Masse. Sie war zur Seite gesunken, Franz an die Schulter

gefallen, der mit schreckgeweiteten Augen totenblass auf sie hinunter starrte.
Der Unheimliche brüllte wie ein gereizter Bär. Dabei schien er zu wachsen, an die Decke des niedrigen Raumes zu stoßen. Seine Hände mit krallenartigen Fingern griffen wahllos in die verschreckte, geschockte Schar, drückten Peters Hals zusammen, dass dieser blau anlief, nach Luft rang und dann in sich zusammenklappte. Die eisenharten Krallen fuhren ihnen in die Kleider, rissen in Fetzen was sie erreichen konnten. Blanke Haut kam zum Vorschein, wurde von tiefen, blutigen Kratzern durchzogen. Dabei heulte der Alte in grässlichen Tönen: „Ich brauche ZEHN! ZEHN! Euer durchtriebener Kamerad! Er ist Schuld, wenn ich weiter existieren, weiter suchen, mich weiter quälen muss! Das sollt ihr mir büßen, alle, alle!"
Ein Grollen erklang in der Ferne, ein bedrohliches Geräusch. Es kam immer näher, hörte sich an, als würde der Fels auseinander brechen. Rollte und rumpelte, kollerte und rauschte. Die Finsternis vor den winzigen Fenstern schien nunmehr undurchdringlich zu sein. Dann wankte und wackelte die Hütte, die Wände stöhnten auf, verschoben sich gegeneinander, sanken lautlos in sich zusammen, zerdrückt von steinigen Massen, die nunmehr durch die Fenster drangen, die Bretter zusammenkrachen ließen, Tisch und Bank wie Spielzeug übereinander warfen. Die Gefangenen schrieen, kreischten und weinten. Plötzlich schoben sich die äußeren Treppenstufen mitten in die Hütte. Ein greller Blitz zuckte auf, in dessen Licht die Gestalt des Alten sich ins Unermessliche zu vergrößern, zu wachsen, schien. Mit einem Mal hatte er Flügel, dunkle, weit ausholende Flügel, die alles umfassten. Seine Augen waren wie glühende Kohlen, Wahnsinn loderte darin. Die Kapuze hatte er zurückgeschoben, sie gab einen kahlen Schädel frei, der knochig und hohl schien wie ein Totenkopf. Ein gellender Schrei drang aus seinem weit geöffneten Mund. „Ich brauche zehn! Zehn! Zehn!" Sie waren nur neun. Neun, nachdem Kurt sie verlassen hatte. – Aber es war kein Leben mehr in ihnen. Das dunkle Wesen erhob sich in die Lüfte, löste sich im Nebeldunst auf. Die blasse Herbstsonne spielte wieder im goldfarbigen Laub.
Am anderen Tag stand in der Zeitung, dass ein Bergrutsch neun Wanderer überrascht und in die Tiefe gerissen hatte. Alle konnten nur noch tot geborgen werden. Ein Mann des Suchtrupps wurde bei der

Aktion lebensgefährlich verletzt, Hätte er der Zehnte sein sollen? Von Kurt Weber, war nie die Rede, sein Name tauchte in keinem Bericht auf. Er wurde auch nicht als vermisst gemeldet. War es wirklich ihr Bergkamerad Kurt gewesen – oder nicht schon ein williger Helfer des Unheimlichen? In der Gestalt des vertrauten Freundes? Woher war das Gefühl des Fremdseins während der Wanderung gekommen? Niemand verlangte mehr eine Erklärung. –
Von einer alten Frau, die im Dorf unterhalb des Berges wohnte, an dem das Unglück passiert war, die blind und beinahe taub war, die niemand mehr ernst nahm, hörte man nur: „Des geht no weida. Er hat no ned alle, de er braucht. Zehne, sagt ma, muaß er haben! Zehne". Wovon, von wem sie sprach, wollte niemand von ihr wissen. Alte Leute können oft recht wunderlich sein...

Louisas Weg

Das Paket, das vom Gepäckkarren herunter fiel, war nicht sehr groß. Etwa 30 x 30 x 25 cm. Es war auch nicht besonders schwer und so fiel es lautlos. Zumindest konnte Felipe keinen Aufprall auf dem Rollfeld hören, auf dem er mit seinem Elektrokarren Kurs auf ein Flugzeug genommen, dessen Bauch weit geöffnet war, um Post und Fracht aufzunehmen.
Das Paket rollte ein wenig, bewegte sich in Richtung Ausgang, zurück zur Ladestation, obwohl es weder rund war, noch ein besonders heftiger Wind es vor sich hergeblasen hätte. Es bewegte sich, als wäre es von einer inneren Kraft getrieben. Und keinem schien es aufzufallen. –
Erst als Felipe anhand der Frachtpapiere feststellte, dass etwas auf seinem Karren fehlte, vermutlich nicht aufgeladen worden war, machte er sich achselzuckend auf den Weg zurück. Es musste schließlich alles seine Ordnung haben und wenn ein Karton nicht dabei war, der auf der Liste stand, dann gehörte es zu seinen Aufgaben, nachzuforschen, wo dieses Frachtstück geblieben war.
Er musste nicht zurück bis zur Ladestation. Er fand den Karton, einen halben Kilometer vom Flugzeug entfernt. Er rollte immer noch ein wenig vor sich hin, eine viereckige Schachtel, die eigentlich nichts bewegen konnte. –
Das löste bei Felipe ein Kopfschütteln aus. Er stieg von seinem Karren und hob das Paket auf, rüttelte es leicht hin und her, hielt es ans Ohr. Nichts daran war außergewöhnlich. Der Empfänger war in Deutschland, in einem Ort, von dem Felipe noch nie etwas gehört hatte. Die Liste mit der Zolldeklaration hatte er beim Flugzeug gelassen, nach der verstaute dort sein Kollege Jaime die Frachtstücke. Er würde darauf nachsehen, was diese Schachtel enthielt. Dann aber dachte er nicht mehr dran, denn die Zeit drängte, die Maschine war startklar, der Postflug musste den Flughafen verlassen.
Als der Bote das Paket bei Katharina Angerer in Raith ablieferte, nahm sie es mit einem leichten Zögern entgegen. Sie wusste, was es enthielt und das bereitete ihr ein wenig Unbehagen. So etwas mit der Post zu schicken! – Aber wie sonst? Hätte sie selber...?
Oder wäre es ihr anders lieber gewesen? Die andere, die herkömmli-

che Art? Das hätte für sie und ihre Familie eventuell eine Reise nach Spanien – und Aufsehen in ihrem Heimatort bedeutet. Das wäre umständlich und teuer gewesen und letztlich hätte niemand etwas davon gehabt. Niemand!
Vorsichtig stellte sie den Karton auf den kleinen Tisch in der Diele, wischte sich die Hände an der Kittelschürze ab, als hätte sie etwas Unangenehmes berührt und nahm zugleich den Schürzenzipfel, um sich über die Augen zu wischen. Die waren nass geworden.
„So also kommst du nach Hause", dachte Katharina, schluchzte einmal kurz und trocken auf und wandte sich dann wieder ihren Haushaltspflichten zu. Später, wenn ihr Sepp nach Hause kam, konnte man darüber diskutieren, was nun geschehen sollte. –
Die Familie Angerer saß beim Abendessen. Der Karton stand jetzt auf der Anrichte. Immer wieder gingen die Blicke dorthin, dann stockte die Gabel ein wenig auf ihrem Weg vom Teller zum Mund. Dann verhielt das Glas für den Bruchteil von Sekunden vor den Lippen. Die Bissen schienen zäh zu sein, man kaute und schluckte und musste offenbar bisweilen etwas anderes mit hinunter schlucken, als ein Stück Kartoffel, einen Schluck Milch. Schließlich legte Katharina das Besteck beiseite, räusperte sich, einmal, zweimal und fragte dann, leise, als würde sie sich nur selber fragen: „Was machen wir jetzt?"
Auch Joseph Angerer legte das Messer neben den Teller, es klirrte leicht an den Rand. Die beiden erwachsenen Söhne, die noch im Haus der Eltern lebten, sahen auf, ihre Blicke gingen von der Mutter zum Vater und wieder zurück. Dann sahen sie sich an, zuckten die Schultern, aßen weiter. So eigentlich und direkt ging *sie* die Sache ja nichts an.
Joseph sagte: „Weiß jemand davon? Hast du's im Dorf rumerzählt?"
Katharina schüttelte den Kopf, ein wenig ärgerlich: „Nein!" sagte sie dann, etwas lauter als sie vermutlich gewollt hatte. Schnell legte sie die Hand auf den Mund, wiederholte dann: „Nein. Nichts und niemandem habe ich was gesagt. Sie war ja schließlich schon lang genug fort. Kaum jemand erinnert sich noch an sie. Niemand hat mich nach ihr gefragt nach der ersten Zeit. Die Leute haben andere Sorgen."
„Und wir haben jetzt die da", Joseph deutete mit einer Kopfbewegung zur Anrichte hin und sah dabei doch irgendwie am Karton vorbei, der dort stand.

„Wenn niemand was weiß", sagte er dann, „geht's auch niemanden etwas an. Und wenn es niemanden etwas angeht, ist es ganz alleine unsere Angelegenheit, wie wir uns entscheiden! Aber heute nicht mehr. Ich bin müde. Ich geh' jetzt ins Bett." Damit stand er auf, schob den Stuhl mit einem kreischenden Geräusch über den Fliesenboden und ging mit schweren Schritten zur Stubentür. „Gute Nacht", damit schloss er sie hinter sich und man hörte noch das Knarren der Treppenstufen, die in das obere Stockwerk führten.
Katharina stapelte die Teller zusammen, legte klirrend das Besteck obenauf, seufzte leicht und murmelte: „Immer alles aufschieben. Am liebsten mir die Entscheidung überlassen."
„Dich geht's ja auch am ehesten an", sagte Anton, der ältere der beiden Söhne und schob sich aus der Bank. „Was ist, Bernhard, fahren wir noch in die Disco oder bist du auch zu müde?"
„Nein," sagte der Angeredete, „ich geh zur Tina und was wir dann machen..."
„Wissen wir schon", fiel ihm der Ältere ins Wort und grinste seinen Bruder an.
Katharina öffnete mit dem Ellenbogen die Stubentür zur Küche. Sollten sie nur gehen, die beiden Jungen. Die Entscheidung war ja wirklich eine Sache der Alten, vor allem die ihrige. War es doch ihre Schwester. –
Als der Zug in die Station einfuhr, schob eine junge Frau von etwa dreißig Jahren eines der Fenster herunter und beugte sich hinaus. Ihre Blicke gingen suchend den Bahnsteig entlang. Ah, auf diese Gestalt dort hinten schien die Beschreibung zu passen: Karierter Mantel, rote Tasche, rote Stiefel. Susi winkte eifrig und wirklich, die schlanke Person in dem Karomantel setzte sich in Bewegung, ging zuerst schnell und lief zuletzt, winkte nun auch, öffnete dann die Waggontür und kletterte hinein. Nur ein paar Schritte den Gang entlang, dann standen sich die beiden gegenüber. Sie musterten sich kurz, dann ging ein Lächeln des Erkennens über ihre Gesichtszüge. „Susi!" rief die eine und „Mona!" die andere, dann lagen sie sich in den Armen, küssten sich gegenseitig auf die Wangen. Etwas, das sie früher nie getan hatten, aber der Augenblick des Wiedersehens hatte beide ein wenig überwältigt. Zehn Jahre war es her! Zehn Jahre, in denen jede einen anderen Weg gegangen war. Und jetzt waren sie wieder zusammengekommen,

waren auf dem Weg zum Klassentreffen, zehn Jahre nach dem Schulabschluss.

Die Bahnfahrt war viel zu kurz, um sich alles zu erzählen und am Zielort würden dann noch die anderen dazu kommen! Mit jeder würde man reden, von jeder etwas erfahren wollen. Es dürfte ein turbulenter Tag werden, dieses Wiedersehen nach zehn Jahren!

Susi und Mona beschlossen auf dieser Bahnfahrt, dass man sich nun nicht mehr aus den Augen verlieren wolle, schließlich wohnte man ja nicht allzu weit voneinander entfernt. Zu allererst sollte Susi Mona besuchen, gleich am nächsten freien Nachmittag, zum Kaffeeklatsch!

Die wichtigste Frage, die die beiden jungen Frauen bewegt hatte, war gleich zu Anfang geklärt worden: „Bist du verheiratet?" Mona war es und hatte einen kleinen Sohn. Susi zögerte ein wenig mit der Antwort, sagte aber dann: „Nein. Nicht so direkt. Das erzähle ich dir alles später, wenn wir genügend Zeit dazu haben."

„Weiß du", sagte Susi, als sie ihrem Ziel entgegen fuhren, „ich habe dich gesucht wie die Stecknadel im Heuhaufen. Wir waren doch zu unserer Schulzeit recht gute Freundinnen. Und dann haben wir nichts mehr von einander gehört. Als ich die Einladung zum Klassentreffen bekam, war darauf vermerkt, dass man deine Adresse nicht hätte, weil du „unbekannt verzogen" wärst. Da habe ich bei sämtlichen Leuten mit deinem Nachnamen im Telefonbuch angerufen und nach dir gefragt. Dass du inzwischen deinen Namen gewechselt hast, konnte ich ja nicht wissen. So habe ich auch nirgendwo Glück gehabt. Gefunden habe ich dich schließlich über deine alte Adresse, das heißt, ich habe mich an eine Freundin von dir erinnert, die am gleichen Ort gewohnt hat und bin hingefahren. Sie hatte zwar auch schon länger nichts mehr von dir gehört, aber zumindest eine neuere Anschrift. Und über die habe ich zuerst deine Eltern und dann dich selber ausfindig gemacht. Ich bin richtig froh, dass wir uns wieder gefunden haben. Jetzt wollen wir uns aber nicht mehr aus den Augen verlieren!"

Mona nickte zu den überschwänglichen Worten. Ja, sie waren früher wirklich recht gute Freundinnen gewesen, wenn auch zuerst durch die gleiche Bahnstrecke bedingt, die sie zur Schule hatten fahren müssen. Dass der Kontakt nach dem Schulabschluss so abrupt abgebrochen war, war eigentlich unverständlich. –

Die beiden kamen dann tatsächlich nach dem Klassentreffen noch einmal zusammen. Susi besuchte Mona in ihrem Heim. Es war um die Vorweihnachtszeit und Mona hatte die ersten Plätzchen gebacken. Eine gemütliche Adventskaffeerunde hätte es werden sollen, aber Susi wirkte irgendwie unruhig und nervös und sah immer wieder auf die Uhr. „Ich werde abgeholt", sagte sie nach einer knappen Stunde. „Mein", sie hüstelte ein wenig, gab sich dann aber einen Ruck, „also mein Freund holt mich. Ich habe ihm deine Adresse gegeben. Wenn es zweimal läutet, muss ich gehen."

„Er kann doch gerne raufkommen", meinte Mona. „Eine Tasse Kaffee wird für ihn schon noch übrig sein!"

„Das will er nicht", wand sich Susi und fing dann auf Monas fragenden Blick zögernd zu erzählen an. „Er ist mein Chef. Wie du weißt, bin ich Innenarchitektin. Er ist Architekt. Wir haben uns bei der Arbeit kennengelernt und jetzt bin ich bei ihm fest angestellt. Er ist meine große Liebe. Aber er ist noch verheiratet. Ich weiß nicht, ob er sich meinetwegen scheiden lassen wird. Es ist ein Kind da. Ich fühle mich manchmal recht unglücklich und zerrissen. Eigentlich müsste das alles aufhören. Aber ich kann mich nicht von ihm lösen. Und er sich nicht von mir und gleichzeitig nicht von seiner Familie. Es ist eine so verfahrene Situation, das kann ich dir gar nicht in allen Einzelheiten erzählen. Ich möchte das auch nicht und ich möchte nicht, dass er herauf kommt, wenn er mich abholt. Er wird zweimal läuten. Dann gehe ich." Sie trank einen Schluck aus ihrer Tasse. Der Kaffee war inzwischen kalt geworden. Sie zerbröselte ein Plätzchen zwischen den Fingern und schien das gar nicht zu merken. „Er ist um mehr als zwanzig Jahre älter als ich" fuhr sie unvermittelt fort.

„Aha", wollte Mona sagen, schob sich dann aber ein Nusshörnchen zwischen die Lippen. Was sollte sie dazu für einen Kommentar abgeben? Jeder musste selber wissen, was für ihn am besten war, wie er sein Leben lebte. –

Die große Liebe! Wie sich das anhörte. Zu einem Mann, der zum einen der eigene Chef war und dann noch um zwanzig Jahre älter! Und verheiratet! Das Ganze konnte doch keine Zukunft haben! Susi hätte sich bestimmt etwas Besseres, einen anderen verdient, einen, der für sie frei war und mit dem sie eine Familie gründen könnte...

Da schlug die Türglocke zweimal hintereinander kurz an. Entschlossen stand Susi sofort auf, nahm ihre Tasche an sich, schlüpfte in der

Diele in ihren Mantel und verabschiedete sich, für Monas Empfinden viel zu schnell, zu abrupt. „Sehen wir uns wieder? Meldest du dich?" fragte sie noch, aber Susi reagierte nicht darauf.

Als Mona vom geöffneten Küchenfenster aus nach unten sah, bemerkte sie nur einen Mann in einem grauen Mantel, einen schwarzen, breitkrempigen Hut auf dem Kopf. Sie konnte weder sein Gesicht sehen, noch seine Gestalt, nur dass Susi hastig aus dem Haus trat und sich bei ihm einhängte. Würde sie noch einen Blick zurückwerfen? Zu Monas Fenster hinauf sehen? Nichts dergleichen. Die beiden gingen auf dem verschneiten Plattenweg und wie es schien, redeten sie kein Wort miteinander.

Der wieder angeknüpfte Kontakt riss zwar nicht mehr ab, aber er blieb spärlich. Kurze Glückwünsche zu den diversen Festivitäten, hin und wieder ein eiliger Anruf von Susis Seite, die sich ein Telefonat, das von Mona ausgehen würde, mit verlegenen Worten verbeten hatte. „Er mag das nicht. Du verstehst?" So ganz konnte Mona das nicht verstehen. Was war schon dabei, wenn zwei alte Freundinnen ein wenig per Telefon miteinander quatschten? Die Verbindung blieb mehr als locker, aber sie blieb.

Eines Tages kam dann ein längerer Brief von Susi. Der Absendeort war irgendwo in Spanien:

„Wie du siehst, lebe ich jetzt hier. Franz und ich haben geheiratet. Endlich! Er hat sich von seiner Frau getrennt. Die Ehe bestand ja seit Jahren nur noch auf dem Papier. Die Tochter ist längst erwachsen und hat ihr Studium abgeschlossen. Franz hat seinen Beruf an den Nagel gehängt, seine Kanzlei verkauft. Von dem Geld haben wir eine kleine Finca erstanden. Sie liegt mitten in einer Ferienkolonie. Es sind Schweden und Niederländer hier. Ein Paar aus Belgien. Wir sind die einzigen Deutschen. Aber wir können uns untereinander recht gut verständigen. Eine Berlinerin ist mit einem Spanier verheiratet. Die übrigen Spanier sind Personal, wir sind ziemlich unter uns. Ich habe jetzt einen Gärtner und ein Hausmädchen! Damit komme ich mir beinahe wie eine Gnädige Frau vor. Allerdings habe ich immer noch Hemmungen, andere für mich arbeiten zu lassen. Es gibt ja nicht viel zu tun. Die Gartenarbeit würde ich gerne selber machen und auch den Haushalt, der für uns zwei nicht gar zu groß ist. Aber die Leute hier brauchen den Verdienst und so lasse ich sie eben her-

umwerkeln und liege auf der Terrasse. Mit schlechtem Gewissen, zugegeben.
Weißt du, vor Jahren hat mir einmal eine Wahrsagerin prophezeit, dass ich spät heiraten würde, einen Mann der wesentlich älter sein wird. Auch Kinder würde ich keine bekommen. Und dazu noch irgendeinen Unsinn von einem groß gewachsenen Weißhaarigen, mit dem ich in eine Leidenschaft verstrickt sein werde. Mein Franz ist hochgewachsen und weißhaarig. Dass er meine große Liebe ist, habe ich dir ja schon früher einmal erzählt. Und dass ich spät geheiratet habe, hat sich auch erfüllt. Kinder will er keine mehr, was ich gut verstehen kann. Ich fühle mich dafür auch schon ein wenig zu alt mit meinen fünfunddreißig Jahren. Er hat ja seine Tochter und demnächst wohl auch Enkelkinder. Sylvia hat bereits geheiratet und ihren Beruf aufgegeben. Auch gut, muss Franz nicht mehr finanziell für sie aufkommen. Ich glaube, ich kann sagen, dass ich rundum glücklich bin. Wir haben ein halbes Dutzend Katzen, die ersetzen mir ein Kind vollkommen, wenn ich einmal etwas Weiches zum Kuscheln brauchen sollte. Willst du mich nicht besuchen? Unser Häuschen ist zwar nicht sehr groß, aber ein Gästezimmer haben wir. Es wäre schön, dich einmal hier zu haben."
Vielleicht war diese Einladung zu spontan, zu unüberlegt ausgesprochen worden. Sie wurde in all den Jahren nicht mehr wiederholt. Briefe kamen regelmäßig, in größeren oder kleineren Abständen. Die Begeisterung der ersten Jahre flaute allmählich ab.
„Ich habe den Bootsführerschein gemacht. Einen Führerschein fürs Auto brauche ich nicht, sagt mein Franz. Dafür wäre er da..."
„Mein Franz fliegt zweimal im Jahr nach Deutschland, um seine Bank- und Rentengeschäfte zu erledigen. Ich war seit zehn Jahren nicht mehr zu Hause..."
„Mein Franz ist auf einer Reise in Südfrankreich überfallen worden. Man hat ihm die Brieftasche mit dem gesamten Bargeld und den Papieren genommen. Er hatte ziemliche Scherereien. Ich war nicht dabei, und er sagt, das wäre auch besser gewesen..."
Wie Mona zwischen den Zeilen lesen konnte, wurde Susi von „ihrem Franz" ziemlich beherrscht. *Er* wusste, was für sie gut und richtig war. *Er* bestimmte ihr Leben, was sie tun und lassen durfte. Vielleicht, weil er um mehr als zwanzig Jahre älter, weil er eine Vaterfigur

war? Beklagt hat sie sich nie. Sie schien alles als selbstverständlich hinzunehmen. Hatte sie jemals aufbegehrt? –
Beinahe zwei Jahre hatte sie auf keinen Brief mehr geantwortet. Irgendetwas musste passiert sein, dass sie die Verbindung so völlig einschlafen ließ. Mona versuchte vergeblich, auf ihre Schreiben Antworten zu bekommen. Susi blieb stumm. Freilich, sie hatte Verwandte, eine Schwester, in einem kleinen Dorf in Bayern. Aber Mona wusste deren Adresse nicht, vor allem nicht ihren Namen, den diese als verheiratete Frau führen würde. Es gab keine Möglichkeit, etwas über Susi zu erfahren, wenn sie sich nicht doch eines Tages wieder selber melden würde. –
Und dann kam tatsächlich wieder ein Brief, ein ziemlich verworrener zunächst, aus dem Mona nicht ganz klug wurde, denn da hieß es: „Die Wahrsagerin hatte Recht. Es ist doch passiert, was ich nie für möglich gehalten habe! Ich habe meinen Franz belogen und betrogen, ich bin in eine Leidenschaft hineingetrudelt, wie ich sie nie vorher erlebt hatte. Mit so schlechtem Gewissen! Mit solchen Kämpfen und Sorgen und Tränen, so hilflos. Ich hätte jemanden gebraucht, mit dem ich reden konnte. Aber wer hätte mich verstanden? Du, in deinem sicheren Nest und im Hort deiner kleinen Familie? Hättest du mir helfen und raten können, wo ich doch so direkt keinen Rat wollte, wo ich mir von niemandem dreinreden lassen wollte, denn die Ratschläge wären immer nur auf das eine hinausgegangen: Lass los! Entscheide dich! Ich konnte mich nicht entscheiden. Ich wollte mich nicht entscheiden. Ich wollte am liebsten den Kopf in den Sand stecken oder nicht mehr leben!
Und dann wurde ich auch noch schwanger. Mit zweiundvierzig Jahren! Ich sollte doch keine Kinder haben! – und war schwanger. Ich wusste nicht, ob ich das Kind wollte, denn ich wollte doch meinen Franz nicht aufgeben. Ich liebte ihn immer noch. Aber ich liebte den anderen genau so. Auf den Klippen bin ich gestanden und hätte mich am liebsten fallengelassen. Aber es wäre nicht sicher gewesen. Vielleicht wäre ich verstümmelt, verkrüppelt gewesen, ein Pflegefall, für den dann niemand zuständig war. Allein im fremden Land, obwohl ich hier Freunde habe, aber die Freunde haben *wir*, mein Franz und ich, nicht ich alleine. Wie hätten die reagiert, wären sie auf meiner Seite gestanden oder auf seiner? Es war eine so harte, eine so bittere Zeit, so voller Selbstzweifel und Verzweiflung, wo Liebe doch etwas

Schönes, Großes und Erhabenes sein soll. O Mona, endlich, endlich bin ich da durch, bin wieder frei! Der andere ist gegangen. Er wollte nicht teilen und ich konnte mich nicht entscheiden. Das Kind ist auch gegangen. Franz hätte es nie akzeptiert. Ich hatte eine Fehlgeburt im dritten Monat. Vielleicht haben es meine Tränen und meine Hoffnungslosigkeit davon gespült. Ich war in der Hoffnung ohne Hoffnung. Jetzt wird langsam wieder alles gut. Mein Franz spricht wieder mit mir. Ich mache alles, wie er es will. Ich will nicht mehr nach Hause, ich will mich nie mehr beklagen. Ich bin schuldig und er hat mir verziehen. Er ist so gut zu mir." Dann, ganz unvermittelt, der Satz: „Wir haben jetzt zwölf Katzen".

Wieder vergingen Jahre. Die Briefe sprachen von Alltäglichkeiten. Susi hatte die Redaktion einer Lokalzeitung übernommen, die Beiträge in verschiedenen Sprachen für die Leute aus der kleinen Siedlung brachte. Sie hatte Freude an ihrer Tätigkeit und schrieb: „Mein Franz hat mir erlaubt, diesen Job anzunehmen. Er bringt ein bisschen Abwechslung und ist für mich recht interessant. Ich komme ein wenig unter die Leute."

Lange hatte sie diese Beschäftigung aber nicht. „Mein Franz sagt, ich bin zu wenig zu Hause, kümmere mich zu wenig um ihn. Er ist jetzt öfter krank. Er wird ja heuer fünfundsiebzig. Er sitzt oft auf unserer Terrasse in der Sonne, zwei oder drei Katzen auf dem Schoß, die ihn wärmen."

Dann erzählte ein Brief: „Wir hatten Besuch von seiner Tochter und dem Enkel. Der Junge ist inzwischen dreizehn Jahre alt. Die beiden sind durchs Haus gegangen und haben hier und dort etwas in Augenschein genommen. Ein paar Bilder abgehängt und eingepackt, eine Vase im Koffer verstaut. Ob mein Franz ihnen das erlaubt hat? Ich weiß es nicht. Ich weiß nicht einmal, ob er davon etwas gemerkt hat. Mir ist es egal, ich brauche diese Dinge nicht. Aber es sind seine Sammlerstücke. Hoffentlich verdächtigt er mich nicht, dass ich etwas davon verkauft habe.–"

Immer wieder brachte der Postbote Briefe aus Spanien, die Zeit blieb nicht stehen, die Freundinnen wurden älter, Franz wurde alt, gebrechlich, hatte einen Schlaganfall, war pflegebedürftig. Nie klagte Susi, nicht um die Jugendjahre, die sie auf ihn gewartet hatte, nicht um die Zeit, die sie an seiner Seite und unter seiner Vorherrschaft verbracht

hatte. Er war der Ältere, der Erfahrenere, er wusste sicher, was gut und richtig war und sie hatte ihn einmal enttäuscht, ihn beinahe verlassen, war einem vermeintlichen Glück nachgelaufen, das sich dann nur als schöner Schein erwiesen hatte. Sie hatte dankbar zu sein, dass er ihr seine Gunst nicht entzogen, sie nicht weggeschickt hatte. Sie pflegte ihn, nahm den weiten Weg ins Krankenhaus ohne Klagen auf sich, streifte dabei nur einmal kurz den verweigerten Führerschein. Wie praktisch, wenn sie ihn jetzt hätte! Ein Bootsschein nutzte heute wenig...
Dann starb Franz, nachdem er schon Wochen nur noch vor sich hinvegetiert hatte, gefüttert werden musste, gewindelt und gewaschen. Susi hatte eine stundenweise Hilfe zur Pflege, eine kräftige Krankenschwester, die den Patienten ins Bett hob oder heraus. Den Tag verbrachte er in einem Liegestuhl auf der Terrasse, umgeben von seinen fünfzehn Katzen.
Dort fand Susi ihn dann auch. Sie hatte ihn gefragt, ob er seinen Nachmittagskaffe wolle und er hatte abgewunken und „später" gemurmelt. Sie war müde, sie ging ins Haus und legte sich hin. Sie schlief ein. Wachte erst auf, als die Sonne am Untergehen war.
Franz saß friedlich auf der Terrasse, jetzt im Schatten. Sein Kopf war zurückgesunken, sein Mund stand ein wenig offen, die Augen hatte er geschlossen. Unter seinen Händen schnurrte eine der Katzen. Er war gegangen, lautlos. Vielleicht hatte er nach ihr gerufen? Vielleicht wollte er sie bei sich haben? Und sie hatte geschlafen! Sie hatte seine letzte Stunde verschlafen! Sie war nicht da gewesen, als er gegangen war. Sie würde sich das nie verzeihen können, sich immer Vorwürfe machen. –
Der Leichnam von Franz Schindler wurde verbrannt, in einem Urnengrab in dem kleinen Ort in Spanien beigesetzt. Susi, die man in Spanien Louisa nannte, ging Tag für Tag auf den Friedhof, besuchte „ihren Franz", brachte ihm Blumen und Orangenblüten aus dem eigenen Garten. – Inzwischen hatte sie zwanzig Katzen. –
Die Tochter von Franz wollte Geld von Louisa. Es war keines da. Er hatte seine Konten in Deutschland. Die Tochter hatte Zugriff dazu. Louisa lebte von ihrer Rente, die gerade zum Leben reichte. Zum Glück wohnte sie mietfrei.
Die Tochter wollte, dass sie das Haus verkaufe. Louisa hatte es ge-

erbt, zu gleichen Teilen mit der Tochter, aber sie hatte das Wohnrecht auf Lebenszeit. Die Tochter gab keine Ruhe. Sie war zur Beisetzung des Vaters nicht gekommen, aber später. Da hatte sie an Wertgegenständen mitgenommen, was nicht niet- und nagelfest war.
Louisa hungerte, magerte ab. Für die Katzen war nicht mehr genug Futter da. Sie liefen fort. Eine nach der anderen. Die Freunde aus der Nachbarschaft brachten hin und wieder etwas zu essen vorbei, ein Töpfchen Suppe, ein überzähliges Stück Fleisch. Louisa hatte keinen Hunger, sie wollte nichts. Ihre Briefe an die Freundin blieben aus.
Sie fing zu trinken an. Der Landwein ist billig in Spanien und Alkohol lässt so schön vergessen, vergessen, dass der Magen knurrt, vergessen, dass man Schuld auf sich geladen hat, vergessen, dass da jemand Forderungen stellt, die man nicht erfüllen kann, vergessen, dass man alleine ist. –
Am Weihnachtsabend kam die Nachbarin herüber, fand Louisa im Bett, umgeben von fünf Katzen, eine lag auf ihrer Brust, die sich nur noch ganz leicht beim Atmen hob und senkte. Louisa war unterkühlt, zum Skelett abgemagert, nicht mehr ansprechbar. Die Nachbarin alarmierte einen Arzt. Es kamen Sanitäter, es kam ein Krankenwagen. Louisa wurde ins Krankenhaus transportiert. Sie starb in der Weihnachtsnacht, ohne das Bewusstsein wiedererlangt zu haben.
Ihr Leichnam wurde verbrannt. Die Urne mit der Asche ging per Luftfracht nach Deutschland, in den kleinen Ort in Bayern, in dem ihre Schwester mit ihrer Familie lebte. Veranlasst hatte das Franz Schindlers Tochter, die auch das Haus in Spanien sofort verkaufte. Louisa bekam ihre letzte Ruhestätte nicht neben ihrem Franz. Nicht in dem Land, in das sie ihr Weg geführt hatte, als Gefährtin eines Mannes, den sie als ihre große Liebe bezeichnete, der ihr alles gewesen war und von dem man sie nun im Tod trennte, als wären sie nie einen Schritt gemeinsam gegangen. –
Die Angerers hatten ihr Problem „überschlafen".
Beim Frühstück vergewisserte sich Joseph noch einmal bei Katharina: „Du hast niemandem erzählt, dass dir die Asche von deiner Schwester geschickt wird?"
„Nein. Auf Ehr' und Gewissen. Niemand weiß davon, nur wir und die Buben. Und denen ist das sowieso egal, die reden bestimmt nicht darüber."

„Dann sparen wir uns die Kosten einer Beerdigung im Familiengrab. Wir verstreuen die Asche auf unserem Acker."
„Aber das kannst du doch nicht machen Sepp!"
„Und warum nicht? So was hast du doch neulich erst im Kino gesehen und dabei Rotz und Wasser geheult, wie die Kinder die Asche ihrer Mutter von der Brücke gestreut haben, in alle Winde sozusagen. Das ist rechtmäßig, das können wir tun. Es muss bloß keiner erfahren, dann kommen wir auch nicht in Schwierigkeiten. Jetzt mach erst einmal den Karton auf, damit wir die Urne herausnehmen können."
Katharina holte die Schachtel von der Anrichte, löste vorsichtig die Schnur und das Papier. Nicht größer als eine Teedose war das Gefäß, das sie dann heraushob. Darin sollte ein ganzer Mensch sein? Mehr blieb nicht übrig? Eine Handvoll Asche von einem gelebten Leben. –
Joseph und Katharina Angerer gingen in ihrem besten Sonntagsgewand hinaus auf den Acker an der Hinteren Leiten. Joseph öffnete das Gefäß, hielt es von seinem Körper ab und kippte es so, dass der Inhalt herausrieseln konnte.
Ein Windstoß fuhr auf, unerwartet und von nirgendwo her. Er erfasste die Asche, wehte sie davon, trieb sie über die Furchen und wirbelte sie gegen Süden. Gegen Süden. Gegen Süden, als suche eine verlorene Seele ihren Weg nach Hause, den Platz neben dem Gefährten langer Jahre, den man ihr nicht hatte gönnen wollen...

Das Letzte Hemd hat rosa Röschen

Das kleine Mädchen im Vergissmeinnichtkleid saß auf der Schaukel, die mit dicken Stricken an einem Querbalken im Holzschuppen befestigt war, und schwang leise auf und ab. Durch die Ritzen der hölzernen Wände fiel Sonnenstaub und vor der offenen Tür lag ein golddurchwirkter Fleck von Licht. Es war dämmrig und still hier und roch nach Holz. Mona träumte vor sich hin. Ihr war langweilig.
Sie war sieben Jahre alt und ging in die zweite Volksschulklasse. Ihre Hausaufgaben hatte sie längst gemacht und auch das Stück aus dem Lesebuch, halblaut vor sich hinmurmelnd und mit dem Zeigefinger die Zeilen verfolgend, gelesen. Jetzt wäre sie gerne zu Hilde, ihrer Freundin die drüberhalb des Bahndammes wohnte, zum Spielen gegangen. Aber Hilde war krank. Seit ein paar Tagen schon fehlte sie in der Schule und es hieß sie hätte hohes Fieber und dürfe nicht besucht werden, da ihre Krankheit ansteckend wäre.
Mona schaukelte, drehte wohl auch die Stricke der Schaukel ineinander und ließ sich davon ein wenig kreiseln, aber unterhaltsam fand sie ihr Spiel nicht, so alleine wie sie war. Draußen war heller Frühsommer und mit Hilde hätte sie vielleicht an den Bach hinuntergehen und Stöckchen schwimmen lassen können oder bunte Kieselsteine suchen und hüpfen lassen. Doch Hilde war krank.
Da knarrte die Gartentür und Schritte klangen auf dem Kiesweg. Jemand kam auf das Haus zu. Mona hüpfte von der Schaukel und lugte durch die offene Tür. Es war Hildes ältere Schwester Anneliese, mit einem in braunes Papier gewickelten Päckchen. Was mochte sie bringen?
Mona stellte sich vor den Holzschuppen und wartete. Anneliese war so viel älter, schon beinahe vierzehn Jahre, da redete man kaum miteinander, aber vielleicht brachte sie einen Gruß von Hilde!
Anneliese fragte kurz und knapp: „Ist deine Mutter da?"
Mona deutete mit einem Kopfnicken ins Haus.
Anneliese ging weiter und Mona folgte ihr, schlüpfte hinter ihr in die Wohnküche und erfuhr so, dass Hilde ins Krankenhaus müsse. Das Fieber wäre weiter gestiegen und es ginge ihr gar nicht gut, sie würde phantasieren und hochglühend in den Kissen liegen. Jetzt wäre aber kein Nachthemd, das man ihr für den Krankenhausaufenthalt mitge-

ben könne, mehr da und ob meine Mutter nicht so freundlich wäre und aus dem mitgebrachten Stoffrest – dabei wickelte Anneliese das Päckchen aus – ein Nachthemd für Hilde schneidern könne. Sie wäre doch so geschickt in diesen Dingen.
Monas Mutter stimmte sofort zu und machte sich auch gleich an die Arbeit. Es war ein hübscher Stoff, weiß mit rosa Röschen. Mona gefiel er und sicher würde er auch Hilde gefallen, wenn es ihr wieder besser ginge und sie ihr neues Nachthemd bewusst sehen konnte.
Als das Kleidungsstück zusammengeheftet war, sollte Mona es anprobieren, schließlich hatten die beiden Freundinnen in etwa die gleiche Größe und wenn es Mona passte, würde es auch Hilde passen. Doch als Mona das Nachthemd über den Kopf streifte, überlief sie ein Frösteln. „Mutti", sagte sie, „der Stoff ist ganz eisig. Da wird Hilde frieren!"
Die Mutter sah sie zweifelnd an, schließlich handelte es sich um einen innen angerauten Flanell und sie hatte schon gedacht, dass er für diese Jahreszeit und für das fiebrige Kind viel zu warm sein würde. Dann schüttelte sie den Kopf und schickte ihre Tochter hinaus in die Sonne. Mit der leisen Sorge, ob Mona vielleicht auch krank werden würde, nähte sie das Nachthemdchen für Hilde fertig.
Wieder saß Mona auf der Schaukel, leise vor sich hinsummend. Da stand plötzlich Hilde vor ihr, nur mit Hemd und Höschen bekleidet, barfuß, das blonde Haar schweißverklebt und sagte: „Ich brauche das Nachthemd nicht mehr!"
Erschrocken sprang Mona auf. Doch da war niemand. Verstört lief sie ins Haus und erzählte der Mutter, was sie eben erlebt hatte. Diese griff nach der Stirn ihres Kindes, ob es nicht vielleicht doch auch schon Fieber hätte. Aber Monas Haut war kühl. Da sie ein Kind mit viel Phantasie war, durfte man nicht immer alles für bare Münze nehmen, was sie erzählte. Trotzdem war die Mutter ein wenig irritiert und sah auf die Uhr, so als hätte die Tageszeit etwas mit dem Bericht von Mona zu tun. Es war 17 Uhr 30. Sie sagte, sie wäre mit der Näharbeit bald fertig und Mona könne dann das Nachthemd mit den rosa Röschen zu Hilde hinüber bringen. Vielleicht ging es der Freundin wirklich inzwischen besser und sie könne einen Blick in ihr Zimmer werfen und ihr von der Tür aus zuwinken.
Dazu sollte es nicht mehr kommen. Gegen 18 Uhr stürzte Hildes

Schwester herein und berichtete tränenüberströmt, dass Hilde vor einer halben Stunde gestorben sei. –
Das neue Nachthemd mit den rosa Röschen war zu ihrem Totenhemd geworden.
Das kleine Mädchen mit dem Vergissmeinnichtkleid, Mona, war ich. Mit sieben Jahren bin ich zum ersten Mal dem Tod begegnet und meine Freundin Hilde hat sich auf die geschilderte Weise von mir verabschiedet.

Ist es schon später....?

Die Koffer waren gepackt. Lydia stand überlegend davor. Hatte sie etwas vergessen? War alles drin, was sie brauchen würde? Dann sah sie auf ihre Armbanduhr. Bis das Flugzeug nach Madeira startete, waren es noch ein paar Stunden. Aber in der Zwischenzeit würde auch Konstantin nach Hause kommen und ihm wollte sie auf keinen Fall mehr begegnen! –
Sie hatte diese Urlaubsreise geplant, sie hatte sie gebucht und war freudestrahlend mit den Tickets nach Hause gekommen! So sehr davon überzeugt, dass er ihre Freude teilen, den Urlaub mit ihr verbringen würde.– Aber Konstantin hatte abgelehnt. Eiskalt, wie sie feststellen musste. Er war sogar noch empört gewesen, dass sie über seinen Kopf hinweg entschieden hatte! Dabei war vorher oft und immer wieder die Rede davon gewesen, dieses Mal eine Flugreise zu machen. Er hatte zwar nicht so direkt zugestimmt, aber vielleicht auch nicht ganz daran geglaubt, dass sie die Initiative ergreifen und ihn vor vollendete Tatsachen stellen würde. Zwischen Reden und Tun war für ihn immer noch ein Unterschied...
Lydia hatte gehandelt, das Angebot, ein Last-Minute-Flug, war so günstig gewesen und keinen Augenblick hatte sie daran gedacht, dass er einen Rückzieher machen würde! Sie hatten sich gestritten, ihre Freude war zerstört, die Fronten hatten sich verhärtet. Sie würde alleine fliegen! Sollte er doch seinen Urlaub am langweiligen See in Kärnten verbringen, wo sie Jahr für Jahr und immer wieder hingefahren waren! Einmal wollte Lydia etwas anderes sehen! – Aber ihn jetzt nicht mehr. Lieber würde sie am Flughafen eine Weile herumsitzen und auf ihren Abflug warten. So ein Betrieb in der Halle mit den Ankünften und Abflügen war doch interessant zu beobachten.
Sie ging zum Telefon und bestellte sich ein Taxi. Dann trug sie ihre beiden Koffer an die Haustür, überprüfte noch einmal in ihrer Handtasche die Papiere, Flugschein, Geldbörse, Ausweis, alles da, und wartete.
Als das Taxi kam, war Lydia mehr als erstaunt. So eine alte Kiste! Es war ein schwarzer Mercedes, der wohl gut seine fünfzig Jahre auf dem Buckel haben mochte. Und einen Buckel hatte er tatsächlich! Nämlich einen Kofferraum, der sich wie eine große schwarze

Kiste zwischen den hinteren Rädern befand. Der Wagen war so hoch, dass man beinahe darin stehen konnte. Er hatte ein geschwungenes Trittbrett und chromglänzende Stoßstangen und Verzierungen. Ein Oldtimer, mit dem man auf jeder Sternfahrt hätte Ehre einlegen können – aber doch nicht im alltäglichen Straßenverkehr!
Dann stieg der Fahrer aus und wieder war es Lydia, als könne sie ihren Augen nicht trauen. Das war doch Markus! Markus, der vor mehr als zehn Jahren nach Afrika gegangen war, sich dort eine Farm hatte kaufen wollen, und von dem sie nie wieder etwas gehört hatte. Konstantin kannte ihn gar nicht, das war vor seiner Zeit mit Lydia gewesen.
Markus nahm ihre Koffer, sah sie kaum an, schien sie nicht zu erkennen. Er sah nicht gut aus, mager, blass, das Haar zu lang und die Augen, seine schönen, wasserblauen Augen, die so herzlich lachen konnten, die wirklich mitlachten, wenn Markus lachte, die lagen tief in Höhlen, dunkel umschattet.
„Zum Flughafen?" fragte er und seine Stimme war leise, kam wie aus einem anderen Raum. Lydia nickte. Ein Gefühl der Beklemmung beschlich sie. Markus hatte sie nicht erkannt, sollte sie ihn auf sich aufmerksam machen? Es schien ihm nicht gut zu gehen. Warum war er wieder zurück, fuhr nun Taxi? War etwas mit seiner Farm schiefgegangen? Hatten sich seine Träume zerschlagen? Wollte sie das wirklich wissen? Lydia beschloss, nichts zu sagen.
Sie setzte sich auf den Rücksitz, bestätigte dem Fahrer noch einmal das Fahrtziel und versuchte, sich entspannt in die Polster sinken zu lassen.
Sie war fortgekommen, ohne Konstantin und einer eventuellen erneuten Auseinandersetzung in die Arme zu laufen. Sollte er sehen, wie er ohne sie zurechtkam! Vierzehn Tage würde sie weg sein. Das war keine Ewigkeit, aber vielleicht eine ganz gute Lehre für ihn, dass sie nicht immer für ihn da war und auch einmal eigene Wege gehen wollte!
Lydia war in Gedanken versunken gewesen und hatte nicht weiter auf den Weg und die Straße geachtet. Sie mussten das Stadtgebiet schon verlassen haben. Richtig. Die Häuser waren zurück geblieben, sie fuhren an blühenden Wiesen und grünen Feldern vorbei. Aber irgendwie kam ihr die Landschaft fremd vor. Sie war doch schon am Flug-

hafen gewesen, damals, als er neu eröffnet worden war, aber damals waren sie und Konstantin eine andere Strecke gefahren. Wollte Markus durch ein paar Kilometer Umweg einen höheren Fahrpreis herausschinden? Der schwarze Mercedes hatte eine gläserne Trennwand zwischen Fahrer- und Fahrgastraum. Lydia klopfte an die Scheibe. Markus schien sie nicht zu hören, er fuhr unbeirrt weiter, bog nun in einen Waldweg ein, von dem Lydia mit Sicherheit wusste, dass er nicht zum Flughafen führte!

Sie klopfte heftiger, sie rief, sie sah nur ganz kurz Markus Augen, die sie im Rückspiegel musterten. Helle Augen waren es, Augen ohne Glanz, ohne Farbe, beinahe so, als wären sie nur weiß, glasig, durchsichtig, kaum vorhanden. Ein Schauder überlief Lydia und die Bewegung ihrer Hand, ihrer Finger, die an die Scheibe geklopft hatten, erstarrte. Kalt war ihr, obwohl doch draußen ein frühlingsfroher Tag, ja schon beinahe sommerliche Wärme war.

Die Landschaft hatte sich weiter verändert. Es ging steil bergan. Die Straße wand sich in Serpentinen, in Schlangenlinien, in unübersichtlichen Kurven. Lydia wurde übel. Sie hatte Autofahrten nie besonders gut vertragen und dann dieses Hin- und Hergeschaukel. Sie kramte in ihrer Handtasche nach einem Tuch, dem Fläschchen mit dem Kölnisch Wasser. An die Scheibe zu klopfen hatte sie schon längst aufgegeben. Irgendwann würden sie am Ziel sein. Dass das nicht mehr der Flughafen war, hatte sie längst akzeptiert. War sie entführt worden? Warum und weshalb? Wer konnte ein Interesse daran haben, sie in seine Gewalt zu bringen? Steckte Konstantin dahinter, der nicht haben wollte, dass sie ohne ihn verreiste? Aber Konstantin kannte Markus doch gar nicht! Musste er ihn kennen, um ihn für seine Pläne zu gewinnen?

Sie kamen immer höher hinauf. Das Alpenpanorama breitete sich vor Lydia in einer Schönheit und Klarheit aus, dass es ihr beinahe den Atem nahm. Schneebedeckte Berggipfel, kristallklare, beinahe durchsichtige Hänge und neben der Straße blühende sonnengelbe Himmelsschlüsselwiesen. Es war traumhaft! Konnte Madeira so schön sein? Längst hatte Lydia ihre Urlaubspläne aufgegeben. Das Flugzeug hatte sie schon verpasst. Entspannt saß sie nun in diesem merkwürdigen alten Kasten von Auto, das sich lautlos die Serpentinen hinaufwand, so, als hätte es gar keinen Motor und würde auf Schienen lau-

fen, ach, beinahe schweben. Eine Leichtigkeit hatte sich Lydias bemächtigt und sie fühlte sich so wohl, so wohl.
Dann hielt das Taxi. Vor einer einladenden, behäbigen Gastwirtschaft, die rundum laufenden Balkone mit einer Flut von Hängegeranien geschmückt. Geranien, jetzt, um diese Jahreszeit? Lydia war ausgestiegen und staunte. Sie waren nicht die einzigen Gäste. Eine Unzahl von Autos verschiedener Jahrgänge stand auf dem weiten Parkplatz, so, als wäre hier ein Treffen sämtlicher Automobilclubs. Und Leute saßen an weißgedeckten Tischen in der Sonne, die warm war, so warm, wie es auch hier oben kaum der Jahreszeit entsprach. Sie sahen alle so froh und vergnügt aus, als hätten sie ihre sämtlichen Sorgen und Alltäglichkeiten unten gelassen, irgendwo da unten, wo die Welt im Nebeldunst verschwamm.
Vorsichtig war Lydia in den Garten getreten. Ihr war, als wäre sie in einem Traum. Ja, es musste ein Traum sein, denn dort, an einem der Tische saßen ihre Eltern! Der Vater sah auf, sah sie, breitete die Arme aus, rief: „Mein Mädchen, meine Kleine! Bist du endlich auch hier!" Die Mutter lächelte und trug das Kleid, das Lydia als Kind so sehr an ihr bewundert hatte. Jung war sie, so jung und schlank – und war doch, als sie gestorben war, eine alte, vertrocknete und verbitterte Frau gewesen. Die Tante war da. Die Patentante mit hellblonden Löckchen, die sich an ihren Schläfen ringelten und mit ihren dunklen Kirschenaugen. So schwer war sie gestorben, abgemagert zum Skelett und kahlköpfig nach einer Tumoroperation. Ein Kind spielte mit einem bunten Ball und Lydia erkannte in ihm die Schulfreundin längst vergangener Tage, die schon zu ihrer Kinderzeit an Hirnhautentzündung verstorben war.
In all der Glückseligkeit des Wiedersehens und Wiedererkennens wurde es Lydia bewusst, dass sie sich in einer Region befinden musste, die jenseits ihres Daseins war. Da war ein Schreck, der sie lähmte, der ihre Freude erstickte, der ihr den kalten Schweiß auf die Stirn trieb. Es war noch zu früh! Es musste noch zu früh sein! Wie kam sie hierher? Sie musste fort, fort. Es gab noch so viel, das sie „dort unten" tun musste! Sie lief davon, stolperte über den kurz geschnittenen Rasen, suchte den schwarzen Mercedes, das Taxi, das sie hierher gefahren hatte! Da war es! Da stand es, inmitten all der anderen Wagen und der Fahrer, Markus, lehnte lässig an der Tür.

„Schnell", keuchte sie, „schnell, zurück, zurück!"
Wieder sah sie seine blicklosen Augen. „Von hier kommt niemand zurück. Gefällt es dir nicht, Lydia? So schön findest du es nirgendwo auf der Welt. Bleib!"
„Nein, nein, nein!" rief sie, „ich muss zurück. Ich kann nicht bleiben!"
„Wir sind eingeparkt" sagte er, „ich kann gar nicht mehr weg und es gibt hier kein anderes Taxi." Verzweifelt sah sich Lydia um. Es stimmte, was er sagte.
Sie fing zu laufen an, wand sich durch die parkenden Autos, stolperte und fing sich wieder. Die Schlüsselblumen dufteten, süß und schwer und betäubend. –
Es war ihr Parfüm, das sie auf das Taschentuch geträufelt hatte und unter ihre Nase hielt. Das schwarze Taxi stand im Stau. Sie sah auf die Uhr. Das Flugzeug musste schon in der Luft sein.
„Zurück" sagte sie, „bei der nächsten Gelegenheit zurück!" Der Fahrer, der auf einmal überhaupt keine Ähnlichkeit mehr mit Markus hatte, nickte nur. Er wendete bei einer Querstraße.
Kein Urlaub in Madeira. Aber vielleicht noch ein wenig Zeit mit Konstantin?
Oder war es schon später, als sie gedacht hatte?

Eine rätselhafte Erscheinung

Als ich sie zum ersten Mal sah, fielen mir die weißen Löckchen auf, die ihren schmalen Kopf umrahmten. Sie wirkten wie eine Perücke aus der Mozartzeit, noch dazu, wo sie sie im Nacken durch eine schwarze Schleife zusammenhielt Ihr Gesicht war porzellanzart, beinahe durchscheinend. Dunkle Augen unter geschwungenen Brauen, eine leicht gebogene Nase, darunter ein zierliches, auffallend rotes Mündchen, ein Kussmündchen, wie man früher vielleicht gesagt hätte. Die Wangen rosarot überhaucht. Ihre ganze Figur war schmal und wirkte zerbrechlich. Sie trug eine weiße Bluse, die am Hals von einer ovalen Gemme abgeschlossen wurde, darüber ein schwarzes Samtbolero und dazu einen knöchellangen, schwarzen Rock, unter dem bei jedem Schritt rote Schuhspitzen hervorlugten. Wenn sie über den mit Kopfsteinpflaster belegten Markplatz ging, trippelte sie nicht, sondern schien zu schweben, schwerelos darüber zu gleiten.

Ich war zur Kur in diesem Ort, sollte mich nach einer Krankheit erholen und nach Möglichkeit in der heilkräftigen Luft viel spazieren gehen. So blieb es nicht aus, dass ich ihr immer wieder hier oder dort begegnete. Nachmittags, meist pünktlich um halb vier Uhr saß sie in einem der zahlreichen Cafés, stets nur bei schönem Wetter, entweder auf der Terrasse oder im Garten, niemals in einem der Innenräume. Dann hatte sie eine Tasse Cappuccino vor sich stehen und dazu eine Schaumrolle, einen Mohrenkopf oder einen Schlotfeger. Neben sich, auf einem Stühlchen saß ihr Hund, ein weißer Pudel, dessen Lockenpracht verblüffend der auf ihrem eigenen Kopf glich. Nie lag der Hund unter dem Tisch. Wenn sie mit ihm spazieren ging, lief er brav an ihrer Seite, ohne von ihr an der Leine geführt zu werden. Er schien sich auch nicht für andere Hunde zu interessieren, begrüßte sie nicht nach Hundeart, schnüffelte auch nirgendwo herum oder hob das Beinchen. Er hielt mit ihr Schritt, immer ein wenig an ihren Rock gedrückt.

Als ich sie und ihren Hund wieder einmal am Nachbartisch sah, fragte ich die Kellnerin, die mir meinen Tee gebracht hatte: „Kennen Sie die Dame da drüben? Ich bin ihr schon öfter begegnet, aber sie grüßt nie zurück, nickt nur mit dem Kopf und lächelt ein wenig geheimnisvoll. Gehört sie hier in den Ort oder ist sie auch Kurgast?"

Das Mädchen mit dem blonden Zopf sah in die Richtung, die ich ihm mit einem Wink meines Kopfes angedeutet hatte, aber dort saß niemand mehr. Der Platz war leer.
Auch keine Tasse und kein Kuchenteller standen dort. Sie zuckte nur mit den Schultern und ich bekam keine Antwort.
Einmal war ich um den kleinen See gewandert, der sich tief im Wald versteckte und in dessen Wellen sich die Sonne spiegelte, als wären tausend goldene Münzen hineingefallen. Auch dort traf ich das zierliche, wie alterslose Porzellanpüppchen. Sie stand am Ufer und starrte abwesend ins Wasser. Und auch hier stöberte ihr Hund nirgendwo herum, sondern schmiegte sich wie stets an ihren Rocksaum.
An einem Nachmittag war ich zum Kurkonzert gegangen und sah sie in der ersten Reihe vor der Orchestermuschel sitzen, den Pudel auf dem Stuhl neben sich. Sie schien von der Musik sehr angeregt zu sein, denn sie wippte mit ihren roten Schuhen nach dem Takt. Da näherte sich ein etwas dicklicher Mann, der sich mit dem Taschentuch den Schweiß von der Stirn wischte. Es war ein heißer Tag. Er steuerte direkt auf ihren Sitz zu. Sah er sie denn nicht! Er würde sich doch nicht auf sie draufsetzen! Da saß er schon – und sie war verschwunden, samt ihrem weißen Pudel.
Am Rand des Marktplatzes hatte man um eine junge Linde eine sechseckige Bank gezimmert. Der Baum hatte genug Platz um den Raum bis zur Lehne auszufüllen, aber das würde noch Jahre dauern. Jedenfalls sah ich an einem Nachmittag, ich war müde von einem längeren Spaziergang, die zierliche Frau dort sitzen, neben ihr eine üppige Bäuerin, ein Krenweibl aus dem Bayerischen Wald. Ein buntes Kopftuch hatte sie im Nacken geknotet, ihr Gewand schien aus verschiedenen Stoffen zusammengesetzt zu sein, über einer blau gestreiften Schürze hatte sie die Hände im Schoß gefaltet. Zwischen ihren Knien war der Korb mit den getrockneten Kräuter und den Meerrettichgläsern eingeklemmt. Heute war doch kein Markttag? Sie war zu früh gekommen.
So, wie die beiden nebeneinander saßen, mussten sie miteinander vertraut sein. Ich setzte mich übers Eck dazu, vielleicht konnte ich von dieser Bäuerin etwas über die rätselhafte Erscheinung der zierlichen Frau erfahren, bekanntlich sind derartige Händlerinnen recht gesprächig. So neigte ich mich ihr leicht entgegen. „Wer ist sie?" wisperte

ich. Mit einer Kopfbewegung deutete ich auf ihre Nachbarin. „Kennen Sie sie?"

„Woll, woll", sagte die Händlerin, „sie ist meine Tochter." Also das war nun eine Aussage, die ich nicht recht glauben konnte. Die beiden hatten so gar keine Ähnlichkeit miteinander. Als hätte die korpulente Person meine Zweifel mitbekommen, fing sie zu erzählen an: „Sie ist die jüngste von meine sechse. Das Zammkratzerl, wia ma so sagt. Wia s' auf da Welt war, hat ma ihr glei de Nottaufe geben, so vui hat ma von ihrer Lebensfähigkeit ghalten. Aber sie hat's durchgrissen. Doch war s' von Anfang an anders als die andern. Immer irgendwo verschlupft, in dunkle Ecken und Winkel, zu nix zu gebrauchen, koane Handlanger, wia ma's vo de andern Kinder erwart.

Wia s' dann in d' Schul kemma is, hat ma's erst recht gmerkt, dass ned dazua gehört, anders is. Von Haus aus scho vui gscheider, aso, als hätt s' so manches Wissen mit auf d' Welt bracht. Da Hauptlehrer hat s' glei mögen und hat ihr vui beibracht, nebenbei und nach dem allgemeinen Unterricht. Sprachen. Französisch und Italienisch. Und 's Klavierspieln. Sie war recht musikalisch. Mia ham ihra den Nama Elisabeth geben ghabt, aber sie hat dann bloß no Elvira-Klaviera ghoaßn. Auf a höhere Schul ham ma s' ja ned schicken können. Ja, wenn s' a Bua gwesen waar, na wär s' ins Priesterseminar kommen. Aber ois Deandl –. Aber dann hat s' des Glück ghabt, dass bei der Herrschaft von Steinhardt unterkommen is."

„Von Steinhardt?", warf ich ein, „den Namen habe ich droben auf einer Grabplatte an der Kirchenmauer gelesen."

„Ja, ja, des stimmt scho. Zu dene is kommen. Für de zwoa kloana Deandl sollt sie so was wia a Erzieherin sei, dabei war sie selber doch grad erst fuchzehn Jahr alt. Aber dann is halt was Furchtbars passiert."

Auf das „Furchtbare" war ich nun schon recht gespannt.

„Der junge Herr, der Johann Christoph von Steinhardt, der einzige Erbe, hat sich in unser Elvira verliebt." Den Namen hatte ich auf dem Epitaph gelesen, mit einem Sterbedatum irgendwann um 1700 herum. Das musste ein Urururgroßvater sein, obwohl dabei gestanden hatte „Der Letzte Herr auf Steinhardt"

„Und der hat ihr ein Kind gemacht!"

„Na, so wars ned. Die zwoa san abghaut. Er war zwar auch erst achtzehn Jahr alt. Wissen S', der Lehrer hat gsagt, des wär so gwesen, wia bei der Gschicht von Romeo und Julia, die mir zwar ned kennt ham, aber wenn's der Lehrer sagt, dann wird des scho gstimmt ham. Jedenfalls hat der junge Herr an Schmuck von seiner Muatta gstohln und die Liesl irgendwo heimlich geheirate, in Italien oder so. Is ja ned weit weg von da. Meine Elvira wär so Gräfin von Steinhardt gewesen. Aber des is natürlich ned durchgangen. Ma hat die zwoa aufgfundn und hoambracht. Die Ehe war nicht anerkannt und mei Tochter ist furtgjagt worden. Da hat sie sich im kleinen See im Bühel, den werden S' auch kennen, ertränkt. Man hat ihr Leich allerdings nia ned gfunden. Nur ihre roten Schuh sind am Ufer gstanden. Wissen S' der See hat keinen bekannten Zufluss und auch keinen Abfluss, aber er soll unterirdisch doch so was haben, jedenfalls hat man sei Tiefn nia erkundet. Es gibt auch keine Fisch drin, oder ham Sie je an Angler dort gsehng?"

Jetzt, wo sie es sagte, fiel es mir auch auf. Aber irgendetwas an ihrer Geschichte schien nicht zu stimmen. Und ich sagte es auch: „Aber Ihre Tochter sitzt doch neben Ihnen? Hat man sie gerettet?" Ich beugte mich hinter ihrem Rücken hinüber, um den weißen Lockenzopf zu sehen – aber da war niemand mehr. Auch die Bäuerin mit ihrem Kräuterkorb war verschwunden.

Ich fühlte mich wie zerschlagen, hatte rasende Kopfschmerzen. War ich auf der Bank im Schatten der jungen Linde eingeschlafen? Schon spürte ich die Kühle des herannahenden Abends, oder war es eine andere Kälte, die mich ein wenig schaudern ließ?

Auf Wiedersehen, Sophie!

Lächelnd beugte sie sich ihrem Gesicht im Spiegel des Badschränkchens näher, zupfte ein paar weiße Löckchen zurecht. Sie hatte das Haar gewaschen und aufgedreht, es lag locker um ihren Kopf. Nur noch ein wenig Lippenstift, den zarten, leicht orange getönten, der ihr ein frisches Aussehen gab und die Augenbrauen nachgezogen, denn so weiß, wie sie waren, machten sie ihren Gesamteindruck ein wenig fahl. Dann war sie zufrieden, so konnte sie sich sehen lassen.

Das hübsche Kleid, das sie angezogen hatte, hing schon ein paar Jährchen in ihrem Schrank. Bis jetzt hatte sie keine Gelegenheit gehabt, es zu tragen, obwohl sie es sich oft vorgenommen hatte. Aber heute, heute sollte es zu Ehren kommen, zu seinen Ehren. Heute würde sie ihn wiedersehen!

Schuhe hatte sie keine passenden zu dem Kleid, aber das machte nichts, auf die Schuhe achtete sowieso niemand, die Erfahrung hatte sie gemacht. So schlüpfte sie in ihre bequemen rosaroten Plüschpantoffel. Im Wohnzimmer war schon alles hergerichtet. Die Pikkoloflasche Sekt stand im Kühlschrank parat. Ein Schälchen mit Knabberzeug war aufgefüllt. Ein paar Likörpralinen präsentierte sie auf einem Tellerchen. Mehr brauchte sie nicht. Die Sektkelche waren auch frisch aufpoliert, gleich würde sie das Fläschchen holen und einschenken. Vorher vielleicht noch einen kleinen Aperitif? Ein Schlückchen vom Prinzenkirsch, den man ja auch mit dem Sekt mischen konnte. Gleich würde er kommen, ihr Prinz!

Sie schaltete den Fernseher ein. Da war die Ankündigung des Konzerts, das sie sich ansehen wollte. Schnell den Sekt auf den Likör gefüllt, dann setzte sie sich zurecht und trank den ersten Schluck. Ah, da war er auch schon.

Wie gut er noch aussah, in seinem Alter! Nun ja, sie musste sich ja auch nicht verstecken, wie sie vorhin im Spiegel gesehen hatte. Sie konnten schon noch ein ansehnliches Paar abgeben. Wie lange sie sich kannten? Seit ihrer Kindheit. Sie hatten, wie man so schön sagt, zusammen im Sandkasten gespielt, obwohl sie sich daran überhaupt nicht erinnern konnte. Auch die gleiche Schulbank hatten sie nicht gedrückt. Er war um zwei Jahre älter als sie. Aber beim Klassentreffen mehrerer Jahrgänge hatten sie sich gesehen, nebeneinander gesessen

und sich angeregt unterhalten. Damals war er schon Musikstudent und am Konservatorium. Danach hatten sie sich immer wieder einmal getroffen. Es war nicht die große, aber immerhin eine kleine Liebe oder doch zumindest eine dauerhafte Freundschaft, die sie verband. Dann allerdings war es mit seiner Karriere steil aufwärts gegangen. Er war Dirigent geworden und kam viel in der Welt herum. Der Kontakt zu ihr war nie abgebrochen, doch immer spärlicher geworden. Einmal eine Ansichtskarte aus Tokio, ein Anruf aus Brasilien, eine neu aufgenommene CD mit einem Konzert in der Scala von Mailand. Nie hatte er sie ganz vergessen und darauf war sie stolz. Bekannt mit dem großen Dirigenten Daniel, das war sie.
Ja, und heute war er bei ihr, hier in ihrem Wohnzimmer. Sie konnte sich einbilden, er spiele, nein ließ sein ganzes Orchester für sie spielen! Diverse Stücke standen auf dem Programm. Bela Bartok, Benjamin Britten, Ravel, Strawinsky. Behaglich kuschelte sie sich in ihren Ohrensessel. Ein Kunstgenuss! Dazwischen ein Schlückchen Sekt, ein paar gesalzene Erdnüsse. Oder doch lieber eine Likörpraline?
Da, er sah sie an! Sah ihr direkt in die Augen! Er wusste, dass sie ihm zusah! Wie nahe sie sich waren. Sie seufzte ein wenig. Ob es anders gekommen wäre, wenn er nicht so erfolgreich, so bekannt, so vielgepriesen und berühmt geworden wäre? Oder hatte sie Fehler gemacht? War ihm zu sehr ausgewichen, hatte sich zu rar gemacht, ihm die Kühle vorgespielt? Aber wer hatte das damals schon wissen können, wohin die Wege führten. Wie hätte sie sich an seiner Seite gemacht? Wäre sie bereit gewesen, mit ihm sozusagen aus dem Koffer zu leben, in der Welt herum zu zigeunern? Es war ihm ja nicht immer rosig gegangen. Er hatte teilweise schon kämpfen müssen, um nach oben zu kommen. Nichts war ihm in den Schoß gefallen, alles war harte Arbeit und Verzicht. Ja, auf eine Familie hatte er verzichtet. Manchmal bildete sie es sich ein, es wäre ihretwegen geschehen. Weil sie ihn nicht „erhört" hatte, wäre er allein geblieben. Aber im gleichen Atemzug wusste sie, dass das nicht stimmte. Es waren wohl andere Umstände, die ihn bewogen hatten, sie nie zu fragen, ob sie...
Wie wunderbar er den Taktstock schwang und wie die vielen Musiker ihm gehorchten! Sie hatte sich immer gefragt, wie man die Sprache des Dirigierens verstehen konnte. Wie wussten die einzelnen Orchestermitglieder, wann sie was machen sollten, welcher Einsatz des

„Stäbchens" wem galt? Sie hätte ihn fragen können, bei den wenigen Gelegenheiten, zu denen sie sich trafen, aber ihre Fragen wären ihm wohl zu naiv vorgekommen. Hatte er nicht immer ein wenig gönnerhaft gewirkt? Diesen Gedanken verdrängte sie und schenkte noch einen Schuss Prinzenkirsch in ihr Sektglas. Es war ihr ein wenig schwindlig. Das konnte doch nicht von dem bisschen Sekt kommen? Hastig nahm sie noch einen Zug.
Da, wieder sah er zu ihr, lächelte ihr zu! Oh, Daniel, warum ist nichts aus uns geworden? Wir hätten ein schönes Paar abgegeben! Streckte er nicht die Hand aus, die Hand, mit der er den Taktstock nicht hielt, winkte er ihr nicht?
Sie stand auf, wankte ein bisschen. Dieses Schwindelgefühl. Dabei war ihr so wohl, wie schon lange nicht mehr. Er war bei ihr. Ihr Daniel war bei ihr, hier, in ihrem Wohnzimmer. Und die Musik, seine Musik, so kraftvoll. Jetzt der Bolero von Ravel, wie hatte sie diesen geliebt, so voller Leidenschaft!
Sie sank zurück in ihren Sessel. Dann hörte sie seine Stimme: „Auf Wiedersehen, Sophie! Bis bald!" Er winkte ihr zu. Sie schloss glücklich die Augen. –
Die Nachbarn fanden sie eine Woche später, lächelnd in ihrem Ohrensessel zusammengesunken. Das Fernsehprogramm lief noch und das war es auch gewesen, was die Mitbewohner aufmerksam gemacht hatte, weil man Tag und Nacht und ununterbrochen die verschiedenen Töne gehört, sie auf das heftige Klingeln an ihrer Wohnungstür aber nicht mehr geöffnet hatte. –

ER ist da...

Du bist allein im Zimmer, hast gelesen oder vor dich hingedöst. Jedenfalls ist es still. Keine Musik, kein Fernsehapparat ist eingeschaltet. Du hörst vielleicht deinen Nachbarn drüben husten. Die Wände sind etwas dünn und er hat eine schlimme Bronchitis.
Dann ist da auf einmal doch ein Geräusch: Es atmet jemand neben dir, leise, gleichmäßig, genau wie du atmest: ein, aus, ein, aus, im selben Rhythmus.
Du spürst dein Herz klopfen. Es hat ein paar Schläge zugelegt. Eine leise Angst steigt in dir auf. Du versucht dich zu beruhigen: es *kann* gar niemand hier bei dir in deinem Zimmer sein! Du hältst den Atem an – und *er* atmet auch nicht mehr.
Du spürst, wie dir die Hitze in den Kopf steigt, der Druck auf der Brust sich erhöht, dein Pulsschlag schneller wird. Du kannst die Luft nicht mehr länger anhalten und atmest aus. Tief holst du Luft, vorsichtig darauf bedacht, dies möglichst leise zu tun. Da ist es wieder: Jemand atmet mit dir, in deinem Takt und doch deutlich zu unterscheiden. Du wagst nicht, dich aus deinem Sessel zu erheben. Mit den Augen tastest du den Vorhang nach der eventuellen Ausbuchtung eines menschlichen Körpers ab. Du suchst nach Schuhspitzen, die darunter hervorlugen könnten. – Da ist nichts. Nur dieses Atmen, das sich dem deinen anpasst und der Herzschlag, dein schneller, ängstlicher Herzschlag, der sich nun verdoppelt hat. Da schlägt ein anderes Herz neben dem deinen.
Die Stille legt sich schwer auf deine Brust. Der Nachbar hustet. Du bist schon versucht, gegen die Wand zu klopfen. Nicht um ihn zu Recht zu weisen, sondern um seine Hilfe bittend. Aber er wird deine Klopfzeichen nicht verstehen, missdeuten.
Wenn jemand in deinem Schrank wäre, würdest du ihn so deutlich atmen hören? – Wo noch könnte sich in deinem Zimmer jemand verstecken?
Du siehst keine Möglichkeit, die ein ausgewachsener Mensch hätte wahrnehmen können, um sich deinen Blicken zu entziehen. Der Tisch ist zu niedrig, da müsste sich der andere schon sehr gekrümmt darunter kauern. Außerdem hast du deine Beine unter dem Tisch. Erschrocken ziehst du sie an dich, beugst dich vorsichtig hinunter. Nein, da

ist nichts und niemand. Lächerlich! Du versuchst zu lachen, aber es wird nur ein trockenes Husten daraus, das du sofort unterdrückst.
Liegt jemand unter der Couch? Die ist so flach, dass nicht einmal eine schlampig gefaltete Zeitung darunter Platz hätte! Trotzdem bückst du dich und siehst nach.
Du schüttelst den Kopf, rufst dich selber zur Vernunft. Da *kann* gar niemand sein, außer dir selber. Also doch im Schrank...Deinen ganzen Mut hast du inzwischen gesammelt, dein Herz spürst du bis zum Hals klopfen – und das fremde Atmen hörst du, schnell, heftig, flach und verhalten, genau wie dein eigenes, so, als wäre das eine das Echo des anderen. Ein leises Echo, ein einfaches, eines, das sich nicht mehrfach wiederholt.
Du hältst den Atem an und öffnest die Schranktür. Nichts.
Natürlich nichts. Kaum vorstellbar, dass sich hinter den Mänteln, Hosen und Kleidern jemand verstecken könnte, längere Zeit verstecken, denn du bist doch schon den ganzen Abend in diesem Zimmer. *Er* müsste schon vor dir da gewesen sein. Mit welcher Absicht? Mit welchem Ziel? Und wo ist *er*?
Hätte er nicht längst Gelegenheit gehabt, sich zu zeigen, dich zu bedrohen?
Aber bedroht er dich nicht schon die ganze Zeit, den ganzen Abend?
Er atmet mit dir.
Ist Atmen eine Bedrohung?
Wie kann er, wer immer es auch sein mag, so genau spüren, wann du schneller atmest, wann du den Atem anhältst?
Er müsste dich genau beobachten. Dazu gibt es hier nirgendwo eine Gelegenheit, dies versteckt und unbemerkt zu tun.
Wer ist *er*, der mit dir im Zimmer ist. Unsichtbar und unauffindbar?
Du spürst dein Herz klopfen, noch immer heftig, pochend, ein wenig stolpernd und sich verhaspelnd. Da ist auch ein leiser Schmerz in der Brust. Ein Ziehen, ein Druck, als würde es jemand langsam, ganz langsam wie einen Schwamm ausdrücken.
Heiß wird dir, dein Blut wallt, rast durch die Adern, pocht in deinem Kopf, hämmert in deinen Schläfen. Gleich wird es dir die Hirnschale sprengen. Sie wird platzen wie eine Orange, die aufs Straßenpflaster geworfen wird. –
Mit einem Mal weißt du, wer neben dir, mit dir atme, wer dir das

Herz in Angst und Furcht zusammendrückt, wer dir die kalten Hände um den Hals legt und langsam, langsam zudrückt. Es ist der, der mit dir auf die Welt kam. Der Preis, der für jedes Leben zu bezahlen ist.
Er ist neben dir.
Er hat sich bemerkbar gemacht.
Er hat dir gezeigt, dass er dich nicht vergessen, nie verlassen hat, auch wenn du ihn verdrängt und weit, weit von dir weggeschoben hast.
Er ist da.
Er ist nah.
Wie nah?
Wahrscheinlich immer näher als du denkst.,,.

Jenseits der dunklen Wege	5
Das Bild der Anderen	11
Begegnung im Nebel	16
Das Labyrinth	20
Das Schicksal findet seinen Weg	24
Der Mitbewohner	28
Theresa und der nächtliche Besucher	34
Das unsichtbare Bild	39
Am Galgenberg in Frankenstein	43
Affenkind	54
Die Stadt der Kinder	57
Der Träumeverkäufer	62
„Friedensgärtlein"	66
Der unsichtbare Flötenspieler	70
Der geheimnisvolle Schlangenring	74
Die Katze	77
Die schwarze Frau	87
Der weiße Tauber	95
Gefangene Träume	100
Bittersüßer Vogel Tod	104
Nächtliche Begegnung	110
Zwischen zwei Leben	113
Die Entscheidung	122
Das Atmen der Stille	126
Anruf aus dem Schattenreich	132
Der Bote	135
Er braucht zehn	139
Louisas Weg	146
Das Letzte Hemd hat rosa Röschen	158
Ist es schon später...?	161
Eine rätselhafte Erscheinung	166
Auf Wiedersehen, Sophie!	170
ER ist da...	173